时速青春

陌上风辞 著

中国文联出版社

图书在版编目（ＣＩＰ）数据

时速青春 / 陌上风辞著 . -- 北京：中国文联出版社，2024.6
ISBN 978-7-5190-5186-0

Ⅰ．①时… Ⅱ．①陌… Ⅲ．①长篇小说－中国－当代 Ⅳ．① I247.5

中国国家版本馆CIP数据核字（2023）第 114302 号

著　　者　陌上风辞
责任编辑　刘　旭
责任校对　秀点校对
装帧设计　中尚图

出版发行　中国文联出版社有限公司
社　　址　北京市朝阳区农展馆南里10号　　邮编　100125
电　　话　010-85923025（发行部）　010-85923091（总编室）
经　　销　全国新华书店等
印　　刷　廊坊佰利得印刷有限公司

开　　本　710毫米×1000毫米　1/16
印　　张　13.5
字　　数　221千字
版　　次　2024年6月第1版第1次印刷
定　　价　58.00元

版权所有·侵权必究
如有印装质量问题，请与本社发行部联系调换

目 录

1 ………………………………………………………… 001
2 ………………………………………………………… 023
3 ………………………………………………………… 042
4 ………………………………………………………… 062
5 ………………………………………………………… 081
6 ………………………………………………………… 101
7 ………………………………………………………… 124
8 ………………………………………………………… 144
9 ………………………………………………………… 166
10 ………………………………………………………… 188

1

2008年夏,中国第一条高速铁路——京津城际铁路正式通车运行。此时北京奥运会举办在即,乘坐高铁抵京的人络绎不绝。

刚刚退伍的李浩勤带着军人的荣誉感随着人流走进了这高科技时代发展的浪潮中。

他坐在时速高达350公里的京津高铁上,不禁感叹国家铁路发展的迅猛:"真是不得了,这才几年的工夫,我们都坐上高铁了。子欣,你说咱国家这发展也真够快的,以前哪里敢想火车能跑这么快。"

"可不是,这几年不仅是铁路发展得快,各方面也都在飞速发展呢。"亲昵地坐在李浩勤身边,身材婀娜、穿着时尚、声音柔雅的女孩子是陆子欣。她和李浩勤一同在东北的铁路大院长大,他们既是同学,也是朋友,现在甚至还成为了最亲密的恋人。"浩勤,你可还是咱们铁路大院儿第一个坐高铁进京的人,这次你从部队退伍都没有回家,直接就来坐了高铁,就不怕家里人着急吗?"

"我这不也是为了日后好开展工作嘛,再说我在部队这几年学的就是修建高铁,当然要第一时间来看看我们祖国傲人的成绩,找下成就感。"说着李浩勤从军装的前胸口袋里掏出一本绿色硬壳封皮的小本子,在陆子欣的面前晃了晃。那副志得意满、一脸笑的样子与他上学时一模一样。

"哎呀,这是工作证?铁路局的?"一见那绿色的小本本,陆子欣瞬间就瞪大了眼睛,她一把抢过工作证,翻开来,每一个字都很认真地读着,"工作证,李浩勤,铁路信号通信工程队。"

"行啊你,工作证都下来了,怎么才告诉我,害得我一直担心你工作没着落呢。"陆子欣狠狠地剜了他一眼,微薄的红唇却不经意地向上翘了翘。

"怎么样?我李浩勤是什么人,想做的事就没有做不成的,我说要当工程师,就一定能当上。"他这话倒是真的,从小到大,他都是那种为了自己想要的东西努力追逐的人,他的那股韧劲也着实让陆子欣佩服。

"你说得对!当年去当兵,放着家里附近的地方你不去,非要去四川那么远的地方，不就是为了当信号兵学习通信信号的技术嘛，现在你如愿以偿了！"对于陆子欣的不满李浩勤不以为意，当年离开家去部队时，他和陆子欣刚刚确立恋爱关系，两人正是难舍难分的阶段。送别李浩勤时，陆子欣在月台上追着火车跑了十几分钟，直到火车消失好久，她还蹲在地上不停地哭。

"当然了，这几年在部队，你都不知道我学会了多少。两个月前汶川地震，我们还去抢修铁路了，要不是去了部队咋能做这么多有意义的事儿！"

李浩勤感慨着这四年的经历，小心地将宝贝工作证重新放回到兜里，随即扳过陆子欣的肩膀，一双小而有神的黑眸紧紧笼住眼前的少女，"好了，我知道错了，让你难过了，我发誓，以后我都在你身边，决不再离开你了。"

"谁要你在我身边了，不要脸！"陆子欣撒娇地白了李浩勤一眼，酒窝渐渐加深了。

见陆子欣并没有真的责怪自己，李浩勤伸手在陆子欣的鼻子上刮了一下，这是他们从小就习惯的动作。

"对了，你还记得咱们第一次坐火车吗？好像是1996年，我们十岁吧。那时候还都是绿皮火车呢，当时我就说这火车总有一天会越开越快的。"看着窗外快速掠过的风景，李浩勤想到了多年前，他和陆子欣、刘家强三人因在学校犯了错误怕老师找家长，竟偷偷离家出走，混进了南下的火车。

幸好中途被列车员发现，将他们安全送了回去。

就是那次的经历，他们第一次真真切切地了解了火车，听着火车的轰鸣声，列车逐渐加速。很快，眼前就出现了大片的稻田，接着就是另一座城市。

这是他们三个孩子从未见过的，似乎只是一眨眼，他们就像穿越了一般，去到了另一个地方。

也就是因为看到了列车带给人们的快捷、方便，他们三人便立志要成为建设铁路的人。

"怎么不记得，就因为这句话，你和刘家强还打赌，说什么时候能实现你说的光速呢。"陆子欣也转头望向飞速掠过的大地，"一晃都这么多年了，不过还好，我们都如愿进入了心仪的单位。"

"是啊，一晃都这么多年了。子欣，你这乘务员的工作做得怎么样，和这车上的乘务员一样不？之前光听你在电话里描述了，啥时候有机会我也去坐坐你的那列火车，享受一下我们列车之花的服务。"李浩勤"嘿嘿"笑着，头向陆子欣的脸颊方向凑了过去，气氛一下子就变得暧昧、紧张了起来。

"总有机会的。"感觉到李浩勤口中呼出的温热气体，陆子欣的脸瞬间涨得通红。她不好意思地侧过脸，纤细的手指紧紧交缠在一起。

"哦，对了，刘家强那小子咋样了？自从我当兵走了以后，他几乎都没怎么给我打过电话。等我回去非要找他好好算算账，怎么他现在成了设计院的设计师，就了不起了，连发小都不认得了？"为了缓解尴尬的气氛，李浩勤假装咳嗽一声，将身体向后撤了撤，转开了话题。

"他啊，好像最近工作有点不顺吧。"陆子欣也从刚才的羞涩中回过了神，"他被安排进设计院，不过好像没有被分到办公室，一直在给那些领导端茶倒水的，所以很郁闷。"

"他没活动活动？"

"不清楚，自从上班后就很少见他了，估计是工作不顺心也不愿意与我们接触了吧。"

李浩勤和陆子欣口中的刘家强也是他们铁路大院的孩子，三人从小关系就很好，上学后更是形影不离。

刘家强不像李浩勤一副大大咧咧、没皮没脸、开朗乐观的样子。他很内向，看上去总是有很多心事，朋友也很少，可以说除了李浩勤和陆子欣，他几乎没有朋友。

"这小子，看来是真的遇到难事了，不然你说他怎么会这么久都不联系我，待会儿我们回去就去找他，好好开解开解他。"李浩勤对刘家强这个兄弟十分看重，他刚刚还眉飞色舞的脸，在听到刘家强过得不顺心后立刻沉了下去。

火车在天津停了下来，两人再次换乘去往东北的列车。

"现在只有一条高铁线路通车，等2012年哈大高铁通车我们那里也可以有高铁了。"看着远去的列车，李浩勤暗自发誓，要用自己微薄的力量，将高铁的速度和稳定带到祖国的大江南北。

回到家乡，对那条熟悉又亲切的铁路街道，李浩勤感慨万千。这里是他出生成长的地方，也是承载了他所有青春记忆的地方。

不过在踏进铁路街时，李浩勤却感受到了周围邻居投来的异样的目光。

"子欣，你发现没，这些大爷大妈看咱们的眼神怎么都怪怪的？"

陆子欣微微一怔，随即不自然地笑了："浩勤，我单位还有事，不陪你回去了，改天再来看你。"说完，陆子欣转身就跑，甚至都没来得及和李浩勤再多说一句话。

"喂，子欣……"李浩勤看着陆子欣消失的背影，一脸的莫名其妙。

铁路街是一条颇长的街道，李浩勤的家在街尾。想要回家，他就要经过这条街上的所有人家。

"嗯？咋还挂了大锁？"在路过刘家强家时，李浩勤惊讶地发现以往常开着的门如今挂了锁，锁头上还落了厚厚的一层灰，看样子是很久没人回来了。

李浩勤与刘家强是死党，两人虽然性格迥然不同，但却彼此了解，共同经历了从出生到年少时的所有时光。在李浩勤的心里，那个闷葫芦刘家强永远是他的好兄弟，他们的关系并不会因为当兵分离而改变。

然而事实并非如此，当兵四年，两人几乎没怎么通过电话。刘家强总是很忙，拒绝与李浩勤沟通。他进了设计院的事李浩勤还是从陆子欣的嘴里知道的，他觉得这个好兄弟已经离他越来越远了。

推开自家大门，李浩勤扯着嗓子叫着妈，直到把母亲叫了出来这才住嘴。

"哎哟，儿子回来啦。"李母是个五十岁上下，脸上却已经有了不少皱纹的胖乎乎的女人。

一见儿子回来，她高兴得手舞足蹈，"都说了让你爸去车站接你，你偏不让，咋样，这一路累坏了吧？"

"不累，你儿子可是当兵的，身体好着呢，再说坐个火车有啥累的。"李浩勤放下行李，直接给老妈来了一个大大的熊抱。

"不累就好，让妈看看，长高了，也壮实了。"李母轻轻拍着儿子的背。这个坚实的背，魁梧的身躯，还有些稚气未脱的脸都是老母亲日思夜想，殷殷期盼的。

"对了，你不是说子欣去接你吗？她人呢？"李母拉起儿子往屋子里走，这才想起来陆子欣。

"她单位有事，走了。对了妈，家强他们家是咋回事？我刚才看他家大门都上锁了。"

"搬家了，都两年了。"李母狐疑地看着比自己高出一个头的儿子，"你和他家那小子成天在一起，这都不知道？"

见李浩勤摇头，李母有些奇怪："他爸升官了，搬去离单位近的楼房了。"

李浩勤不自然地笑着听母亲说好友的近况，两年了，他们似乎就是在两年前断了联系的。

还记得最后一次联系，是刘家强在上大学时，当时的他还曾和李浩勤约定等他们再见面一定要像小时候一样偷偷喝酒到天亮。

李母拍了拍儿子的肩膀，随即指着墙上的挂钟示意该开饭了。

李浩勤这才回过神，看到墙上的钟他突然一拍脑门："糟了，迟到了，我得去单位报到了，晚了就下班了。"说完，他转身就往外跑。

在部队时，信号兵李浩勤因为参与抢修汶川地震所损毁的铁路和在废墟中救下几个百姓而得到了嘉奖，所以他在退伍后被分配到了哈尔滨铁路局电务段的一个信号施工队工作。

当到了电务段的门口时，李浩勤才反应过来，今天是周末，段里除了看门的大爷，一个工作人员都没有！

不过好在李浩勤还是凭借他那自来熟的性格和三寸不烂之舌的能力成功从门卫大爷那打探到了他被分配到的第五施工队正在西动车所现场进行考察、施工，而且今天还有重要的领导去视察。

这种可以直接进现场的机会，李浩勤又怎么会放过。他向大爷道了谢，直奔那片还未完全开发好的动车运用所。

西动车所是新开发的专门运行高铁线路的火车站。目前，周围所有设施都还在建设，到处可见大土包，荒凉至极。

远远的，李浩勤就看到了一座三层小楼孤零零地矗立在那，楼前停着几辆工程用车，周围的空地上挖电缆沟和运送砟石的工人在各自忙碌着。

李浩勤深一脚浅一脚地走过去，地面坑坑洼洼，全是砟石，稍一不注意就会被绊倒。

不过这对于已经有了不少施工经验的李浩勤来说并不是问题，他见路边不知道哪个工人将施工的衣服丢在了一边，便捡了起来，套在了自己的身上，顺利混进了信号楼。

信号楼似乎是刚刚建成没多久，里面都是水泥地，楼梯连扶手都没有。在进入信号楼一层时，李浩勤粗略地扫了一眼，没什么人，只有一些高铁的新型设备散落在地上。

以前在部队，李浩勤学习的都是普通铁路的建设，高铁的建设并没有涉猎过。如今国家开始大力建设高速铁路，对于他们这些没有建设高铁

经验的人也是一种考验。

李浩勤侧着身子，在前后两个看上去十分旧的组合柜中间穿梭，一圈走下来，他发现其中几个柜子里的部分线已经焊接完成了。

"这是弄啥啊，还真没见过这么干活的，这可不行。"

组合柜焊线是信号工的基本技能，可这柜子里的线被绑得歪歪斜斜的，完全达不到工艺标准，至于是否有错漏的，目前还未可知。

"哈大高铁是世界上第一条高寒高速铁路，也是缩短东北三省距离时间的第一条铁路，它不仅可以让东北的百姓体验到高铁的速度，还能带动东北的经济。所以这条铁路是我们目前最为重要的项目，也是考验我们中铁人技术的项目。对于这条线路，局里十分重视，我们必须要确保施工无误，按时开通。"

一个字正腔圆，颇有上台讲话气势的声音从二楼传到了一楼。听这说话的内容和语气，李浩勤知道视察组已经到了。

在往楼上去的台阶已经被工作人员围得水泄不通了，大家都争先恐后地想要一睹局长的风采。

"这么好的机会，可惜……"李浩勤有点懊恼自己来晚了，现在只能乖乖地待在下面了。

他目光转动着，很快，他就被角落里的一堆厚厚的图纸给吸引了。

不过图纸里的内容倒是让李浩勤有点好奇，这些组合柜似乎并不是图纸里所显示的内容。

"难道这些柜子不是哈大线路用的？"李浩勤疑惑了，现在施工还没开始，可这些柜子又是怎么回事？后来他才知道这些都是附近普铁之前拆卸下来的，并非新工程的。

在等待领导视察的期间，李浩勤无聊地朝窗外看，突然，他看到对面的工人正挥舞着铁锹费力地挖着什么。他蹙了蹙眉，急忙又去翻看图纸。

很快他就发现了不对，匆匆出了信号楼朝那些工人走去。

"喂，你们工头呢？"李浩勤仔细看了看脚下已经挖好的沟，深度和宽度与图纸上的并不相符。见没人搭理自己，他又朝旁边的工人问了一句。

还是没人搭理他，这些工人就像是得到了指令一般，各个都低着头像个机器人一样地工作。

"喂，你们这挖得不对啊，都停下。"眼看着施工出了问题，李浩勤这暴脾气再也按捺不住，直接将其中一个工人手里的铁锹抢了下来。

"你谁啊？要干啥？闹事啊？"工人终于有了反应，随后，所有的工人都围了上来，似有同仇敌忾的气势。工头也终于走了过来，怒气冲冲地质问李浩勤，似乎他已经严重妨碍了他们的施工进度。

"你们干活都不看图纸吗？这么挖，经过技术同意了吗？"

室外，李浩勤一个人与一群工人起了争执，争吵声逐渐变大，随即传到了连玻璃还没来得及安的信号楼里。

二楼还在讲话的领导板着脸朝窗外看："这还没开工呢，就闹事？像什么话！还不去看看，等着把事闹大？"

这下好了，事情果然闹大了。

李浩勤被工人围在中间，虽然他很机灵，巧言善辩、唇枪舌剑下并没落在下方。可毕竟对方是十几个五大三粗的庄稼汉，在这毫不占优势的情况下，李浩勤只能闭嘴，整个人横在工地，不让工人开工。

"都散开，散开，这是干啥呢？要造反？"五队的队长第一个冲了下来，这些施工队都是他从外面雇来的人，现在出了状况，他的责任不容推卸。

队长瞪了一眼工头，随即将目光移到了李浩勤的身上，"你哪的啊？怎么穿着我们队的作业服？"

一听是自己人，李浩勤瞬间松了口气。虽然他不知道眼前的人是个什么职位，不过看他对待工头的态度就知道他在这里应该管点事。

"我是五队的。这是工作证！他们这些人不按图纸施工，验收的时候肯定是过不了的。别说验收了，这沟挖得不合尺寸，电缆咋放？"李浩勤鬼机灵，自己的身份一笔带过，随后急忙说出了吵架的原因。这样，不管眼前的领导和工头是什么关系，听他这么义正词严的说法，总不会为难他的。

刚刚还愠怒的队长一听这话，为难了。以他的经验，一眼就能看出这沟挖得确实有问题。可现在上级领导正在视察工作，如果不能处理好这件事，恐怕自己的位子就保不住了。

"老吴，到底出了啥事？你这个队长当的，怎么还让手底下的人吵起来了？"段长沉着脸，边呵斥边朝已经走过来的上级领导看去。

"刘段长，你们这样工作可不行，团结不起来，怎么搞工程。"

"是，是，这些工人是新来的，一定是沟通上出了问题，我们马上解决，马上解决！"段长紧张地解释着，额头已经沁出了汗。

"领导，你们都误会了，我们不是在吵架。"就在气氛尴尬，所有人都

捏了一把汗的时候，李浩勤突然开口了，"我是这队里的信号工，我们在商量挖沟的进度和规格呢，大家交流沟通，施工进度更快。"

"哦，是吗？"领导点点头笑了，"这个年轻人不错，刘段长，你们段应该多招一些这样有头脑懂得为国家为单位着想的年轻人。虽然咱们工期紧，但质量一定要过关。"

"是，请领导就放心吧，我们一定会把活干好的。"

上级领导对这种打官腔的说法不以为意，反而对李浩勤极为好奇："小伙子干多久了？"

"我是今年新分来的。"

"不错，年轻人大有可为。"上级领导赞许地笑了，"行了，今天视察得也差不多了，老刘啊，这个年轻人要着重培养！"

李浩勤算是因祸得福了，还没报到就惹出了事。然而却也正是因为这事，让他还没跨进电务工程局的门就已经名声大噪了。

送走上级领导后，李浩勤被队长叫到了一边，开始了问话："你怎么找到这的？"

五队队长之前接收李浩勤时就对他有了一些了解，知道这个年轻人在部队的时候是优秀士兵，信号技术也不错，这才把他收了过来的。

不过那个在他们心中正直、受过部队教育的人似乎不应该是李浩勤这副看上去油嘴滑舌的模样。

"我……"李浩勤迟疑着，他可没有出卖别人的习惯。

"行了，不管怎么说吧，今天总算没出什么乱子。以后如果有问题，你要找领导汇报解决，不能直接与工人发生冲突。"

队长有些不悦，不仅因为刚刚被领导训斥，更因为领导要栽培李浩勤，他对李浩勤自然而然地有了防备之心。

"我知道了队长，那……这沟……"

"沟的事不是你的职责范围，你不用管了，以后你就跟着白师傅，他带你。"吴队长一挥手，姓白的师傅走了过来。

白师傅是段里的老人，一个人狠话不多、又黑又瘦的五十来岁的老头。

他小跑着过来，对于刚刚发生的事情，他是看在眼里的。他上下打量着李浩勤，又看了看现场的电缆沟："这个人给我了？"

"对，给你当徒弟了。"吴队长说完理都没理李浩勤，转身走了。

白师傅是出了名的犟老头，他的脾气不是一般的差，没有一个人能在他手下干活超过一个月的。所以将李浩勤分给他，吴队长显然是别有用心。

这些事情李浩勤当然不知道，他激动地凑到白师傅跟前："师父，以后您就是我师父了。"

白师傅冷哼一声："小子，信号工可不是那么好干的，吃苦不说，常年不着家，你这年纪轻轻的能干？"

"能啊师父，您就放心吧。"

李浩勤这就算正式入队了，而他自己还不知道就是因为他的这么一闹，无形中给自己树下了不止一个敌人。他的壮举不光在电务段出了名，就连设计院的人也都在谈论他。

"刘家强，你和那个大闹局长视察点的李浩勤认识吧？"设计院科研室的两名中年科员如身临其境般，口若悬河地讲着当天的事情，最后还将问题抛给了埋头工作的刘家强。

刘家强本身就是个事不关己高高挂起的人，在这间办公室里，他是最安静、最没有存在感的人。这也符合他一贯的作风——冷漠，对任何人都如此，除了陆子欣。

所以对其他人的这种问题，他基本选择无视。

"喂，刘家强，问你话呢。"

"只是同学，好多年不联系了。"刘家强依旧没有抬头，只是淡淡地回了一句。

"这高干子弟就是牛啊，跟我们说话都爱搭不理的。"另一个科员故意提高音量，可刘家强就像没听到一样，继续做自己手头的工作。

显然，在这间办公室里，刘家强很不受欢迎。

不过刘家强这个人很聪明，做事又认真，完成度高，这样的人在办公室里多多少少会受到那些混日子人的排挤的。再加上他不和人交流，在别人眼中，他傲娇、自大。

所以，他基本没朋友，除了李浩勤和陆子欣。

就在办公室气氛被刘家强弄得有些压抑的时候，门口一个柔雅好听的女声传了进来。

"家强！"是陆子欣，她盈盈伫立着，微微探头朝屋里张望。

"哟，这不是列车之花嘛，又来找你对象？"一见门口来了个大美女，科员办公室里立即骚动了起来。

因为陆子欣长得实在好看，圆圆的大眼睛，皮肤像剥了壳的鸡蛋一样

又白又细滑。在铁路局,她的名字可谓是无人不晓的。

听到有人拿陆子欣开玩笑,刘家强"腾"地从椅子上站了起来,恶狠狠地看了其他人一眼,随即急忙走了出去。

"子欣,你怎么来了?"刘家强此时早已没了冷漠的表情,他热切的目光紧紧笼着陆子欣。

"我有事找你。"陆子欣低着头,目光在自己脚下的一方天地游弋。

刘家强侧头盯着陆子欣:"你哭了?咋了,到底出了啥事?"看到陆子欣眼睛红红的,刘家强的心像是被人狠狠揪了一下,语速都变快了。

"家强,你帮帮我吧。我实在是没办法了,才向你开口的。"还没等话说完,陆子欣的眼泪已经下来了。

她的肩膀上下起伏,纤细的手捂住半张脸,似乎想要控制自己的情绪。

"快别哭了,到底咋了?你倒是说啊。"

十分钟后,刘家强带着陆子欣匆匆离开了设计院。

而刚刚进入五队工作的李浩勤,还不知道他与陆子欣在这一刻就已经注定没有了以后。

"师父,今天就到这了吧。"在哈市临县的双城施工的李浩勤看了看表,已经晚上八点多了。

这是他进入电务段五队工作的第六天,这段时间,他一直跟着白师傅进行哈大高速双城北站的初始勘察工作,一连六天没有回过家,也没有见过陆子欣了。在离开时,他甚至都没来得及跟陆子欣交代一声,这让他有点愧疚。

"你要干啥去?"白师傅直了直腰,摘下花镜定定地看着李浩勤。

"我想回家一趟,这次出来得太急了,有好多事还没处理呢。师父,我已经和队里说了,今天咱们本来就是要放假的,这临时加的班,现在也差不多了。"

原本,李浩勤以为这个不好相处的白师傅会给自己制造难题,为难自己。可没想到,白师傅竟然是个认真负责的师父。虽然要求严苛,可却不藏私,对李浩勤也很看好,并没有像其他人说的那样可怕。

"你这才干了几天就往家跑,以后还怎么干?行了,回去吧,赶紧走,最后一趟车快赶不上了。"虽然白师傅嘴不饶人,但还是放李浩勤走了。

上了回去的车,李浩勤焦急地看着手表,这一刻,时间似乎走得很慢,眼前飞速掠过的黑暗让他觉得像是蜗牛在爬。

"子欣！"李浩勤回来时已经晚上九点多了，他不敢大声叫喊、敲门，只能站在陆子欣家门口，扒着门往里面看。

门里一片漆黑，按理说这个时间陆家是不会睡觉的。

李浩勤特意算过时间，今天陆子欣休班。可房子里就像是一个人也没有一样，安静得几乎能听到风吹过的声音。

在陆子欣窗下叫了几声，屋里始终没动静，李浩勤只能硬着头皮敲门了。可让他没想到的是，漆黑的夜里，他手指刚刚碰到门把手，就发现大门已经挂了锁了，没人在家！

拿出手机，李浩勤拨通了陆子欣的电话。

对不起，您拨打的电话是空号。

李浩勤有点蒙了，这才几天没通话，怎么就变成空号了？又连续拨打了几次，依旧如此。

担心陆子欣出了什么事，李浩勤绕到后窗，这才发现陆家的屋子里空荡荡的，就连家具都不见了。

陆子欣一家就这样莫名其妙地消失了。

李家大炕上，李母唉声叹气，翻来覆去睡不着："老李，你说小勤这次回来，到底看没看出来子欣那孩子和家强的事呢？"

"他和你说啥了？"

"那倒没有，不过那天他回来，说是子欣去接的他，可子欣也没到家啊，我问他，他还说人家有工作要忙，先走了。她一个乘务员又不是大领导，有啥忙的！"

李母翻了个身，脸对着老伴儿，虽然关了灯，但借着透进来的月光，还是能隐隐看到她毫无光泽的脸上蕴着担忧之色，"他们三个孩子是一起长大的，子欣吧从小看着就不错，人漂亮还懂事，你说她不能办事这么不地道吧，她和咱家小勤可是好了好几年了，难道就因为刘家现在当了官、有钱了就把咱小勤给蹬了？要真是那样，老陆家和老刘家在咱们这铁路街还怎么住得下去。"

"这事儿要是真的，你还以为咱们家能抬起头啦？不管啥吧，告诉儿子以后别和陆家的人来往了，让邻居看了笑话，好像咱老李家娶不起媳妇非要赖着他陆家的闺女一样。"

李母又翻了个身，仰面对着天花板叹气："唉，可惜了，我还真是喜欢子欣那丫头。"

黑夜中，李家老两口不再说话，各自瞪着眼睛想心事。

突然,门外响起了脚步声,随后,大门就被拍响了。

"妈,开门。"

儿子的声音母亲是最了解的,李母立刻翻身下床,光着脚就往门口跑。

别看她身体有些胖,可腿脚还是很灵便的。她摸着墙走到门口,连灯都没来得及开直接就把大门打开了。

"你咋回来了?这大半夜的,是不是出啥事了?你不是在工地吗,跑回来干啥?"8月的银华月光照在母子二人的脸上,李母紧张地看着儿子。李浩勤满头是汗,脸色很不好看。

李浩勤怕母亲担心急忙解释自己只是放假而已,并顺带提了一嘴:"对了妈,子欣他们家搬走了?"

"搬走了?"这话把李母问得一愣,"没听说呀,前儿我还看见子欣她爸了,你咋这么问?你去她家了?"

"嗯,刚才路过,发现她家上了锁,屋里也都搬空了……"

"搬就搬了,以后别和陆家那丫头来往了。你们娘俩赶紧进屋关门,别在门口废话,8月蚊子正多的时候!"突然,屋里的灯亮了。紧接着李父低沉的声音传了出来。

听这语气似乎有点不对,李浩勤看了眼老妈,走进了屋。

"爸,这么晚还没睡啊?"

"睡了也被你吵醒了,大晚上的你回来干啥?队里同意的还是你偷着跑回来的?"李父不知道什么时候已经穿好了衣服,坐了起来。

这么多年,父子俩的关系一直处在即将崩塌的边缘。别看李浩勤平时嘻嘻哈哈、没心没肺很讨喜的样子,可在老爸看来他就是没正形、不懂事。所以父子俩只要一见面,家里的气氛就会瞬间降到冰点。

李父是铁路局里的一名普通职工,没啥太大的成就也没犯过啥错误,他一辈子没求过大富大贵,就想着平平安安,体体面面地挨到退休。

不过李父这个人虽然没啥太大的本事,却很爱面子,他对李浩勤的要求很高,希望自己这唯一的儿子能给自己争气,将来也做个大官光宗耀祖,从小对儿子的要求自然就多了些。

"爸,你刚才说啥,不让我和子欣来往了?"

就算老爸平时严肃了点,不满自己半夜回家,可也不至于说出不让他和陆子欣来往这样的话,于是李浩勤搬了把椅子坐在了老爸的对面,"爸,你这话啥意思?"

"意思就是以后别来往了,那丫头品行不行,我和你妈在铁路街生活了二十来年，别的不敢说，人品那是数一数二的，不能因为她毁了咱们家的声誉。"

李浩勤听得云里雾里的，一脸蒙地来回看着父母。

"妈，我爸这是在说啥呢？啥意思，子欣咋了，咋能这么说她？"

李母有些为难，她不敢将外面的传言一五一十地告诉儿子，生怕儿子受不了。可眼下，话都已经说到这个份儿上了，陆子欣一家又搬了家，儿子铁定是不会善罢甘休的。于是便告诉他陆子欣可能移情别恋，跟刘家强好上了。

躺在床上，李浩勤翻来覆去地睡不着。刚刚爸妈说的话此时远比陆子欣一家消失来得让他难以接受。

两年前，他们两个谈恋爱的事就已经传遍了整条街了，刘家强甚至还为了让陆子欣不受到其他男性的追求而与人大打出手过。

"他们两个的事都传遍了，现在外面的人都知道陆子欣是刘家未来的儿媳妇。就你小子傻，还去找人家。刘家强那臭小子，你俩从小玩到大，居然挖你墙角，朋友妻不可欺难道他不知道吗，像他俩这样的人，以后你有多远躲多远！"

老爸的话还在李浩勤的耳边回响着，他无法相信这一切都是真的。可是老爸老妈能骗他吗？为什么骗他呢？没有理由！

如果不是因为愧对自己，刘家强到底为什么不联系自己，解释不通！

李浩勤不敢再往下想，如果一切都是真的，他遭到了最好的兄弟和女朋友的背叛，那将会是多么可怕，多么让人难以接受的事！

就这样辗转反侧，一夜未眠。在亲情和友情面前，他不知道应该选择相信哪个。

当天边的鱼肚白慢慢出现时，李浩勤已经悄悄离开了家。

在客运段，李浩勤没有找到陆子欣，听她的同事说她请了假，大概要几天后才能来上班。而同样在客运段工作的陆家父母也同时请了假，这让李浩勤十分担心。

陆子欣的父亲是一名火车司机，母亲是售票员。说起陆子欣能成为乘务员这里多多少少也受了她母亲的影响。

小时候的陆子欣总觉得妈妈在售票窗口售票是很好玩、很让人羡慕、很威风的工作，所以她曾经的梦想就是成为和妈妈一样的售票员。

可是陆母却不这么想，她希望女儿可以做乘务员，坐着火车看外面更广阔的世界。

起先陆子欣对乘务员没什么概念，总是埋怨妈妈独断专行、强迫自己。

直到她和李浩勤、刘家强在少年时偷坐火车的那次经历才让她的梦想有所改变。

可以坐着通往大江南北的火车，领略祖国的大好河山，感受火车带给自己的速度与激情，这才是陆子欣向往的。

如此热爱自己工作的陆子欣，自从上班后就从未请过假，现在她到底遇到了什么事，让她可以这么多天不在单位？

李浩勤从司机值班处出来时，担忧的神色更重了。因为陆父同事在谈到他们一家时显得欲言又止，似乎有什么不可告人的秘密一样。

在毫无办法的情况下，李浩勤决定去一趟设计院！

两年不见的挚友，竟是出于这样的目的相见，李浩勤很不情愿。

这还是李浩勤第一次走进铁路设计院，这曾是好友刘家强梦想中的地方，如今他真的梦想成真了。

设计院的大楼有些年头了，是那种俄式建筑。

正值8月，全年最热的时候。可大楼里却十分凉爽，李浩勤被阵阵凉风包裹着，外面的热浪似乎被阻隔在了门外，一丁点儿也挤不进来。

看着眼前长长的走廊，走廊内办公室的门都开着，坐在里面的人都在忙碌着。

突然，李浩勤想起了刘家强曾在这座建筑大楼外笃定发誓，总有一天他要堂堂正正走进这里，让那些曾经瞧不起他的人闭嘴。现在他做到了。可从陆子欣的口中，李浩勤知道，他走进来的方式却并不那么堂堂正正！

李浩勤正懊恼刚刚怎么没问刘家强在哪间办公室时，一个身材高大、挺拔的小伙子就从里面的一间办公室里走了出来。

小伙子带着一副宽边黑框眼镜，皮肤很白，长得有点像电视明星，很好看。

这个身影李浩勤太熟悉了，从儿时的瘦弱到逐渐高大强壮，所有的变化他都看在眼里，没错，这人正是他的多年好友刘家强！

不过现在的刘家强还是和四年前有了一些变化的，因为他的那副眼镜，那双深邃明亮的大眼睛完全被厚厚的镜片掩盖住了。原本就冷漠的脸，不知道是经历了什么，此时看上去像是结了冰一样，让人觉得发寒。

"家强？"李浩勤没有自己想象的那么激动热情，此刻，他只是觉得眼前的人既熟悉又陌生。

刘家强刚巧抬头也看见了站在他对面不远处的李浩勤，也许是太意外了，刘家强先是愣怔了片刻，随后竟蹙了蹙眉，淡定地朝李浩勤走了过来。

直到两人面对面站住，刘家强都没有主动说过一句话。

"臭小子，不认识我了？这么久没见，傻啦？"依旧是口无遮拦，没心没肺的开场白，李浩勤握拳顶在了刘家强的胸前。

"你怎么来了？"刘家强似是无意地微微避开，看了看周围，没人，他眼中闪过一抹厌恶的神色。

"找你呗。"没想到刘家强是这个态度，李浩勤有点诧异，也有点伤心，毕竟曾经是无话不说的好友，应该说在李浩勤看来，他们一直都是无话不说的好友。

可此时，刘家强冷淡的态度让他感受到了距离。

"什么事？我还要开会，简单点说吧。"

没有叙旧的话，没有对这几年分别后各自生活的探究，没有对他回来后的关心。刘家强看了看表，好像很着急。

"我……你知道子欣去哪了吗？"

原本今天来的目的就不是叙旧，虽然刘家强的态度让李浩勤心寒，但他很清楚，自己时间有限，两个小时后他就要赶回工地了，现在找到陆子欣才是最重要的。

"不知道。"

"我找不到她了，不知道她是不是出了啥事，我……"

"刘家强！"

李浩勤的话刚说了一半，就被不知道从哪传出来的声音打断了，是找刘家强的。

"有啥事晚点再说吧，我要去开会了。"

刘家强就这样，冷漠地，毫无留恋地走了，剩下李浩勤独自站在长长的幽深的走廊里，伤心、疑惑。

回到工地的李浩勤直接被白师傅安排成了带领信号工工作的角色，这让其他新进队里的信号工十分地不满。

"李浩勤，你技术好，带他们几个把继电器安装一下，接线一定要接对，不然又要返工。"白师傅吩咐着，并没有在意其他人的目光。

可李浩勤却魂不守舍，心里始终想着陆子欣的下落和刘家强对自己的

态度。手里拿着的图纸始终停留在一个地方，丝毫没有移动过半分。

"李浩勤，有人找你。"直到有人来找李浩勤，他这才回过了神。

来人竟是他当兵时的班长的妹妹连洁，别看小姑娘年纪不大，却也是信号工出身。她来这里是负责支援的，因为她常常听哥哥说起李浩勤，所以这次就特意代表哥哥过来看看。

李浩勤和连洁在一家面积不大的东北菜饭馆，点了两个当地的特色菜。工地附近实在没有什么像样的饭店，虽然招待战友的妹妹这样显得不够体面，但好在连洁这个女孩子十分理解，两人吃着、聊着，不亦乐乎。

可李浩勤怎么也没想到，就在他和连洁聊着他们部队的事情时，饭馆外，一个纤瘦的身影正静静地伫立在窗外，透过明亮的玻璃窗，表情落寞地看着里面的一切。

就在刚刚，陆子欣找了过来，在其他信号工的指引下，她看到了饭馆里的两人。

李浩勤热情地给连洁夹菜，偶尔还在她的耳边说着什么，连洁"咯咯"地笑着。

陆子欣呆呆地看着眼前的一幕，十根纤细的手指不自觉地紧紧握成了拳。

她咬着下嘴唇，秀眉紧蹙，在她看来，自己的男朋友正在背叛自己。她看着李浩勤手舞足蹈地比画着，这一幕像极了他们在火车上的亲昵，像极了爱情的样子。

陆子欣的眼泪不听话地在眼眶里打转，她努力忍了忍，随即转身，就在迈开腿离开的那一刻，眼泪也跟着掉了下来。

"真的？那我哥也太糗了吧？"

"可不是嘛，不过这事也只有我和你哥两个人知道，所以每次我要提这事的时候，他都恨不得杀了我一样。"

"哈哈，那我哥最后到底有没有给那个女孩子回信息啊？"

"那我就不知道了，以后你看见你哥了，自己问问他。"

李浩勤和连洁"哈哈"笑着，完全没有发现来了又走的陆子欣。

正当李浩勤结账和连洁离开时，却迎面撞见了队长老吴。看着已经到了工作的时间，居然还在饭馆里吃饭的李浩勤，老吴毫不留情地开始了训斥，他哪里知道，李浩勤是因为赶进度，没吃午饭，这才顺道带着连洁过来的。

对于老吴的呵斥，李浩勤只是微微一笑，没当回事。因为自从他进了五队后，就没少遭到老吴的怒斥。

究其原因，无外乎李浩勤是个潜力股，而将来，李浩勤可能是他最大的职位竞争者。

李浩勤回到信号楼后，心情已经好了不少。开始检查大家焊的组合柜。他仔细地检查着每一根线连接的位置，又在组合柜的前面走了几圈。

这些信号工不仅完成了继电器的安装，还将接下来的组合柜的焊接工作也完成了大半。不过李浩勤却发现这中间有些人的工作做得不细致，需要返工。

被李浩勤这么一说，大家都来了火气，谁都不服谁，开始冲着李浩勤喊，齐齐上阵了。就在场面快要失控时，吴队长赶到了。

可想而知，他当然是站在那些与李浩勤不和的信号工的一边的。不过在看过李浩勤提出的返工意见后，他倒是没说什么。

"李浩勤说的没错，确实需要返工，线焊错了就要改，难道还等着开通试验时候现改吗？"他语气严厉，没等大伙儿反应过来就又继续说道，"不过旷工，工作时间吃饭，这事绝对不能姑息，单位就要有单位的规矩，不能为所欲为！"

终于还是绕到这上边了，李浩勤刚要解释，就被白师傅一把拦住了。他瞥了一眼所有人，一挑眉峰，居然叹了口气："你们都看见他去吃饭了，可是你们怎么就没看见在你们吃饭的时候，他在干什么？上午挖电缆沟那边出了点问题，要找个信号工，结果所有人都去吃饭了，只有他没去。等处理完事情都已经过了饭点了，他下午去吃饭有啥问题吗？"

被白师傅这么一说，大伙儿都恍然了。虽然这件事得到了大伙儿的谅解，可说他们干活出了问题的事还是不能让这些都有点自视过高的信号工服气的。

吴队长有些尴尬地看了看白师傅，又将目光移到李浩勤身上："既然白师傅这么说了，那就是我们误会了，不过我还是得说说你，以后你还是和别人一样，该做啥做啥，毕竟你也不是成熟的技术员，年轻人还是要多积累经验。"

就这么简单的三言两语，吴队长就笑呵呵地削了李浩勤在队里小小的特权，同时也站定了他自己的立场。

李浩勤并不在意这些，他为了缓和气氛，朝着大伙儿笑了笑了："大家都知道继电器这种设备，虽然看起来不咋起眼，可它却具有能以小的电信号来控制执行电路中相当大功率的对象，还能控制多个回路。这东西在自动控制与远程控制都是必不可少的，所以我才会格外注意，也格外关心。"

眼看着李浩勤态度这么好，同事们也都不吱声了。为了更有说服力，李浩勤继续解释，"其实我师父应该一进来就看出来了，不过是想给我这个愣头青一点面子，毕竟线接触形式还是一目了然的，师父，你可是害苦了我呀。"李浩勤不急不慌地又给白师傅戴了顶高帽这才进入了主题，"这线接触的压力比较集中，在这，就这个接点闭合与断开的过程中，线接触式接点的表面能沿另一接点表面滑动，这样表面氧化层和灰尘都能自动脱落，你们看是不是？"

"是啊，没错。"那个年纪较大的信号工点头赞同，随后一拍大腿恍然了，"对呀，这不是线接触式的继电器嘛，对，对，咱们咋按照点式接法接的线呢，哎呀，这可真是马虎了，大意了呀！"

经过这么一番解释，大家都恍然大悟，不好意思地低下了头。

不过冷眼旁观的吴队长心里却窝着火，如果任由李浩勤这么下去，那么自己的位置早晚有一天会是他李浩勤的。吴队长实在没想到，每个月都会换徒弟的白师傅这次居然和李浩勤相处得如此的融洽，甚至还将自己所有的经验都毫无保留地传授给了他。

不能让李浩勤在队里越发地得人心，思及此处，吴队长有了一个计策："小李啊，哈市这次的既有线改造开通，我们需要的就是你这种有责任心，也很会处理人际关系的人去支援，辛苦你代表咱们队过去一趟吧。"

李浩勤当然知道他的用意，不过他不能拒绝！随后他便将工作交给了其他的同事，自己踏上了回哈市的列车。

站台上，一批又一批的行人背着大包小裹，激动、兴奋、不舍等各种情绪充斥着这个不大的站台。

2008年那会儿，哈市周边的县市已经开始有不少人外出务工了。离乡的情景不禁让李浩勤想起了自己曾经离开家去部队的场景，心里瞬间百感交集。

就在列车即将发车时，一件意想不到的事情导致列车晚了点。

车厢外，一个女人号啕大哭，一边哭，她还一边堵在列车门的位置，嘴里含混不清地叫着什么。

李浩勤的座位在临近车厢门口的外侧，他将脚向里收了收，准备睡上一觉，可接下来哭闹女人的话却让他睡意全无了。

"快点把我闺女交出来，别以为你是老师就可以随便把我家孩子带走。小心我去学校告你，让你受处分。小琪，你给我过来。"

"不，我不要，我要跟着老师回学校。"

"小琪，你先上去。"

"不行，你这个臭丫头，是不是想造反，赶紧给我下来。你要是不下来，以后都别回这个家了。"

门口的声音越来越大，车厢里的人都伸着头看热闹，李浩勤也好奇地探出了头。

列车门前，一个穿着老旧花衬衫的中年妇女一手抓着车门把手，一只脚踩在踏板上，大有不按我说的做，谁也别想离开的架势。

而她的旁边是两名穿着铁路制服的列车员，他们似乎想要去拉中年妇女，可又犹豫着，不大敢的样子。

这几人的对面是一个身材看上去二十岁左右，扎个马尾的年轻姑娘，她的身后护着一个十来岁的小女孩。

之所以说身材看上去像二十岁，那是因为她背对着李浩勤，李浩勤只能通过背影来判断。

"小琪妈妈，现在孩子都是要接受九年义务教育的，你不让孩子上学是犯法的！"

"犯法，哼，姓沈的，你少在这吓唬我。我自己的闺女，我想咋样就咋样。"

争吵不断地升级，列车即将晚点，旅客们纷纷议论着，嚷着要开车。

李浩勤贴着窗户向外看，只见那小女孩儿眼神惊恐，极度排斥自己的母亲。

面对小女孩儿可怜惊慌的模样，他无法坐视不理。于是他走到列车门口，打算协助列车员处理此事。

就在他站到门口时，他终于看清了车下的所有人，特别是那个背对着他，护着小女孩儿的年轻女老师。

这个女老师皮肤白皙，杏眼薄唇，眉目间隐隐有着一种李浩勤熟悉的感觉。

"把我闺女留下，我就让你们走。"中年妇女始终坚持着、僵持着，丝毫没有要离开的意思。

"走，先上车。"

就在所有人都将注意力集中在闹事的妇女和女老师身上的时候，李浩勤突然从中年妇女身后一把将她推了下去，随后他以迅雷不及掩耳的速度抱起小女孩儿就往车厢里走。

这一幕发生得太突然，太让人意想不到了。

所有人都还在愣神，小女孩儿已经进入了车厢。

"哎呀我的天呀，有人抢孩子啦，救命啊，来人呐！"

中年妇女反应很快，只是一瞬的工夫，她就反应了过来，随即开始"哇哇"地号啕大哭起来。

"上车，快上车。"见之前护着小女孩儿的女老师还愣在原地，李浩勤朝她喊了一嗓子，她这才回过神来，随后想要上车。

可事情怎么会如此轻松解决，那中年妇女可是小女孩儿的亲妈，他们这些外人怎么可能随便就将小女孩儿带走呢，即便是小女孩儿心甘情愿地跟着他们离开。

"让开，都让开。"进站口处，两名站前派出所的民警朝李浩勤所在的车厢跑了过来。

事情比李浩勤想的要严重，于是李浩勤成了那个抢孩子的坏人，被带进了派出所。

"警察同志，这确实是个误会，现在孩子家长那边的工作已经做通了，能不能让这位同志离开？毕竟这事确实跟人家没啥关系。"那个护着小女孩儿的女老师恳求着。

"事情我们已经了解清楚了，以后有事找警察，不能用这种方式解决。"民警只是口头警告了李浩勤和年轻女老师，小女孩儿的母亲也在民警的调解下回了家。事情就这样解决了。

可李浩勤没想到，出了派出所后才是他意外、惊喜的开端。

"刚才谢谢你，要不是你，估计今天这事还不一定要闹到什么时候呢！"

"谢我？我好像还帮了倒忙，要不是我，咱们也不会来派出所！"

李浩勤和女老师站在派出所门口，互相表示感谢，而小女孩儿则站在一边，静静地看着两人，一言不发。

"你还是和以前一样，热心肠，正义感爆棚。不过……却总是帮倒忙！"女老师"扑哧"一声笑了出来，"李浩勤，你真的不认识我了？"

"你认识我？"李浩勤有点糊涂了，他不停地在脑子里搜寻关于眼前这个漂亮姑娘的信息。白皙透亮的皮肤，身上带着书卷气，扎着马尾，可自己似乎并不认识这样的人啊。

只不过她那一双笑眯眯的眼睛倒是让李浩勤觉得确实有点熟悉。在哪里见过呢，还是像谁呢？想不起来！

"实在是不好意思，没印象！"

"我——沈乔！"

"沈乔？"李浩勤对这个名字并不陌生："你是……沈乔？九中的沈乔？"

"终于想起来了？看来我这个老同学可没在你的心里留下啥深刻的印象呀！"

沈乔，李浩勤的初中同学，还曾是坐在他前排的"死对头"。

之所以将沈乔称之为李浩勤的"死对头"，还要从一件校服说起。

当年两人曾因为一件校服打了一架，上学时候的李浩勤实在是太调皮了，居然在前座沈乔的校服背后画画。

结果可想而知，沈乔发现了，两人打了起来。

当然，李浩勤也知道自己理亏，但是因为他没钱赔沈乔校服，更不想让家长知道，就想着自己解决。

而在他那个年纪，能想到的解决方法也就是吓唬沈乔，让沈乔闭嘴、不敢告状。可是没想到的是，沈乔并不是那种胆子小、能被吓唬住的女孩子。

因为沈乔的父母都是他们所在中学的老师，所以她总有一种与生俱来的优越感。

结果事情还是闹到了老师那里，李浩勤的爸妈也被叫到了学校。

事情最终以李浩勤向沈乔赔礼道歉并附带了老爸的一顿胖揍而收尾。

"我的天呀，你这变化也太大了，你要不说，我真不敢认。可真是女大十八变，我记得你原来可是小胖妞。"李浩勤惊讶地连连摇头，还伸手去比画沈乔小时候的身材。

"我是变了不少，可你，这张嘴一点没变！"

两人开启了叙旧模式，诉说起了这些年的经历和变化。

沈乔继承了父母的志向，也成为了一名老师。只不过与她父母不同的是，她选择在毕业后去农村支教两年。

今天就是她两年支教生涯结束后回城的第一天。

"佩服佩服！"听到沈乔有这样的觉悟和教书育人的崇高理想，李浩勤不禁开始重新审视眼前这个文文弱弱的女孩子，"那她是……"

想起今天在火车站的一幕，李浩勤扭头看向了站在一旁的小女孩儿。

原来小女孩儿是沈乔支教时的学生，因为孩子家里重男轻女，不让孩

子继续上学，沈乔就想着带孩子找媒体求助，将孩子带去报社，可不想家长却追了来。事实上，沈乔与孩子的父亲和村里的领导都沟通过，母亲却说什么都不让，这才导致了现在的结果。

听到小女孩儿的遭遇，李浩勤为小女孩儿在现今社会还有这样的父母感到悲哀，同时也欣赏和佩服沈乔的勇气和智慧。

接下来便是老同学的叙旧模式，这里当然少不了询问其他同学的环节。于是陆子欣和刘家强就成了沈乔关心的话题。

"他俩都挺好。"李浩勤避重就轻，不愿意向别人说起自己和刘家强现在的关系，更不想让别人知道他连自己的女朋友现在身处何方都不知道了。

在互相留了电话和工作单位地址后，李浩勤匆忙赶往支援地点。可是到了支援点，李浩勤才知道，真正的难题才刚刚开始。

2

这次李浩勤支援的是一个已经建成的信号站，接下来就是要准备开通试验了。

所谓的开通试验就是要检验所有设备保证在正式运行前能够正常运作，如果开通试验有问题，就要找出问题，立即修正。

开通试验需要信号工来完成，每个信号工都要有娴熟的技术，一旦出现问题，就要单独完成修正。

李浩勤虽然是个新人，但这种普通铁路的修建，他在部队已经完成很多次了，所以他很有信心能够完成。

可由于在火车站和派出所耽误了时间，李浩勤到达工地时已经过了约定的时间，这让总技工十分地不满，甚至开始怀疑他的专业能力。在给他分配任务时，自然而然地表现出了不信任。

不过李浩勤也不在意，只要做好自己的事，完成好开通任务就是他这次的目的。

由于还没有确定开通的具体时间，所以大家一大早就在信号楼待命了。当分配完任务后，大家开始各自忙碌，检查线路。

"嗯？这里……"在检查控制台时，李浩勤反反复复地看了好几遍，又参照着图纸看了两遍。

信号楼控制台零层有电源端子板2块，断路器板2块，汇流排2块，18柱端子板12块。而控制台零层的配线都是按照图纸来的。

"没错，没错，和图纸上的一样。不过这减速器……"再三确认后，李浩勤发现了问题。汇流排接线端接至各车辆减速器出现的问题会导致电路无法工作，也就是说当开通试验开始时，铁路信号将无法正常运作。

这一发现让李浩勤有点急了，因为他知道这并不是工人施工的问题，而是图纸出现了失误。

现在发现图纸出现问题可是个大事情，要一项项地向上面汇报，再让总工来评估，最后如果真的是设计图纸的问题，那么就要请设计图纸的设计师或者设计院的人来更改。

这样一来，耗费的时间可想而知。

而今天就要开通试验了，时间不够毋庸置疑。

为了节省时间，李浩勤越级报告了此事。刚开始，总技术员对李浩勤越级报告一事十分反感，毕竟做任何事都要按照规矩来。可当他确定了李浩勤说的话后，也开始急了。

"现在咱们现场人都在忙着，走不开，你带着图纸去设计院一趟，争取傍晚前回来，这样我们可以利用晚上的几个小时来改错。"

"我去设计院？"李浩勤只懂信号，其他什么都不懂，让自己去做这么重要的事，他实在怕负担不起。

可眼前已没有了更好的办法，犹豫片刻后，李浩勤背起图纸直奔设计院。

事情进展得并不顺利，在设计院，李浩勤并没有找到原设计师和团队。据说原设计师已经升了职，现正在外地学习。

李浩勤急得像热锅上的蚂蚁，在设计院的走廊里走来走去。他的这一举动着实影响了其他的办公人员，于是保安便开始赶人了。

"先生，请您现在离开，您已经影响到我们工作人员办公了。"保安上前想要请李浩勤出去，却被及时赶到的刘家强给制止了。这倒是让李浩勤十分惊喜，他还真的忘了可以求助自己的好友了。

"李浩勤，你这是要干啥？"刘家强带着李浩勤走到无人的地方，莫名其妙地看着他身上背着的图纸。

"碰到你正好，我找赵泽！你们单位今天怎么没几个人？"

"都出去学习了，找他有事？"

于是李浩勤便将图纸的事和他说了，这份图纸已经是两年前的了，赵泽也已经从组长升到了办公室主任的位置。

"我管他什么主任不主任的，他设计的图纸有问题，我来找他！"

"什么问题？和我说吧。"刘家强拿过图纸，扫了一眼。

"电务段今天有个线路开通试验，我发现这图纸有问题。"

刘家强仔细地看着图纸没说话，片刻后，他才将图纸合上："交给我吧。"

"给你？"

"不相信我？"

"你能行吗？而且这着急用，今晚五点之前就要改好拿回去的。"李浩勤倒不是不相信刘家强，而是他觉得刘家强不了解此线路，很多问题需要事先了解，这样就会耽误很多时间。

"放心吧，赵主任的事都是我接手的，这条线路我知道。你晚上到我家门口等我。"刘家强似乎并不想和李浩勤多说，随手从图纸空白的一角撕下来一块，写上了自己家的地址，接着没和李浩勤再多说一句话，转身进了办公室。

看着刘家强消失的背影，李浩勤终于放松了下来，可不知怎的，他总是觉得刘家强有意在和自己保持距离。

然而，没人知道在刘家强拿到图纸的那一刻，他冰冷的外表下，那颗激动的心早就如野火般熊熊燃烧起来了。

这是他表现的好机会，是他证明自己的机会。他不仅可以凭着自己的能力将图纸修改好，还能替领导扛下这一事件，让事态尽量缩小。这个人情，领导必然会领，他以后的路大概就会顺利很多了。

"喂，主任，我是刘家强，铁路局电务段刚才来人了，您之前负责的图纸，其中汇流排18接线端接至车辆减速器按钮的1接点和道岔手柄的接点那里出了问题。我这边已经帮您拦下来了，这个项目我来改吧。"

"好啊，这个项目现在就正式移交给你来重新核对一下，该改的地方就改一下。事情呢，我已经知道了，我觉得这是你积攒经验的好时机，你要好好工作，以后前途无量！"

刘家强暗自庆幸，自己押对宝了！

下午四点半，李浩勤准时等在了刘家强家的门口。

眼看着刘家强背着图纸桶从街口转过来，李浩勤急忙迎了过去："你可算回来了，怎么样，改好了？"

"嗯。"刘家强神情紧张地朝周围看着，像是在找什么人，"你一直一个人在这？"

"不然呢？"

"行了，你赶紧拿回去吧，别耽误了进度。"刘家强开门，却没打算让李浩勤进屋。

接过图纸看了看，李浩勤点了点头，犹豫着想要问刘家强和陆子欣是不是真的像传闻中那样，可最终还是换了问题："你知道子欣在哪对吧？"

"是，我是知道，不过她现在不想见你，我想你还是让她自己一个人冷静一下吧。"刘家强很痛快地承认了，让李浩勤心里好一阵儿不是滋味。

毕竟陆子欣是自己的女朋友，眼下她无故失踪，却好像是针对自己的失踪一样。

"家强，她到底怎么了？这样莫名其妙地失踪，我很担心。"

"她家里发生了一些变故，所以需要时间去处理。"

于是刘家强给李浩勤讲述了关于陆子欣家里所发生的事。

陆子欣的父亲在班上时，撞死了一个卧轨自杀的女孩子。女孩子的家属因此闹到了客运段，事情闹得很大，惊动了局里，而事故责任认定陆父占少部分责任并赔偿女孩儿家里一些精神损失费。但家属却仍旧不依不饶，为了平息事态，安抚家属的情绪，客运段只能让陆子欣父亲离开工作岗位。

陆家原本经济条件就很一般，为了赔偿的事，他们卖了房子，陆子欣母女也只能选择先休假来办理这件事。

听完刘家强的话，李浩勤心里那种说不出来的难受感觉瞬间涌了出来。

李浩勤很心疼陆子欣的遭遇，这突如其来的变故一定让她的那个柔弱的女孩子很难承受。她该有多难过啊！

可让李浩勤又想不明白的是，在遇到了这样的事情时，为什么陆子欣没有第一时间告诉他，反而是向刘家强求助了。难道只是因为不想让他担心？

"行了，别瞎想了，快点回去吧，工地等着呢！"刘家强一直在看表，似乎比李浩勤还要着急。

带着一肚子的疑问，李浩勤转身离开。可转过两个街口时，他才突然想起来应该向刘家强要个电话号码的，以前的那个刘家强早就换掉了，于是李浩勤看了看表，离发车还有点时间，便急忙掉头，折了回去。

"才这么几天就瘦了，没有好好吃饭是不是？"

"嗯，家强，我爸的事真的没有挽回的余地了吗？"

"放心吧，我和我爸说过了，等事情平息了，还是有机会的，别太着急。"

"可是……我们现在连住的地方都没了，真不知道接下来要怎么办了。"

"我已经给你安排了，这个你拿着，是我家的房子，现在空着，你们先过去住吧。"刘家强从兜里掏出一串钥匙，塞进陆子欣的手里。

陆子欣刚要拒绝，刘家强却做了一个停止的手势："别动，头上有东西。"

"什么？"看到刘家强紧张的神色，陆子欣下意识地想要去摸自己的头发。

"都说了别动。"刘家强一把攥住了陆子欣的手，紧接着将脸凑到陆子欣的耳边，嘴里吐出温热的气体，"你最怕虫子，所以……别动。"随后，他的手在陆子欣的头上晃了晃，似乎有什么东西从上面掉了下来。

这一幕，在旁人的角度看来宛如一对小情侣，而那旁人正是中途折回来的李浩勤。他愣愣地站在原地，眼中是两人看似亲昵的举动，脑海中浮现的都是那些传言。

平静的街道，平静的8月。在这个什么都看似平静的时空里，李浩勤内心翻腾着，耳边像是有一颗颗炸雷不断在他身边炸开一样。

他不敢上前去质问，不想听到那残酷的现实。可他又不甘心就这样和陆子欣分开，怎么能分开！

开通很顺利，自那天从刘家强家里回来后，李浩勤开始沉默寡言，回家休假也是闷闷不乐，可他没有再去找过陆子欣，他没勇气，也相信自己的眼睛。

直到一个人的出现，才逐渐改变了他低沉的状态。

这天，李浩勤躺在床上，门外突然响起了一个清脆欢快的女声。

"李浩勤，你在家没？大娘，我是李浩勤的同学，你还认识我不？"竟是沈乔。

沈乔说自己是路过，记得上学时候他们在这住，这次就碰碰运气找来了。沈乔性格非常好，活泼热情，还特别会和老人聊天，把李母哄得合不拢嘴。

沈乔的到来让这段时间一直沉闷的李家变得热闹了起来，在李母的强烈挽留下，沈乔在这里吃了一顿饭。就是这顿饭，让李母认定了，这就是她未来的儿媳妇。

而但凡细心一点的人也都能看出来，沈乔的确对李浩勤很有好感。可李浩勤和陆子欣两个人虽然一直没有见面，误会很深，可毕竟这么多年的感情，怎是说断就断的。

其实陆子欣也同样在受着煎熬，为了家人，她也在彷徨。这些年刘家强对自己什么感觉她比任何人都了解，可自己怎么能为了刘家强一再的帮忙就出卖自己的感情呢。然而现实总是很残酷的，在父母的逼迫下，在不想拖累李浩勤的心情下，陆子欣徘徊着、纠结着。

她现在需要的不仅仅是爱情，还是父母和自己的一个安身之所，这一切都让她无从选择。

烦闷的陆子欣想要出门走走，此时他们一家所住的是刘家强的房子，这里是市里新开发的楼盘，入住率不高，小区里没什么行人，路灯也有些昏暗。

走在夜晚的小巷里，陆子欣开始想念李浩勤了。

她无法想象和李浩勤分开以后自己的生活将会变成怎样，至少在她懂事以后，她就没有想过这个问题。

她始终觉得她会和李浩勤一直幸福地生活下去，即便中间有些磕磕绊绊。

9月的天开始有点冷了，陆子欣单薄的衣服搭在身上，使她的身影在这个寂静无人的夜里显得格外瘦弱单薄。

天空雷声不断，似是一场暴雨的预告。

闪电中，陆子欣的身后，一个男人的身影闪动。

就在刚刚，陆子欣出门时，刘家强刚刚到。可陆子欣并没有注意到，自顾自地一个人往前走。

刘家强没有追上去，而是站在原地，看着陆子欣落寞的身影。

事实上，刘家强也对自己爱上"朋友妻"的这种心理感到惭愧，甚至鄙视，觉得自己很不堪。

可一想到他们三人从小一起长大，为什么李浩勤就可以赢得陆子欣的心，而自己一直以来只能扮演那个助攻选手的角色？自己差在哪里，难道就差在李浩勤先向陆子欣表明了心意吗？

刘家强不甘心，如果是其他东西，也许他会放弃，会让给李浩勤，但陆子欣不行，他从小就喜欢的陆子欣不行！

一个内敛又争强好胜的人是不允许自己输在一个什么都不比自己强的人手里的。

"子欣，总有一天，我会让你心甘情愿接受我的。"

刘家强转头进了单元门。毕竟现在自己还是有优势的，陆子欣的父母就是他的筹码。

几天后，李浩勤算着日子，休假已经结束了，可单位却迟迟没有通知自己上班。没办法，他只能去段里看看，可得到的答复却是要等自己队的队长通知。

于是假期继续，在这期间，李浩勤曾和沈乔一起打过一次篮球。没错，是篮球。也是那次的接触，让李浩勤发现沈乔是个古灵精怪、颇有点男孩子气的小女子。两人也很快成为了好友兼球友，而对于陆子欣，李浩勤还在默默地等待。

出了段里的大门，李浩勤的手机就响了。

"师父！"

"你个臭小子，你还想不想干了，在家下蛋呢？"

电话那头，白师傅劈头盖脸就给李浩勤一顿骂，骂得李浩勤晕头转向，根本没反应过来是咋回事。

原来他们队里早几天就已经开工了，而吴队长并没有通知他，这才导致他表面看是无故旷了工。

"没人通知我上班啊。"李浩勤有点委屈，还是趁着白师傅机关枪一样的嘴不停时，找到了一个空隙，插了一句。

"还学会犟嘴了，我说你是不是傻，你自己刚来段里，脚跟还没站稳呢，心里没数吗？你这么多天不在，你那位置已经让人给占了，我看你回来咋办！"

"我位置让人给占了啥意思？"

"啥意思？哼，就是你原来的工位，现在有人进来了。你又不是不知道，咱们信号楼里，每个信号工都是有自己固定负责的区域的。可你倒好，没完没了不回来了，我看你是不想在咱们队干了吧？"

李浩勤百口莫辩，只能收拾行李，坐第二天的车赶回工地。他是真的很冤枉，明明告诉他已经休假了，可这到底是怎么回事？

当晚，让李浩勤意外的是，陆子欣出现了。

她看上去十分疲惫，整个人都没了神采。

"你还好吗？"看到陆子欣如此，李浩勤很心疼。可想到陆子欣和刘家强那天的行为，李浩勤又很难确定他们之间的关系，心里莫名有了那么点火气。

"嗯，这段时间我有事，家也搬了。"陆子欣并没有提到自己的遭遇，这让李浩勤更加地窝火。

"其实我是有事想和你说，我觉得我们……"

"分手？你要和我分手？"没等陆子欣说完，李浩勤就抢先开口了。

"我……"陆子欣看得出来，李浩勤生气了。刚要解释，李浩勤就劈头盖脸地控诉着她并没有信任自己，与刘家强走得过于近的事情。

陆子欣实在是没想到他会这么想，当场就愣在了原地。

两人就这样不欢而散。

李浩勤并不想将事情搞得这么严重，可男人的自尊心让他失控了。他懊恼、后悔。然而自己即将离开这里，没有时间去解释了。

月台上，李浩勤还在期待陆子欣会不会出现。当然，答案是肯定不会。

不过让他没想到的是，另一个送站的人却出现了。

"要走了？"沈乔笑盈盈地站在车门前，手背在身后，歪着头，眼神像是看自己的学生一样亲切、不舍。

"啊，你咋跑来了？"

"来送你呗，不然这么早我跑这来干啥！"沈乔表现得极为不情愿，就像是李浩勤逼迫她一样，"给，车上喝。"

"啥啊？"看着沈乔递给自己一个保温杯，李浩勤有点蒙了，"咋还给我送礼了，我可不是你领导啊！"

"哪那么多废话啊，给你就拿着呗。"

"我就去外县出个差，弄得好像我要去边疆不回来了一样。"

说着，李浩勤接过沈乔递的保温杯，拧开盖，一股浓浓的姜味迎面飘了出来。

"姜汤？你这给我弄糊涂了，这是唱的哪出啊？"

"昨晚你淋雨了吧？万一感冒，你还咋干活，赶紧喝了得了。"沈乔不以为意地白了李浩勤一眼，"行了，你赶紧上车吧，我还有课呢，这是请假出来了。等你回来咱们再聚吧。别忘了喝！"

没等李浩勤再说话，沈乔像哥们儿一样拍了拍他的肩膀，随后转身就往出口走。

脚步匆忙，看得出来，她真的是抽空跑出来的。

看着手里的保温杯，李浩勤心里说不出的滋味，那是复杂又感动的。

火车疾驰着经过满是苞米地的庄稼，偶尔看见有农民忙碌的身影。

李浩勤不禁有些感慨，在日益强盛的祖国下成长，连以前尤为愁苦的农民脸上如今也满是知足的笑容。而自己和自己这一代人，则是祖国强大最直接的受益者。

他们可以拥有自己的理想，可以不愁吃穿、精神富足，可以追求想要的生活。就像他自己，只要努力，信号工程师的梦想将不再是梦想。此刻，他就坐在通往梦想终点的列车上，狂奔着。

列车很快就到站了，当李浩勤再次回到工地时，他发现师父并没有吓唬他，他的位置真的丢了，一个学信号工程的大学生顶替了自己之前的位置。

当李浩勤找到吴队长时，两人剑拔弩张。李浩勤一肚子的委屈，再看到吴队长假装的无辜又无奈的脸，他只能咬着牙，摆出了谈判的架势。

"队长，你这么做不合适吧？想赶我走总要师出有名，这样硬给我加罪名，上面追究下来你脱不了干系。"在单位的这一个多月里，李浩勤已经成熟了不少，冲动的毛病也改掉了很多。此刻他即便再愤怒，也收起了刚进门时的气势，只是目光中多了些不可侵犯的神情。

"事情有点变化，还没来得及和你说，你去跑计划吧。"

"跑计划？我是信号工，不是跑计划的，再说当时给我定岗的时候也是技术工人的工种。"李浩勤扬着头，看着吴队长，毫不退让。

"哎呀，现在不是特殊时期嘛，段里面人手不够，咱们这又不缺人，你就当是去帮忙吧。"

跑计划就是专门负责每个项目从最开始计划到实施，每个部门配合，调节时间以及与上级部门汇报，协调的工作。

当然还要包括做一个项目的计划书，这是李浩勤所不擅长的，也可以说是从没接触过的。

"不行，我不会，做不好。"

李浩勤果断拒绝，他根本就不想学，觉得这和他的理想，他的职业完全不是一回事。

"做不好就学，行了，就这样吧，等下个工程你再回来。"

李浩勤明白，这是自己目前为止唯一也必须要接受的事实了。

没错，这世上有很多必须要接受且无法改变的事情。比如你的梦想或许就在不经意的某天改变了；比如你认为的至死不渝的爱情，或许正在悄无声息地离开。

李浩勤遭遇到了前所未有的困境，而他的好友刘家强此时也并没有比他好到哪里。

刘家强正低着头，听着父亲的责难："你就是个废物，从小到大，学习倒是挺好，可怎么啥好事都轮不到你，你到底是精还是傻！"

"爸，这次是有人害我。"

"害你？你要聪明点、注意点，不随便请假，会有人害你吗？就算真有人害你，他也得有这个机会啊！现在好了，你把机会主动给人家了。真是个废物，干啥啥不行！真是给老刘家丢脸！"

刘家强面无表情，一句话也不说，可心里却像是有团火，烧得他快要炸开了。

原来由于他今天为了陪陆子欣去参加升级普铁到高铁乘务员的面试，向单位请了一上午的假。

可谁知道上级部门偏偏在这个时候来检查，于是刘家强便被扣了一个无故旷工的帽子。

"爸，我不想多解释，我说了我请过假了，是他们故意说我旷工的。"刘家强一向是不爱多说话的，即便是遇到了不公的待遇，他也只是将自己的不满藏在心里，然后暗暗地发誓要让那些伤害他的人付出代价。

"是旷工这么简单吗？你难道以为一个旷工就能让你丢了去办公室的机会了？"

刘家强现在虽然在科员办公室，但却是挂名的，实质上给他定岗的时候，只是个办事员，也就是最低的一档。

要知道能进设计院那就是非常不容易的了，当时刘父是费了好大的劲儿这才将儿子送进去。打算日后有机会再往上调动。而这个调动的机会就在今天！

"爸，你说这啥意思？"刘家强抬起头，一双深邃幽黑的眸子紧紧盯着父亲。

那张几乎没什么表情的脸此刻郑重地，焦急地，慌张地看着对面的父亲。

"啥意思？意思就是今天你们办公室有个跟你一起去的小孩儿，升了，升到科员了。"

"怎么可能？他什么项目都没负责过。"

刘父冷哼一声，从自己的手包里掏出了一份文件，丢到了刘家强的身上。

刘家强迟疑一下，疑惑地打开材料。

越看，他的眼睛睁得越大，握着文件的手也开始发抖，平整的纸张被他攥得发了皱。

"太过分了，这也太欺负人了。"刘家强爆发了，他盯着文件，脸上的肌肉在颤抖，腮边明显能看出他在紧紧地咬着牙。

此刻，深藏在眼镜后的那双眼睛，几乎可以杀人了。

"这个项目是你做的吧，你是怎么搞的，居然让人家给署了名！而且人家还知道所有的规划细节，你到底在干什么？"

"这是我做的！"刘家强一个字一个字地像是蹦豆子一样。

"谁做的有什么要紧的？现在人家拿着你的东西去邀功了，上级直接给升的职！"

刘家强没再说话，他的头要炸了。

"人心！"刘家强将文件铺平，放在了桌上，只说了这么两个字，就出门了。

10月的江畔路风还是暖的，江水忽高忽低地拍打着石阶，将古老的江畔面包石洗刷一新。

站在江桥上，刘家强低垂着头，看着还算平静的江面，心里生出了无限的委屈与不甘。

从小就是优等生，是别人家长口中的好孩子。他从来没有感受过如此的挫败感，事实上，他是从来没有想过自己会被人算计。

他根本就理解不了自己曾经帮过的领导，怎么会在背后踩他一脚，还有那个看上去老实巴交的同事，怎么能窃取别人的劳动成果！

再比如陆子欣，要不是他一直犹豫不决、不声不响，或许现在他们之间的关系就会是另外一种状况了。

一直以来自己到底在坚守什么？相信什么？

这个世界真的有公平公正吗？这个世界真的是付出就会得到回报吗？这个世界又真的像他想的一样，每个人都是干净的吗？

突然，刘家强觉得很讽刺。面对着江水，他笑了。

半个小时后，刘家强从单位将自己的笔记本电脑拿了回来，然后给人事处写了请假条，他打算给自己放几天假。

而与之同命相连的他的好哥儿们李浩勤也在这一夜辗转反侧、难以入眠。

白天，李浩勤见到了项目指挥部的刘经理。刘经理对李浩勤的印象颇好，这主要来源于他的一些所谓的传说。

极度排斥跑计划工作的李浩勤并没有在刘经理面前表现出多大的热情，不过刘经理却并不在意。刘经理为人十分宽厚，戴着一副无框眼镜，人斯斯文文的，看上去和气得很。

刘经理是局里重点培养的年轻技术干部，前途无量。而他本人也是那种较为正直，一心想干好事业的人。所以他之前一上任就开始培养自己的人，他手下大多是年轻的职员，他们的项目也是全局的标杆。

刘经理想让李浩勤成为自己培养的一员。第一，大家都是年轻人，沟通起来很方便；第二，他确实调查过李浩勤的工作，对于这个直脾气、技术好的年轻人，他很看重。

"小李啊，实话跟你说，如果不是我要你过来跑计划，估计你现在就成了一颗弃子，在家蹲着了。当然，开除你是不可能的，不过让你没活

干这也不难吧？"

"刘经理，你这话是啥意思？"

"啥意思？前几天，你不是就在家待着了吗，这还不明白？其实我们曾经见过面，不过，你应该没啥印象。"刘经理说的就是李浩勤第一天去报到的时候，那个时候，他就开始留意李浩勤了。

"小李，来，给你看看这个。"刘经理从办公桌里抽出一份项目书塞到了他手里，"我本来想着让你将这个计划跑完，再跟你说的，不过我看你是有点情绪啊，所以我决定让你先看看。"

"这是……"李浩勤翻开项目书，只看了一眼，整个人都精神了，"哈大线的项目书？"

这个项目可是李浩勤心心念念想要参与的，如今有了这个机会，别说让他跑计划，就是让他看大门他都乐意。

李浩勤翻了个身，觉得老天对自己还是很不错的，原本以为是绝境，没想到现在峰回路转了。

在刘经理的安排下，李浩勤开始接触项目部的其他项目，同时也在留意着哈大哈市路段新建成的西客运站的动向。

第一列高寒高速列车的终点站是哈市，而哈市也将在半年后也就是2009年开始修建西客运站。日后，所有的高铁列车都将进出西客运站。

这一重大工程早就开始规划，李浩勤报到时，那批大领导所考察的正是西客运站的信号楼建筑。

对于这项重大的工程，李浩勤已经开始殷殷期盼了。

这是中国铁路，东北铁路发展史上的一个里程碑。

所以上级对此十分重视，在开工前，除了不停地规划、设计改良外，对于信号工程这一项，负责的领导也是十分认真。因此在选择施工队时，领导也侧重于更有经验的老队伍。

回到哈市的李浩勤开始了每天往返于单位和局里的规律生活，在此期间，他见过沈乔两次，从她那里听说了关于陆子欣回到乘务组原来那班列车并每周跑车三天的事情。

知道陆子欣过得还好，李浩勤这才安心不少，他决定去见见刘家强。虽然现在自己和陆子欣闹成这样，可他仍旧希望陆子欣幸福。而他不确定刘家强的想法，难道刘家强真的很喜欢陆子欣吗？

可到了刘家强家，他才知道家强在单位出了事，现在整天把自己关在房间里，不与任何人交流。

或许是始终将刘家强当成好友的缘故，李浩勤十分心疼他，甚至对兄弟遭受到的不平等待遇表示愤愤不平，想要替他出一口气。

"喂，家强，我进来了？"李浩勤推开门时，刘家强的房间里一片昏暗。

厚重的窗帘将正午的阳光挡得严严实实，屋子里除了电脑屏幕上那微弱的光，几乎任何光亮都没有了。

"人呢？"李浩勤眯着眼睛找了一圈，床上、椅子上都没人。

"你咋来了？"

"吓我一跳，你小子这是干啥呢？大白天的，这屋里让你弄得跟电影院似的，你要干啥啊？"看到刘家强坐在地上，背靠在墙角，李浩勤真是吓了一跳，从小到大他都没见过刘家强这副样子，他轻轻地关上门，并没有开灯，而是和刘家强并排坐到了地上。

"你有事啊？"

"没事就不能找你了？走，请你喝酒去。"

"不去，你有啥事就说吧。"

"刘家强，你是不是在找抽呢，咱哥们儿这么多年，我回来多长时间了，可还一次都没聚呢，你就不想和我唠唠？"李浩勤那股子急脾气瞬间上头，他"腾"地站了起来，瞪着刘家强。

"我没心情，以后再说吧。"

这是李浩勤没想到的，以前只要他李浩勤一瞪眼睛，刘家强一定服软，生怕他这暴脾气闹起来，可现在，看来刘家强是真的心情十分糟糕了。于是他也不废话，直接将刘家强架起来，出了门。

每年夏季，随处可见的户外烧烤摊大排档占据了这座北方城市的街头巷尾。

虽然此时炎热的天气早已经过去了，但还是有很多人愿意坐在路边喝着啤酒和三五好友谈天说地。

两人随便找了一个烧烤摊位，李浩勤吵着要刘家强请客，还自顾自地抢过人家的钱包，拍在桌子上："以防你耍赖，钱包就放这，我放心。"

"李浩勤，你今天来到底有啥事？"刘家强一张僵尸脸，随手开了一瓶啤酒，径自对着瓶嘴喝了起来，这倒让李浩勤对这个几年不在一起喝酒的兄弟有点刮目相看了。

"行，想喝酒，我陪你。"说着，李浩勤也打开一瓶，仰头就喝，"爽！真是好久没喝这么痛快了，嗯？刘家强，你钱包呢？"

喝完一大口，他满意地用胳膊抹了一把嘴，突然看到刚刚放在桌上的钱包不见了！

李浩勤几乎是下一秒就意识到钱包可能是被偷了，于是"腾"地就站了起来，在一群食客中寻找可能偷拿钱包的人。

这时刘家强也反应了过来，在周围的地上，身上找了一圈都没发现。随后他叫来了老板，可这时候李浩勤已经冲了出去。

原来李浩勤发现了一个可疑的家伙，那人正朝着他们这边鬼鬼祟祟地看，当与李浩勤的目光接触时，那人吓得一个激灵，转身撒腿就跑。

李浩勤也不管那么多，奔着那人的方向就追了过去。

"敢偷家强的钱包，你也不打听打听我李浩勤是什么人，真是胆儿肥了你！"说着，李浩勤已经追上了偷钱包的人，几下子就将那人压在了地上，钱包也被他搜了出来。

"我看你以后还敢不敢……"

刘家强赶到时，正好看到了这一幕，李浩勤果然是当兵出身，抓小偷绝对不在话下。

看着那健硕的身体和熟悉的动作，上学时的记忆瞬间充斥了刘家强的头脑。

突然，刘家强的眼前一道银光闪现。

"小心！"

"啊！"

几乎是一瞬间的事，小偷趁着李浩勤不备，从腰间抽出一把匕首，朝着李浩勤的腹部就捅了过去。

等李浩勤反应过来时，小偷已经被踢到了一边，刘家强一条腿跪在地上，一只手捂着另外一只正在滴血的胳膊。

"你竟然敢拼命！"李浩勤火冒三丈，直接将小偷打到动弹不得，这才跑回来看刘家强。

这时，闻声而来的警察也赶到了。

两人从派出所走出来时，彼此都看着对方笑了。

"以前打架都是你护着我，今天我也算还了你之前的保护之恩了。"刘家强终于会开玩笑了。

提到以前的事，李浩勤开始滔滔不绝，刘家强则含笑默默听着，回忆着那段青葱美好。

即使是经过了许多年，年少时的感情也不会改变。兄弟情，永远是可以两肋插刀的！

　　经过了一夜的折腾，刘家强负伤，原本可以安心在家养伤的，可不料单位的人却找上了门，而且十分客气地请他回去上班，这倒让所有人都看不透了。

　　直到到了单位，刘家强才知道，今天有督查组的人来调查他被人顶替的事。

　　这种违规操作，上面一向是查得很严的，国家绝对不允许任何形式的违规操作，所以刘家强算是翻身洗冤了。

　　不过当督查组的人询问情况，并将办公室主任赵泽和顶替刘家强的同事牵扯其中时，刘家强的做法让人十分不解。

　　刘家强不仅不计前嫌，还主动替同事解了围。虽然他隐瞒了部分的事实，但得到了领导的感谢。

　　"小伙子，你说的是真的？这个联锁表是你和他一起做的？"督查组的人似乎不相信刘家强的话，眼神如刀子般犀利地盯着他。

　　"是啊，这我肯定不能撒谎，对我没好处。要是只是我自己做的，我自己邀功多好。"

　　想想也是，刘家强没有道理包庇他们，于是此事便就此结束。不过刘家强因此得到了升为科员的机会，终于堂堂正正地进入了办公室，成为了正式的办公室科员了。

　　升职对刘家强来说是喜事，而他第一个想通知的，也是最想要通知的就是陆子欣。他希望能和她一起分享这份喜悦。

　　"不好意思家强，我最近工作很忙，恐怕没有时间了。"陆子欣没有赴约，最近她一直在逃避刘家强，这点，刘家强早就感觉到了。

　　不用问，刘家强自然知道是什么原因，陆子欣在犹豫，又或者是在故意地疏远，她已有了决定。

　　有些时候，你想逃避一个人，可现实总是会跳出来各种各样的事让你无法按照自己的意愿去做。

　　陆子欣就是这样，明明已经想好要与刘家强保持距离的，虽然他一直在帮她，到现在为止，她们一家还都住在刘家强的房子里，她和母亲的工作也都因为刘家而没有受到牵连。这些都让她无法逃避，特别是当她听说刘家强受伤后，原本拒绝的约会，被重新安排了起来。

　　而李浩勤呢，他人生再一次的转折也悄无声息地到来了。

　　在第一次去跑计划时，李浩勤在铁路局门口遇到了一个强行闯门岗的

奔驰大佬。此人据说是某信号器材厂的厂长，顶着一个地中海的大脑袋，气焰嚣张得很。他还在门口叫嚣，挑衅保安大哥。

进入铁路局都是要通行证或介绍信或工作证的，如果是外来人员，就需要进行登记，可此人拒不配合。

看到这样的场景，李浩勤自然不能袖手旁观了："我说你这人，进单位登记这是规矩，你找谁也得登记。"

接下来自然就是一场唇枪舌剑，李浩勤站在大门口，挡着路，说什么也不让奔驰车进入。

而他的这一表现比门口的保安还像保安，直接让奔驰车里的厂长投降了。

"行啊，小子，今天我有事，不跟你在这耽误时间，以后别让我看见你。"

器材厂厂长用手指点了点李浩勤，便下车做登记去了。

可有句话叫狭路相逢，李浩勤还真就遇到了。在办公楼里，负责给李浩勤签字的人正在局长办公室里开会，李浩勤偷偷溜到门口，却看到刚刚那个闯门岗的厂长竟也坐在里面。

"你是李浩勤？"办公室里那个坐在办公桌前的男人开口了，显示他就是这间办公室的主人，这些人口中的大领导。

"啊，我是。"

"嗯，李主任，你把字给他签了，就下去吧，让李浩勤留下。"

李浩勤还没反应过来这大领导怎么会认识自己的，就被留了下来。

于是李浩勤便一头雾水地进入了这个所谓的大领导的办公室，可是坐在器材厂厂长的旁边，李浩勤觉得很不自在。特别是当大领导看向自己时，他就觉得如坐针毡、如芒刺背。

而坐在他旁边的厂长此时也同样坐立不安，他并不知道李浩勤和大领导的关系，这个大领导对他可是太重要，是万万不能得罪的。

"郑局长，你看我刚刚说的事……"厂长犹豫着，看向了李浩勤，似乎是有些话不能被李浩勤知道一样，"这事……"

"没事，你接着说。"

原来这位大领导就是大名鼎鼎、德高望重、知人善任的郑局长。

李浩勤曾经听过郑局长的名字，铁路系统里，几乎没有人不对这个刚正不阿、领导能力十分强的局长竖大拇指的。

"局长，我听说咱们现在正在对哈大高铁负责的线路招标信号器材，你看我们厂是不是也能参与进招标中，我也知道这些招标很多情况都是内招，所谓的招标就是一个形式，所以我今天来……"

"内招？你听谁说的？还有，你刚刚说你是谁介绍来的？"郑局长突然板起脸打断了厂长的话。

"郑斌。"

"谁介绍都不好使！"突然，局长一声呵斥，将李浩勤和厂长都吓了一跳，"我做局长有我的原则，组织上规定的我们要从资质齐全的国营大厂采购设备，这不仅是不能更改的原则，更是为了我们人民的生命财产安全着想，你回去吧。"

"郑局长，郑叔，这事我也知道很难办，所以还是请您多帮帮忙，我们这些小厂子面临着生存困难的窘境，您看我也不是说要把整个铁道上的设备材料全包了，我就要点轨道电路上的设备就行，也就是从您老手指缝里漏出来点，就够我们整个厂子的工人吃一年的了。"说着，他竟然从兜里掏出一个鼓鼓囊囊的信封，直接塞到了郑局长的怀里。

郑局长拿到信封居然看都没看，直接将其丢到了沙发上。

"我说你这人是听不懂话还是咋地，局长说了，这是规定，要用资质齐全的国家规定的单位的设备。你拿个信封在这是逼领导犯错误啊！"李浩勤一瞪眼睛，直接挡在了局长面前，大有保驾的意思。

"哎呀，小兄弟，你不知道，现在这些设备都是差不多的，像轨道电路里组成的那些设备，每个厂生产的指数都差不多，作用也差不多的。"金厂长还在争取，对李浩勤的态度也早就发生了180度的转变。

"铺轨电路里的钢轨线路、钢轨绝缘、电源、限流设备、接收设备这些都是需要由精密的仪器制作出来的，你们厂子能够保证在每一个设备和材料上都能做到国家规定的指标吗？如果真的可以，你们可以去申请相应的资质，等进了国家规定的资质大厂，有资格成为备选的单位，郑局长一定会优先考虑你们的。"

李浩勤的一番话把厂长说得面红耳赤，甚至有些恼怒了。可厂长却无计可施，只能狠狠地瞪着李浩勤。

见厂长还赖着不走，李浩勤继续讲道理，"你知不知道轨道电路的作用和安全性对整条铁路有多重要。它可是有监督列车是否被占用的作用的，轨道电路反映这段线路是不是空闲的，是要为开放信号，建立进路和闭塞信号提供依据的。还有它还要传递列车的信息。你知不知道这些对铁路线路多重要，要是出了问题那可是要造成人员伤亡的。你觉得局

里会因为啥关系户而冒这个险吗？"

就这样，李浩勤帮助郑局长将这位不速之客给灰溜溜地送走了。

对于李浩勤今天的表现，局长很满意。他就是那个李浩勤第一天去报到时讲话的大领导，李浩勤现在才知道。

"年轻人说得好，你好好干，以后一定有出息。"

郑局长的鼓励对现在的李浩勤来说尤为重要，这是在他迷茫期的一种指引，似明灯，似路标。

遇到这样的人物，李浩勤还是有私心地走了一次后门，在局长那里打探到了明年开工的哈大高铁是不是被局里承建了，他们项目部有没有负责的标段。

"是你们项目经理让你问的？"郑局长没有直接回答李浩勤，而是目光坚定地看着他反问。

"当然不是，领导您可别误会，是我自己想知道。"李浩勤的额头开始出汗了，虽说他天不怕地不怕的，可在这么大个局长的面前，自己那点小心思要是被拆穿还是让他有点无地自容的，"因为是第一条高寒高速铁路，那可是具有历史意义的，我肯定想要参与的。我虽然没啥大抱负，但对于这种只有我们才能经历的工程，我也想能成为建造者之一。领导不瞒您说，我也想为自己骄傲一次。"

"有你们项目部，一个站的活，不过我可告诉你，这事现在还没宣布呢，你小子可把嘴给我闭紧了，别到处乱说，给我惹麻烦。"领导看了李浩勤好半天，突然笑了，那是欣赏和欣慰的笑。

李浩勤激动得不知道该说什么，这意味着在他人生的漫漫长河中，不仅可以亲眼见证祖国铁路的高速发展，还可以亲自参与祖国的第一条高寒高速铁路，这对每一个铁路人来说都是值得炫耀、值得骄傲、值得自豪的事。

得到这个好消息，李浩勤觉得比自己升职加薪还要高兴。他吹着口哨在篮球场上一个人投篮，以此来庆祝。

也许是缘分使然，沈乔居然也在这时出现了。

于是一场二人比赛就此展开，他们都有着各自的烦恼，他们都将烦恼化成了一股力量，在这个夜晚，尽情地交给了篮球。

"沈乔，你打得不错啊，说说吧，咋突然跑这来了？"李浩勤和沈乔气喘吁吁地坐在地上擦汗。

"没什么，放松而已，你呢？"

"我？高兴呗。"李浩勤将今天的事跟沈乔说了，他怎么也没想到，沈乔居然会是分享他喜悦的第一个人，"对了，问你个问题，你说如果你喜欢上一个人，可你的朋友也喜欢这个人，你会怎么做？"

聪明如沈乔，她瞬间就知道李浩勤说的是谁了。毕竟他们都是同学，对于李浩勤、刘家强和陆子欣的事，她是知道一些的。

"两个选择。"

"嗯？"

"成全对方。"沈乔深深吸了口气，"爱一个人，自然希望对方可以好，那既然自己犹豫了，不确定了，那一定是不够爱，那就把这个机会让给别人，只要他过得好，我觉得我也会幸福的。"

对于这个答案，李浩勤不满意。或者说，在他心里，他从来没有想过要把陆子欣让出去。他做不到！

"第二个选择呢？"

"第二个……就是勇敢地追爱呗，既然不能成全别人，那就成全自己。"

"那你呢，你选哪个？"李浩勤很好奇，这个世界上是不是只有自己这么自私，不肯选择第一个。

"我啊，跟你一样，选第二个。"

"跟我一样？"李浩勤转头，目光迎向正意味深长看着自己的沈乔，"你咋知道我会选第二个。"

"呵，难道你会有那么伟大，选第一个？反正我不信，至少我觉得很少会有人那么伟大吧。"

是啊，沈乔这话说到李浩勤心里去了。很少有人会那么伟大，而他从来不认为自己是伟大的人。

3

一转眼，这座城市就进入了寒冬。

在东北，12月的天已经开始下起了鹅毛大雪。这对于绝大多数人来说都是浪漫的开始，而对于铁路工程队的职工来说却是个不好的消息。

天气寒冷，大地冰封让铁路工程进入了停滞期。大家开始陆续放假，等待开春后新项目的开始。

李浩勤所在的项目部却并没有放假，他们之前的一项工程因为要抢时间开通，所以只能克服天气原因，加班加点地干。

再次见到项目经理刘超，已经是在哈市了。之前的工程结束，所有人都已经撤回来了。

李浩勤对刘经理的印象很好，在局里，看到刘经理时，他还情不自禁地抱了抱这位伯乐。

"刘经理，咱们现在没啥活了吧，就等着哈大那边准备项目部开工了吧？"

"你听谁说的？之前有个工程还没放假呢，我正寻思着找你说这个事呢，今天正好看见你了。"

两人都来局里办事，正好撞见了。严谨地说刘经理是来述职的，而李浩勤则是拿着刘经理安排的项目来找负责人签字的。

"啥事啊？咱刚结束的项目我还没和这边对接呢！"李浩勤拿着一叠文件在刘经理面前晃了晃，"经理，我这事办完了是不是也得放假了？"

"这事你待会儿再办，我听说你在部队的时候跟着师傅立过杆？有没有这事啊？"

所谓的立杆就是安装信号机，而信号机的安装是具有一定危险性的，它需要高空作业。

"有啊，咋了，咱们项目部有高柱信号机啊，我师父不是能安吗？"李浩勤张了张嘴，想到了自己那个倔脾气的白师傅。

"是，不过白师傅年纪大了，我想着第一，他上去不安全，第二，他总要有个接班人，你不正好是他徒弟嘛。"

李浩勤和刘经理说的信号机，学名叫作透镜式色灯信号机，有高柱型和矮型两种。而他们这次要立的就是高柱型的。

这种高柱信号机的机构是安装在钢筋混凝土信号机柱上的,而高柱透镜式色灯信号是由机柱、机构、托架、梯子等组成的,也就是说要安装就必须要登高。

"我想着看看这次我们用几个年轻人,也算是锻炼锻炼,咱们项目部,工程队也要年轻化不是嘛。"

"那没问题啊刘经理,啥时候去,你说一声。我这边的计划也都差不多了。"

李浩勤答应得很爽快,这可是他的强项,也是他作为信号通信兵时常做的事。

其实李浩勤现在还是属于五队的人,而五队目前被划分给刘经理的项目部了,不管怎么算,他们都是一家人。

"我跟你说这个事呢,主要是想告诉你,后面的工程你们五队过去干了,也就是说……"

"也就是说老吴去了呗。"李浩勤哪里还能不明白刘超的意思,不过现在他倒是不那么介意老吴这个人了。

毕竟大家抬头不见低头见的,以后总是要碰面的,"没事,我啥时候过去?"

于是,两天后,李浩勤到了现场。

可是让李浩勤头大的是,这次立杆的位置是江上,要过江,这可就是考验技术的时候了。

"你说这不是难为我们嘛,白师傅这时候生病,就咱们几个,能行吗?"一个和李浩勤差不多大的信号工抱怨着。不过这也不能怪他,这种过江安装信号机本身就是比较困难的,他们几个年轻人心里没底也是可以理解的。

李浩勤也不说话,只是抱着肩膀仰着头看江面,不知道在想什么。

"李哥,咋整啊现在?"年轻的信号工看上去比李浩勤还要小,他对李浩勤还是比较尊敬的,张口闭口"哥哥"地叫着。

"咱们自己干吧,也不是特别难,技术都是一样的,小心一点就是了。"李浩勤收回目光,开始安排人准备干活了。

这时,之前和李浩勤一起干活的队里的人吃完了午饭,集体上工了。

当然也有他不大愿意看见的队长老吴。

老吴远远地就看见李浩勤和几名其他队的人在讨论着什么,不过两人见面也确实很尴尬，于是老吴便将李浩勤当成了透明人，直接越过他跟其他人沟通了起来。

"行了，就这么干吧，有啥不懂的，再给白师傅打电话，你们队的技术呢，也不管了啊？"吴队长朝着其他队的几人中一个年纪稍大一点的人问。

"我们技术得后天能过来，现在着急，我们也不能等啊！"

"那行，你们几个干活吧。"吴队长像是领导一样，开始分工。而之前几人原本是以李浩勤马首是瞻的，现在看到这情景，心里也都有了数，便谁也不说话，也没人再去征求李浩勤的意见了。

"小李啊，你在刘经理那干得不错啊，现在你可是飞上枝头变凤凰了。咱们队啊，这些活你尽量就别沾手了，要不你走了你的活还要重新交接。"

见李浩勤站在一旁，为了避免工人们说闲话，吴队长主动和李浩勤沟通了起来。

"行啊吴队长，你忙你的，我看看有啥能帮忙的，我既然来了，就不能闲着白拿工资。"

李浩勤虽然心里不爽，可脸上依旧笑嘻嘻的，似乎两人之前从来没有发生过任何的不愉快。

于是一下午的时间，李浩勤像个工具人一样，哪里需要点啥，他就颠颠地跑去帮忙，一个信号工成手就这样成了小工。

"你这样不行，多危险啊，把安全带系上。"江中心的位置，已经有工人开始作业了。

李浩勤放下手里的零活跟着过去看，可是当他看清了两个工人所在的位置后，脑袋"嗡"的一声就大了。

此时，两个工人已经开始计算距离，水位的深浅，打算将信号机立在江中心了。

"喂，你们两个，别动！"李浩勤扯着嗓子，对着江中心的两个工人喊道。

似乎是距离太远或江水波动的原因，大家都是用对讲机沟通的，所以他们根本就听不到李浩勤的声音。

杆子已经放好，两个工人正蹬着梯子往上面走。

"哎呀，机柱不稳，糟了。"李浩勤一跺脚，撒开腿就往江中心施工的地方跑。

一分钟后，江中心突然传出一声惨叫。紧接着，只见刚刚上去的两个工人不知道怎么回事，在梯子上晃了几晃。其中最下面的人竟没站稳，脚下一滑，整个人就顺着机柱往下掉去。

而这时，李浩勤已经跑到了机柱安装的位置。安装机柱时，吊车和各个作业部门都有相应的设施车辆在旁边，所以李浩勤很容易就跳到了机柱底部。

那个工人在脚脱离梯子的一瞬间，已经意识到自己没有绑安全带的错误行为了，可已经晚了。

"啊，救命啊！"被吊在机柱上的工人已经蒙了，距离他的脚下不远处就是一级台阶，但他此刻已经浑身发抖，腿脚发软，根本不敢动了。

当所有人反应过来时，一根机柱的最顶端的一个工人正瞪大了眼睛，手死死地抱住机柱，而中间的工人半吊在空中，李浩勤则在奋力地向上爬着。

"别动，你们别过来。"李浩勤一边安慰着中间的工人，一边命令旁边的人展开救援。

事实上，如果此时是有经验的技术人员，就不会出现这种情况。即便真的出现了眼前的情况，他们也会沉着冷静，利用手里的工具重新站回到梯子上的。

别说是上面的工人了，就连在下面营救的李浩勤此时也已经是满身大汗了。

"别往下看！"就在李浩勤感受这冰冷的江水在身下滚滚流过时，信号机上的梯子突然"咔嚓"一声，变了形。

"快点下来，没事儿，踩住我的肩膀。"不知道是因为机柱本身的问题，还是因为在立杆子的时候没有立稳，机柱竟然微微晃了晃。

中间的工人脸色惨白，他带着哭腔将脚颤颤巍巍地伸向了李浩勤的方向。

与此同时，最上面的工人已经在吊车的营救下被救了下来。

接下来，中间的工人一咬牙，一闭眼，直接将脚踩到了李浩勤的手上，几秒钟后，他又将脚挪到了李浩勤的肩上。

很幸运，这场事故有惊无险，除了李浩勤手腕和肩膀受了伤以外，大家都平安无事。

关于这场事故的消息迅速在各个队伍和项目部中传开了，李浩勤也成了舍己救人的英雄。

事后，上级领导为了表现出重视此事，还特意来到现场慰问所有的工

人，给大家压惊。

不过五队的队长却因此受到了严厉的处罚。

当时在现场的，除了一个监理外，就是吴队长这个小头头了。现场在没有技术的情况下，队长让毫无经验的新人上杆，并且没有加装任何防护措施，这是非常严重的问题。

吴队长因此被罚扣了半年的奖金。

"小李啊，你的行为非常勇敢，是我们所有铁路人的榜样、骄傲。"段长在李浩勤的家里这样说道。

"段长，不管任何人，遇到这种情况都会去救人的，这也不是啥大事，没啥好表扬的。"

李浩勤因为手腕受伤，单位给了他半个月的病假。

"嗯，小李啊，你这觉悟够高的，行啊，今年咱们段决定把先进个人给你了。你这可是从咱们老员工那里抢来的呀。"

"哎呀领导，真是太感谢你了，我是真没想到我家小勤刚上班不到一年就能得个先进个人。"李母开始在一旁喜滋滋地看着儿子，因领导到访，她身为一个家庭妇女，还是很紧张的，所以一直也没说一句话。

可是，当她听到儿子要得先进个人的时候，终究还是按捺不住内心的高兴，抓着领导的手一个劲儿地感谢。

"段长，这可不行。先进个人，那可是咱单位对个人工作表现的肯定，我这可不算，不能把这个荣誉给我。"李浩勤知道，自己资历太浅，又没太多的工作的经验，要说背景，那更是没有，所以自己现在不适合张扬、出风头。

如果今天接受了这个荣誉，那一定会引来非常多的关注，同时也会遭到某些人的妒忌和排斥。

"你是不是傻啊！你傻啊！"李母坐在李浩勤的旁边，一个劲儿地用胳膊肘捅他的腰。

"领导，这个荣誉我真的不能要。"李浩勤却坚持。

"行了，这个事等过段时间再说吧，你先要养好伤。对了，这不是年底了嘛，局里有个年度表彰大会，也会有些节目表演，咱们也会派几个代表去参加，你也跟着去吧。"

这种热闹的场合，李浩勤最喜欢，于是他便成了电务部门选送的成员之一。

领导走后，李母的笑脸立刻就板了起来。

有时候李浩勤都觉得老妈应该去当演员，明明刚刚气得要命，却还能在领导面前不停地夸儿子，甚至拉着儿子的手表现出与儿子一样的大义凛然。

领导走后，母子二人一人坐一炕头开始冷战。

"阿姨！"突然，有人推门走了进来。

"哎呀妈呀，吓死我了，这……这孩子怎么进来也不吱一声，哎呀妈呀，可吓死我了。"

李母生气得太过投入，根本没发现有人进来。

看刘家强来了，李母像是找到了救兵一样，急忙将刚刚段里领导来的事情说了一遍，紧接着就出门溜达去了。

"你可真行，李浩勤，瞧把你能的，还成见义勇为的英雄了。"刘家强见李母出了院，这才开口，此前，他一直保持着沉默，就像个待嫁闺中的小女子一样。

"谁碰到这事都得这么干！"

"刚才领导送了锦旗，还说局里今年要举办一个年会，各下属单位派几个代表去参加，好像还挺隆重的。我们领导意思是让我去，这不我算是功臣嘛！"

"年会？"刘家强微微蹙眉："什么年会？我们单位也算这个系统的，咋一点消息都没有。"

"谁知道呢，应该是只通知去参加的人吧。就是弄几个工作表现好的上台去领个奖，领导再鼓励大家一下，最后还有个啥员工表演的大会，听说每个下属单位都准备节目了。我最不乐意参加这会那会的，出风头不好。枪打出头鸟，我可是有过深刻的教训！"

"你妈说你傻，你是真傻啊，这么好的机会干啥不去啊。枪打出头鸟？现在你只有出头，才没人敢碰你。"

李浩勤回视着对面戴着眼镜、斯斯文文的青年，突然，他觉得眼前的刘家强自己好像不认识了。以前他是最看不上这种做表面功夫的人了，可现在居然让自己去做。

"你看啥啊，我是没机会，要是有机会，我就去。"

让李浩勤没想到的是，年会那天，他居然真的看到了刘家强。

时间过得很快，一转眼，就到了年底，哈市的雪已经将整个城市笼罩上了厚厚的一层冰晶。

年会随着李浩勤伤势的痊愈也迅速到来了，这场年会是由总局举办

的，在省文化宫租了场地，邀请下属的各个机关单位的代表前来参加。

这是李浩勤第一次参加这么大型的年会，特别是要上台领奖，心情难免紧张。

"嚯，好家伙，原来这里这么大！"虽然李浩勤从小在市里长大，这个文化宫以前也曾多次路过，可却从未进来。看着眼前的大会厅，足足有七八米高，顶棚上的射灯晶亮晶亮的，大会厅的四周有十来根柱子矗立在两旁，显得整个大厅庄重威严又不失华丽高档。

大厅进门处是签到台，每个单位都有一个固定的签到台。可李浩勤在签到台找了好半天也没发现自己所在单位的位置，原来他们单位因为级别太低前来参加年会的人数又不多，主办单位并没有给他们单独的签到处，而是和整个电务组分配到了一起。

"还有设计院的人来？"李浩勤在签到台看到设计院三个字的时候，下意识地就想到了刘家强，"可惜这小子不能来喽。"

年会其实比李浩勤想象的要轻松得多，这个会场原本是像大剧院或电影院一样，座位都是一排排的。可为了今天的年会，主办单位特意将成排的座位换成了饭店的圆桌形式，在颁奖和表演结束后，举办一次别开生面的自助宴会。

自助在 2008 年的时候还不是十分的普遍，大家都期待着中午的大餐，希望可以吃到一些不同寻常的美味。

李浩勤单位被安排在稍微靠后的位置，前面是级别较高的单位领导和职工。

这样的安排非但没让李浩勤觉得不受重视，反而觉得十分的自在。

他不喜欢应酬，不喜欢趋炎附势去讨好领导，现在他坐在后面一个不起眼的地方，没人能注意到他。

年会在一片嘈杂声中终于拉开了帷幕，首先是领导讲话。

"各位在座的同人们，大家好，作为局领导班子的代表，首先我对各位同事的到来表示热烈的欢迎。"台下掌声雷动，李浩勤虽然并不想引人注意，但还是十分愿意凑热闹地伸着脖子使劲儿往前看。

"今年我们举办这个大型的年会，有三个原因。第一是我们伟大的祖国在几个月前举办了世界瞩目的奥运会，身为中国人，我们感到十分的自豪、光荣；第二是关乎我们整个行业的大好消息，第一列高铁京津高铁已经投入运行，这是中国铁路史上的一个里程碑，更是我们这些铁路人努力奋斗的成果和骄傲的资本；那么第三呢，就是我们省，今年规划已经确定在明年修建世界第一条高寒高铁,这也是一个历史性的突破。基于这三点原因,当然还有为了更好地激励、表扬我们的职工工作的努力勤奋,我们举办了这次的年会,希望大家在这次的年会上能够敞开了玩,尽情地放松。"

领导一大段的讲话,台下鸦雀无声,直到结束,才再次响起了震耳欲聋的掌声。

年会进行得很顺利,很快就到了重头戏,表彰各个单位先进职工的环节了。

每个先进员工都是经由各个单位的领导班子开会研究评选出来的,大都是年纪比较大、资历比较深的职工。

但让所有人都心悦诚服的是,这次不仅有老职工的表彰,每个单位还都特意留出了两个名额给新进单位的年轻人。

这样不仅可以表现出单位对职工的一视同仁,也可以激励年轻的孩子们积极认真努力地工作。

"下面请上电务段今年被评选为先进工作者的职工,王坤、李浩勤、张斌。"

李浩勤第一次登台,有点紧张。

在听到台上有人叫自己名字的时候,下意识地举起了手,引得周围人哄堂大笑。

颁发先进工作者这一环节是要各个单位部门的人都上台后,统一进行的。而李浩勤站在已经站满一排的人群里时,觉得有点脸红。

也许他是唯一一个不是因为工作出色,而是见义勇为站在这上面的人了。

"陆子欣!"李浩勤还在低头琢磨着自己这名不副实的荣誉时,陆子欣的名字就像是炸雷一般,"轰"地在他耳边炸开。

他抬头,移到前面两个人头的中间,努力在台下搜寻着陆子欣的身影。

很快,那个纤瘦窈窕的女子就出现在了第一排的过道上。随后便被安排在距离李浩勤足足有七八个人远的位置。

"接下来有请铁路设计院的同事们吧。"主持人说完后,便逐一念出了上台人的姓名。

直到最后一个人名出口后,李浩勤震惊了,居然是刘家强。

这是李浩勤根本就没有想过的,之前刘家强还和自己说他并不知道这

件事，可这家伙到底是怎么成为年会先进者一员的呢？

原来就在刘家强听说了这件事后，便开始行动了。

自从上次刘家强替领导和同事挡了一回事儿后，就成了领导面前的红人。当然，他的工作能力很强，在设计信号联锁图时，也是主力，这才拿到了这次的机会。

其实刘家强并不是一定要成为今年的先进的，他知道一旦自己成了先进，必定会像李浩勤一样，成为众矢之的。

可刘家强不想输给李浩勤，事实上，从小到大，他什么都比李浩勤强，所以他不能输！

而陆子欣呢，当然是由于她工作表现突出，但大家谁也不敢说这和刘家强家里的帮助没有一点关系。

"好的，接下来我们的颁奖典礼马上开始……"就在主持人激情澎湃地宣布开始时，一个身着迷彩服的高个子男人突然蹿上了台。

事情发生得太突然，几乎没有人看清高个子男人是从哪里冒出来的。

高个子男人径直朝舞台中间的领导奔去，那速度快得让人反应不过来。

高个男人一边跑一边已经从腰间抽出了一把锋利的尖刀，那刀银光闪闪，在舞台灯光的照耀下泛着寒气。

"啊！"不知道是谁先看到了这一幕，惊叫了起来。随后更多的人反应了过来，开始尖叫、躲避。

李浩勤站在舞台的最左边，离那个高个子男人有段距离，可陆子欣就站在领导的正后方，她的位置非常的危险。

"子欣！"李浩勤焦急地叫着。

慌乱中，领导眼疾手快，一抬腿就直接从舞台上跳了下去。

高个子男人扑了个空！

"抓住他！别让他跑了。"

与此同时，不知道台下谁喊了这么一嗓子，男人被激怒。狰狞地回头，却找不到领导的身影了。

当被激怒的男人发现自己已经很难跑出去的时候，竟狗急跳墙，回手就去抓台上的人。

而倒霉的是，陆子欣成为了他下手的对象。

"都别动，再动我就捅死她！"

只是一眨眼的工夫，陆子欣就被男人扯到了自己的身前，并用刀子抵住了她的喉咙。

瞬间，全场都安静了下来。

大家停住了逃跑，一些想要往台上冲的男人们也定在了原地，不知所措起来。

"哥们儿，你别冲动，有啥话好说，别伤人。"已经冲到跟前的李浩勤被逼无奈只能向后一点点地退着，他的手心全是汗。

哪里见过这种场面的陆子欣吓得边哭边用双手扒着男人勒住她的手，脖子微微向上扬起，扎起的马尾辫也散落了下来。

"别动，再动捅了你。"

陆子欣一动不敢动，白皙的皮肤被男人勒得发红，抵在她脖颈处的刀也已擦破了皮肤。

这时，有几个人从男人身后摸了上来。

"我，我要钱！"男人刚开口，就敏锐地察觉到了身后的异动。营救失败！

"你要多少钱，我们给！"李浩勤努力控制着男人的情绪，事实上，他并不知道警察什么时候会来。

"我要拿回属于我自己的钱，你们拖欠农民工的钱！"

"别激动，你说清楚，到底怎么回事，我们一定能帮你解决的，不要伤着她。"李浩勤一边安抚男人，一边朝着门口方向看，他在祈祷警察下一秒就会到。

而此时的陆子欣已经脸色惨白、嘴唇哆嗦，似乎马上要昏厥一样。

"你把她放了，我来当你的人质，咱都是爷们儿，好歹也不能对个女人这样，我换她！"

没有人注意到，刘家强什么时候站到了李浩勤的身边。

刘家强小心地往前走了一步，发现男人并没有阻止，于是又向前迈了第二步。

"站住！"

"别冲动，你考虑一下我的建议，你的目的是钱不是人！"眼看着男人手里的刀已经将陆子欣白皙的脖颈划出了一道浅浅的伤痕，鲜血微微渗透了出来。刘家强急得语速都加快了一倍。

"好，你过来。"男人眼见着陆子欣已经瘫软了，只能同意刘家强的提议。

就在陆子欣被成功救下来，刘家强成为人质后，警察终于赶到了。可

在解救刘家强的时候，由于歹徒反抗，刀子扎进了刘家强的腿里，刘家强再次负伤。

原本一场隆重、盛大的年会却以个别人克扣农民工工资而闹得不可收拾，还误会了局里的领导。这件事引起了局里的高度重视，很快便将两个害群之马揪了出来。

医院里，李浩勤为兄弟忙前忙后，趁着刘家强睡着的工夫他去楼下交了住院费。可回来时却发现陆子欣从病房跑来看刘家强了。

李浩勤站在门口，准备推门的手停住了。

"家强，你，怎么样？"陆子欣惊魂未定地看着半倚在病床上的刘家强，心里满是愧疚和感激。

"我没事，只要你没受伤就行。你……真的没事？"刘家强关心、热切的眼神紧紧笼罩着陆子欣。

"我没事，当时就是被吓到了，现在没事了。"陆子欣抿着微薄的唇，欲言又止，"家强……你，刚刚……为啥那么做，很危险的，你都不顾自己的安全了吗？那歹徒手里有刀！"

"呵！"刘家强摸了摸鼻子，有点不好意思地笑了，"当时我也没想那么多，就看着你有危险，我总不能不管不问，啥也不做嘛。何况你是女的，我是男的。男人保护女人，那不是天经地义的事嘛，你别胡思乱想了，我做这些都是心甘情愿的，只要你平安就行了。"刘家强微微侧着头，用眼睛瞟着陆子欣的表情。

"家强，我不仅把你当成我的同学、伙伴，更把你当成哥哥。我的事，你总是那么帮忙，这次还救了我，如果不是你，真不知道我会怎么样呢！"这话陆子欣是出于真心，对于刘家强，她十分感激，这么多年的照拂，家里大事小情，几乎都能看到刘家强的身影。

然而爱情和感激不同，这点陆子欣明白。

"行了，我懂。你只要记住一点：你的事就是我的事，我刘家强永远在你身边就行了。"

陆子欣双手紧紧握成拳，指甲几乎都要抠进肉里了。

这是什么？是表白？陆子欣头有点晕。她不知道要怎么回应，只能定定地站在那。

走廊里，看着陆子欣远去的背影，李浩勤心情复杂。为了救陆子欣，刘家强奋不顾身。李浩勤试问自己能不能做得到？

也许可以，但冲上去的却是刘家强！

确实，李浩勤不得不承认，他爱陆子欣，在危险面前，他想到的是怎样能安全救出陆子欣。而刘家强呢？毋庸置疑，他的爱更明显。

也许我们这一生要做的选择太多了，或者说我们每天每时每刻都在做着选择。选择自己的生活，选择自己的爱人，选择自己的梦想，选择坚守或放弃……

可有些时候，我们别无选择，那是出于一个人的善良和责任，我们必须放弃一些东西。李浩勤不得不承认，在爱陆子欣这件事上，自己是个失败者。比家事、比前程、比勇敢，他都不及刘家强，那他又凭什么拥有陆子欣的爱呢！

这么想着，李浩勤就释然了，不甘心也渐渐地消失了。可那深深的眷恋和爱意呢，他不知道要如何克制如何遗忘。

年底时，哈市早已入了冬，冰天雪地的气候让东北的室外工程集体停工，大家都安心地等着过春节。

李浩勤所属的施工部门自然也不例外，自从年会后，李浩勤就闲在家里，偶尔去单位和同事聊聊天，他不愿一个人在家胡思乱想，因为离开医院那天，他主动找到陆子欣正式提出了分手。

虽然不舍，虽然还爱着，但李浩勤希望陆子欣幸福，希望陆子欣能过更好的生活，也不想两人再无休止地争吵。

可接下来，失恋的日子让他痛苦不堪，他低迷的状态令周围人担心。

一天，在单位和同事讨论明年工程进点的情况时，刘经理急急忙忙地走了进来，一进门，就严肃地看着办公室里的人："有个事说一下，广贵高铁已经开工了，但现在人手不够，需要我们去支援，你们看看谁能过去？"

"经理，这马上就过年了，咱们好不容易在家过个年，大家都想陪陪家人。"一个同事道出了所有人的心声。是啊，工程部门常年奔波在外，回家过年也不是每年都能做到的。如果说是自己单位的工作，他们责无旁贷。可现在让他们牺牲在家过年的时间去支援，大多数人都是不愿意的。

办公室里鸦雀无声，所有人都低着头，态度十分明显。

刘经理叹了口气，目光扫过众人，可这些人都是上有老下有下的，他也实在是不好开口要求什么。至于李浩勤，这是他从部队回来的第一个春节，四年没有回家过年了，他实在不忍心让李家二老再过一个没有孩子的春节了。

"经理，我去！"李浩勤犹豫了一下，他也想到了父母，可最终还是决定去支援。

他相信父母会理解自己，他要趁着年轻去追求自己的理想，他要学更多的东西，这样才能在国家高铁的信号技术上有所突破，给人民百姓的生活带来更多的方便与快捷。让他们可以用最快的速度到达目的地。

他的梦想不仅仅是一条条高速铁路，而是许许多多人民通往梦想，通往家乡父母儿女，通往爱人怀抱，通往亲朋的途径。

在李浩勤的坚持下，刘经理将他介绍去了广贵高铁广州路段的一个站点。不过在离开家时，李浩勤终究还是难掩对父母的愧疚与不舍，大男人悄悄地落了泪。

离开的那天正值一年一度的新春佳节，全国各地，每家每户都洋溢着春节带来的喜悦。

一大清早，热闹的街上就开始有人放鞭炮，办年货，各家门口贴春联了。

李浩勤的家里也一样，今天特别地热闹、喜庆。

"小勤啊，快出来，帮妈把对联贴上。"李母站在院子里，比量着贴对联的位置。

听说铁路街明年就可能动迁了，这也许是他们在这里过的最后一个年了，所以李母就嚷着一定要热热闹闹地过好这个节。

大家在这里住了几十年，都很舍不得，甚至有人还提议今年的除夕，所有老邻居欢聚一堂！虽然大家都有太多的不舍，可没有人不盼着可以住进楼房。

"小勤？还没起来吗？赶紧的，起床"李浩勤事先并没有告诉父母自己要走的消息，他不想在临走前把家里的气氛弄糟。

见李浩勤的房间一点动静都没有，李母将声音放得更大了。

"行了，别喊了，孩子好不容易休息，就让他多睡一会儿，你这个人呐！"心疼儿子的李父披着棉袄从屋里出来，看了眼还挂着窗帘的李浩勤的房间，用手指点了点李母。

"爸，妈，我……今年不能在家过年了。"李浩勤的房门开了，最先出来的不是鸡窝头的他，而是一个行李箱。

随后，李浩勤穿得整整齐齐的出现在了门口，身上还背着一个双肩包，笑嘻嘻地看着院子里的父母。

"啥，你说啥，小勤，你拿着行李要干啥去？"见李浩勤这副样子，二老先是一怔，李母随即慌了神，似乎是明白了什么，她扔下手里的对联，两步就跨到了儿子面前，抢下了他手里的行李箱："你干啥，干啥啊？"

"妈，我今天的火车，去广州，去……干活。"

"死孩子，大过年的，你干哪门子活？单位都放假了，你干活？你小子这是成心跟你妈过不去是不是？"

说着，李母又一把扯下了他身上的包，连拉带扯将他拽进了屋。

两分钟后，李浩勤背着包从屋里出来，此时天空恰巧飘起了雪花。

母亲的哭声和父亲支持儿子为国家建设努力的声音不停地在李浩勤的耳边响起，那声音让他始终难忘，那是父母忍痛做出的让步，是为了建设国家做出的妥协！

年三十下午的车站人不多，大家基本上都已经回到家准备过年了。月台上，李浩勤频频回头。

他知道这次没人送他，可还是忍不住回头去看，也许，他的内心还是渴望着一些不该发生的事发生吧。

车厢里空荡荡的，李浩勤随便找了一个视野比较好的位置坐下，看着漫天飞舞的雪花，看着月台的进出口，他的心冰凉一片。

冰冷的铁皮车呼啸着，承载着人们的喜怒哀乐驶离了这座城市。

不知道过了多久，李浩勤看到了车厢屏幕上的春晚跨年倒计时，这时，他才反应过来，除夕即将结束了。

这一年，他的除夕过得格外寒冷、孤寂。

肚子"咕咕"地叫了，李浩勤走去餐车，发现里面的人还不少，似乎是整列列车的人在这一刻都聚集在了这里，又似乎大家都想以这种聚集的形式来劝慰自己不是孤单的。

点了一盘饺子，李浩勤找了个靠门的位置坐了下来。饺子是三鲜馅儿的，并没有家里的味道。李浩勤心里酸酸的，他低下头，却发现眼前多了一盘肉菜。

顺着这道菜再往上看，李浩勤正咀嚼的动作停了，甚至差点将嘴里的食物喷出来："沈乔？"

"这是不是也有点太巧了？李浩勤，你该不会是跟踪我吧？"沈乔弯弯的眼睛笑眯眯地看着李浩勤，没等李浩勤开口，她就自动自觉地坐到了对面，"今天咱俩一起过除夕了，也真是怪难得的。"

李浩勤诧异，这个时间，这个地点，沈乔怎么会出现在这里？原来沈乔之前向自己提过会去南方调研学习，没想到居然也是今天走。这大概

就是人们说的缘分吧！李浩勤惊讶却也开心。

有了朋友陪伴，这一路，他不再孤单。

当火车驶出最北方的城市时，他们两个人在一股股热浪的冲击下各自奔向了自己的梦想。虽然两人不能再同行，但同在一座城市，也算是有了点心理安慰，不会再觉得孤独无依了。

下了火车又换乘汽车，抛开了繁华的都市，李浩勤走在通往工地的无人区，心里百感交集。

为什么说那里是无人区呢，因为修建铁路铁轨，都是在城市的边缘，基本上都是没有人家的地方。工地一般都会在附近建简易房或有专门的车每天将工人拉到指定的铁路线上。所以大家也可以理解成修建铁路的工人常年都是在环境极其恶劣，人烟稀少，没有什么娱乐项目的地方工作。

好在这里的同事人都很好，虽然大家来自五湖四海，说着不同的方言，但彼此都很团结，如一个大家庭般，让人温暖。

大年初一，李浩勤就感受到了来自全国各地过年时不同的风俗，同事们聚在一起，为了春节庆祝，也为了新到来的朋友。

李浩勤是过来支援的，同时又是刘经理推荐的，所以这里的项目经理和工长都对他格外好。

工作的时候，李浩勤与项目经理接触得不多，与工长倒是日夜相对的。

工长四十来岁，人长得又瘦又小，不过说起话来确实中气十足的。他十分欣赏这个来自东北的技术过硬、人也幽默的小伙子。虽然工长是个经验丰富的人，但从他的话语里，李浩勤能听出他是个十分谦逊的人，李浩勤喜欢和这样的人打交道。

"我们这里已经开始动工了，预计三四个月完工吧，不过这中间也许会遇到什么不可抗的因素，你就去室内配线吧，这样如果你离开，我们也好有人接手嘛。"工长人很实在，说话也很实际，于是李浩勤就被分配去了信号楼里工作了。

所谓的室内配线包括室内电源电缆配线，柜间电源端子配线，接口柜配线，防雷分线柜配线，组合侧面端子配线，轨道柜侧面端子配线，隔离变压器侧面端子配线，站内综合柜侧面端子配线，站内移频柜零层端子配线，站内电码化组合柜侧面端子配线，零散组合内部配线和电源电缆配线。

李浩勤这次就是主要负责组合柜配线的，配线需要看图纸，这个信号楼里，信号工不多。当然，是由于春节期间的原因，还有就是目前全国铁路都在大兴修建，各个线路用人量增多，像这种天气较热或较冷的地方，很多信号工是不愿意来的。

由于李浩勤技术不错，所以他自然而然就多承担了一些，也会负责一些新人的教授工作。

初二开始，工地全面开工，新年的轻松喜悦的气氛瞬间消散，工地里充斥着紧张的气息。

信号楼里，李浩勤正认真地接着线，两个小工小心翼翼地凑过来："李师傅，这个……"

李浩勤接过图纸看了看，又看了看两人，笑了。他也是从什么都不懂过来的，自然不会笑话他们，也不会吝啬将技术教给他们："就按照上面显示的电力电缆或电线的线种、长度、芯数、线径、组合柜的零层端子号和侧面端子号连接，分线柜两束、三束、四束这些都要格外留意。"

两个小徒弟答应了一声却没动，神秘地看着李浩勤："师父，沈乔姐是你女朋友吧？"

李浩勤惊诧地抬头，他怎么也没想到这两个小伙子居然认识沈乔。

其实是他想错了，两个小徒弟哪里认识沈乔，不过现在在机房里，沈乔正嘻嘻哈哈地和一群工人聊着天，这两个徒弟其实是来叫他的。

当看到沈乔和大家开心地聊天时，李浩勤不禁笑了。这个女孩子还真是个活宝，不管到哪里，她都能成为人们的开心果，和人打成一片。

"我跟你们说，当时那个女的气得眼眶都黑了，像疯了一样，硬要跟吃泡面那男人动手。男人嘛，肯定不能出手啊，那女的把泡面直接往人身上泼？"

"那还用说，可能是被烫到了呗。"

沈乔双手撑在一个放图纸的桌子上，一只脚点着地，被一群人围在中间。

这样不拘小节，在大家伙儿面前讲故事的沈乔，李浩勤第一次见。

"不对，那女的再抬起头时，假睫毛上挂着方便面，嘴里还吐出了一口汤！"

众人再次哈哈大笑。

虽然不知道她前面讲的是什么，但听到这里，李浩勤也忍不住笑了起来。

"嗨！"许是听到了李浩勤的笑声，沈乔踮着脚，伸着脖子往李浩勤的方向看。

"来，小李，你女朋友真是太有趣啦，性格好得很呐。"见李浩勤进来，工长急忙招呼并将靠近沈乔的位置让了出来。

女朋友？李浩勤一愣，但也没有解释。因为他觉得没必要，如果解释，又要费尽一番口舌。

大过年的，沈乔说来调研，可学校都放假，她无聊便找到了李浩勤这里。

晚上收工后，李浩勤带着沈乔吃了一顿工地的大锅饭，不好吃，但她却吃得很香。

饭后，两人在铁轨上像走钢丝一样往远处走着，前方是没有尽头的路，不知道通向哪。

"你大概在这里待多久？"沈乔侧着头，看着与她并肩的李浩勤。

"两个月左右，怎么？"

沈乔没说话，但心里却已经有了盘算。

由于工地都是男的，沈乔不方便在这里过夜，李浩勤只能骑着摩托送她到附近的镇上去坐车。没想到通往镇子的路却在施工，他们只能绕路前行。

可他们并不熟悉这里的路段，绕来绕去竟走到了一条山路上。

"这怎么连个路灯都没有啊！"

"咋了，你害怕啊？我看你平时胆子大得很，像个男孩子一样，现在怂了？"

沈乔跟在李浩勤身后，这次她出奇地没反驳。

小路上长满了野草，路又比较窄，地面上常有碎石，李浩勤和沈乔只能推车而行。

"李浩勤，我觉得我们应该返回去，这前面没有路灯，又不能骑车，难道要推着过去？再说这也看不到头啊！"

"回头？现在都这么黑了，咱俩已经走了三分之一了，现在回头，就算走出了这小路，还得往工地骑。这个时候估计工地里的人都睡着了，你也没地方住啊！"

李浩勤说的是事实，沈乔抿着嘴，极不情愿地跟在李浩勤身后，两人虽然推着车，但速度却也不慢。

大概十分钟后，李浩勤突然停住了。

"咋了？"时刻保持警惕的沈乔立刻像要战斗的士兵，她紧紧抓着李浩勤的后衣角，头像个波浪鼓一样，来回转着。

"感觉有些不对。"

"喂，你别吓我啊，哪里不对啊？"

一听李浩勤的话，沈乔鸡皮疙瘩都起来了，身体更是不由自主地朝李浩勤靠去。

的确，这里有些不对。

此刻，两人所站的地方已经看不到远处公路上的灯光了，除了电瓶车的灯光，只剩下满地的杂草和草丛里四面八方的蚊虫叫声。

"李浩勤，你倒是说话啊，哪里不对啊？"见李浩勤不说话，沈乔更加紧张了。

"咱俩好像走错路了？"

沈乔都快哭了，她望着前不着村后不着店的荒草地，声都变了调："现在咋办？"

越想越害怕，沈乔紧紧挽住了李浩勤的胳膊。

突然，李浩勤手里的电瓶车车灯"咔"地灭了。

"啊——"

霎时间，周围一片漆黑，除了天上的月亮，没有一点光亮了。

"李浩勤，李浩勤。"沈乔急哭了，她吓得胡乱抓着李浩勤，甚至都不知道自己已经将李浩勤的手背抓破了。

"应该是没电了。"李浩勤也慌了，但他毕竟是男孩子，胆子相对大一些，可这是在茂密的野草丛中，又是漆黑一片，不熟悉路的人根本就分辨不出方向来。

"沈乔，我看咱俩还是别走了，先找个野草少的地方坐一会儿吧。"李浩勤声音深沉，和平时差距很大。

"李浩勤，你咋回事，声音怎么这样？"

沈乔似乎是想到了什么，下意识地将拉着李浩勤的手松开了。

"这太黑了，我怕有人过来。"这个时候，李浩勤不能恶作剧，于是急忙跟沈乔解释，他考虑的因素比较多，想着两人大晚上的在这不见人烟的地方，如果遇到打劫之类的人，那可就麻烦了，"把手机上的手电筒打开。"

那个时候，有些手机还没有手电筒功能，不过幸好，两人用的都是最先进、最新款式的手机，都有这项功能。

手电筒的光虽然不能大面积地照射到周围，但好在是有了光。只要有

光，可以看得见，人紧张焦虑的情绪就会得到缓解。

"找地方，你开啥玩笑，你不会想着咱俩在这坐一夜吧？"

"那你有啥好的办法啊？"李浩勤侧头看沈乔，手机光打在他的脸上，竟有一种莫名的诡异，恐怖的感觉。

沈乔瞪圆了不算大的眼睛，用力咽了口吐沫："要不咱把车放这儿，去找找路，推着车子实在不好走啊。"

"那不行，咱俩现在根本分不清方向，就算咱俩找到路了，还能再找回来吗？这车是我们工长的，弄丢了我得赔！"

想了想，沈乔觉得李浩勤的分析也对，可是她死活就是不愿意在这里过夜，于是两人只能找了一个他们觉得对的方向继续推车前行。

好在他们比较幸运，接着又走了大概二十分钟，远远的，似乎是有灯光映入了眼帘。

果然，几公里外的地方就是几户人家。

折腾了一晚上，当李浩勤和沈乔推着电瓶车来到镇上时已经凌晨两点了。

由于小镇不大，旅店少得可怜。两人接连找了几个旅店都已经客满了，唯一一家还有房间的小旅店里还只剩下了一个单人的房间。

为了保护沈乔的名声，李浩勤提议让她入住，自己则只能在路边休息。可沈乔哪里会同意，在李浩勤办理完入住离开后，沈乔立即退了房。

"你咋出来了？"

"我能好意思让你自己在外面坐着我去里面舒舒服服地睡觉？陪你坐一会儿吧，反正还有三四个小时就天亮了。"

李浩勤笑了，他突然觉得沈乔挺可爱的。两人天南海北地聊着，时间就这么一点一点地过去。沈乔不知道什么时候靠在他的肩头睡着了……

这样寂静的时刻，李浩勤总会想起远在东北的陆子欣和刘家强，不知道自己会不会出现在他们的梦里。

事实上李浩勤确实经常出现在陆子欣和刘家强两个人的梦里，对于李浩勤的离开，陆子欣难过，而刘家强的心情却过于复杂了。

"下面还有什么问题吗？这个设计初稿如果没有问题就定稿了。我来说一下关于选举项目小组长的事情。"设计院的会议室里正在召开一场会议，主持会议的是设计科主任，参会的人则是刘家强所在的办公室和隔壁两间办公室的同事。

可刘家强却打断了主任的话，他早就发现了这份设计稿有问题，也向负责人提过，可没有人重视他的看法。想来想去，他还是觉得要尊重自己的职业道德，在会上提出了异议。

"我们目前看到的是正常地段的信号机处理方式，可这里是特殊地段，特殊地段因条件限制，同方向相邻两架指示列车运行的信号机间距小于制动距离时，我们应该在车速不超过120千米/小时的区段，两架信号机间的距离小于400米时，前架信号机的显示，必须要完全重复次架信号机的显示……"刘家强有理有据地说着，会上的人脸色变了几变都不说话了。

主任沉着脸，对手下的这些精英们有一点失望，毕竟这不算什么技术上的难题，能出错只能说明不认真。

刘家强通过这次事件顺利升任副组长，这在他的职业生涯上算是一次小小的突破了。

这样的喜事刘家强总是第一个想到陆子欣，然而这次陆子欣在列车上，所以没能一起庆祝。

不过让人高兴的是，陆子欣在这次出车回来后，竟也升到了列车值班员的位置。这次的升职除了因为她平时工作表现好外，还因为她处变不惊，在列车上顺利解决了一个乘客的闹事，还救了一个小女孩。

由于这次的事件，主列与乘客发生了肢体冲突被撤职，所以大家的职位都有了变化。

说起陆子欣和刘家强的关系，自从她和李浩勤分手后，他们的关系也并没有得到什么进一步的发展，反而越来越疏远了。陆子欣一度想要父母搬离刘家强的房子，她不想因为这些物质上的东西出卖自己的感情。

然而父母却让她很失望，加上刘家强知道她的想法后也开始刻意地回避她，她这才十分不好意思地留在了他的房子里。

陆子欣当然知道自己这么做不对，可现实太残酷了，她怎么能让父母去睡马路，怎么能让他们老无所依。陆子欣始终在痛苦的边缘挣扎，她觉得生活的无力感让她窒息。

4

　　时间过得飞快,两个月转眼就过了。

　　李浩勤收到单位的通知,结束休假,准备上班了。

　　在辞行时,他才知道刘经理居然要在贵州路段进行施工。还没等回到单位,他就开始担心哈大高铁是否还能被分给他们项目部了。

　　"工长,我们局负责的都是东北的线路,怎么会跑去贵州呢,又是支援吗?"

　　"现在各个局里的项目部都可以自主招标,你们刘经理厉害得很,把我们这条线,贵州那边的路段签下来了。"

　　"据我所知,各个局不都是上面下发的活吗,按照各个局的地域来就近安排线路的,这咋还能自主了?"对于政策这一块,李浩勤不了解,他一直觉得这些都和自己没啥关系,自己就是单位通知去哪,他就去哪,没什么可选择性。

　　"能啊,现在都是自主经济,各个单位之间的竞争也激烈,这些工程线路都可以外包,不过外包也只是针对有资质和一定能力的公司,大多数还是在各局的项目部手里。"

　　得知政策的变化,李浩勤开始归心似箭了。

　　刚一下火车,李浩勤连家都没回,提着行李直接去了单位。

　　这时候的单位相当地热闹,平时在外干活的人这几天也都还没走,大家都聚在单位,等着通知。

　　在见到刘经理后,李浩勤果然得到了去贵州的命令。不过刘经理也向他保证,贵州那边先期工作他们大部队过去,等一切安排妥当,只留下小部分人,其他人还是要回来做哈大线路的。

　　有了这个保证,李浩勤算是真正地吃了一颗定心丸。

　　回到家的李浩勤在面对这熟悉的街道时,又开始睹物思人了。他又想起了陆子欣和刘家强。一个是自己深爱的女人,一个是从小到大的好兄弟。李浩勤想着,即便不在一起了,也不能断了这么多年的关系,于是他琢磨了好几天,还是决定去找找陆子欣,至少要看到陆子欣现在很幸福,他才能安心。

可有些时候，既然选择放弃了，不打扰也许才是真正对对方好的。

客运段对面有一棵长了不知道多少年的大杨树了，李浩勤记得他们小的时候，这树就已经很高很茂盛了。

他背靠在大杨树下，用手遮着透过树叶射到脸上的阳光。

事实上，他内心是期待的，可此刻，他又紧张得不知道如果真的见面，他要说什么。

十几分钟后，客运段门口，陆子欣和刘家强并排走了出来。

不，不应该是并排。是刘家强一手揽着陆子欣的肩，一手替她拿着包。

李浩勤眉头紧紧蹙着，虽然他想要陆子欣得到幸福，也明明知道刘家强的爱不比自己的少，选择刘家强是陆子欣最正确的选择。

可当他看到这样的场景后，他的嘴角违心地向上勾着，心却像是被针扎一样的疼。

看着两人上了车，李浩勤深深吸了口气，转身离去。

或许这就是没有缘分吧，事实并不像李浩勤想的那样。陆子欣因为血糖低在单位差点晕倒，同事不知道从哪里找来了刘家强的电话，这才会出现刚刚的一幕。

而就是这样一个误会，让李浩勤和陆子欣彻底错过了。

——

一周后，李浩勤再次踏上了出征的路。

这次和他一起的是整个项目部的人，当然还有一批工人。

路上，李浩勤和刘经理促膝长谈："咱们主要干信号？还是四电都干？我听说那边都是山，咱们这些人可没怎么干过。"

"肯定是四电啊，光干信号可不行，而且这趟过去，咱们把项目部建立好后，家里我还是要回来的，还有两个项目今年要开始了。本来想着让你做计划跑方案的，不过这次的工程难度比较大，所以一是你是成手，过去直接干活，二也是想你好好学学，毕竟以后咱们的活肯定不会局限在东北，像沿海、山区这些地方都要涉及的，所以你还是要多学多看多干多积累经验。以后的机会多得是。"

面对刘经理的器重，李浩勤很开心："那咱们这次是以隧道为主？"

"当然了。贵广高铁全长 861.7 公里，隧道有 209 个之多，隧道总长度已经超过全长的一半了。剩下的还有桥梁，当然桥梁这块不归咱们负责。"

一听说这个工程下来，他们几乎都要在隧道中作业，李浩勤头就大了。显然隧道里的环境与地面上是不能相提并论的，也存在着一定的危险性："咱们这些人对隧道工作可是经验不多，经理，能行吗？"

　　"你呀，还是年轻，凡是都有第一次，再说活儿都是一样的，就是施工的环境上不同，当然，可能技术上也有些差别，这个还要去现场看。不过话说回来，你小子不会是打退堂鼓了吧？其实这个工程确实是在全国都是比较难啃的骨头了。不过咱们要是干好了，以后工程就会源源不断了，咱们局也能在别的局面前抬起头了不是！"

　　"我打退堂鼓？那不可能，我李浩勤是谁啊，有啥不敢干的。"李浩勤那股子愣头青的劲儿又上来了，拍着胸脯，扯着嗓门，把周围人的目光都吸引了过来。

　　"好，既然这样，到了之后，带你去见见世面。"

　　"见世面？"

　　"铁道部副部长会去GH市考察新建铁路的筹备情况，据说要将贵广高铁由国铁I级升级为客运铁路专线。"

　　"这么大的场面，我能去？"李浩勤兴奋了，这可是千载难逢的好机会，光是听领导讲话，他都觉得受益匪浅。

　　"能去啊，不过咱们只能远远地看着，不能靠前。"

　　"你也不能？"

　　"你以为我是谁啊，咱们能去现场外围那都是我找了一圈关系才能进入的。对了，你小子以后要懂得适当地示弱，要能屈能伸。"两人相对而坐，刘经理微微探着身子拍了拍李浩勤的肩膀，随即给他递了一个眼神，方向是吴队长那里。

　　这次去贵州，刘经理带的就是五队的人，原本是打算带上六队的人，可由于其他项目的限制，加上五队队长老吴曾经有在山区工作过的经验，所以刘经理决定让五队的部分技术员参与项目。

　　"你现在的编制还是在五队里，还是要处好关系，以后才好工作。"

　　李浩勤明白刘经理的意思，其实他也不是小气，对吴队长也没有什么深仇大恨。不过这样的人他并不想靠近。

　　想着刘经理的话总是有些道理的，于是李浩勤走到吴队长的座位对面坐了下来："刚上车时候为了破零钱买的，我不抽烟，刘经理也不抽烟，给。"李浩勤将一包还算不错的烟递到吴队长面前。

　　压根就没想到李浩勤会过来的吴队长诧异地皱着眉，看看李浩勤又看看桌上的烟,似乎不相信他会这么做。之前李浩勤始终是刚硬的,不屈不挠的,可今天,他居然先示弱了。

吴队长诧异地看着李浩勤,似乎在衡量他这么做的目的。

"拿着吧,就当我'贿赂你'的,听说那边都是隧道涵洞,到时候你可得多照顾我。"李浩勤说得似真非真,让吴队长难以捉摸。

"刘经理说得对,咱们都是同事,我呢,也不可能觊觎你这个位置,大家没啥利益冲突。"见吴队长不放心,李浩勤索性挑明了说。

确实,这段时间看下来,吴队长也明白了李浩勤以后走的路和自己完全不同,李浩勤与刘经理看上去没什么特别的关系,但每次有好事刘经理都会叫上他,这说明什么,说明领导器重他。

既然器重他,这个刘经理也不可能只甘心做个项目部的经理,往上走是铁定的。他往上走,自然是要带上李浩勤的。

"行,烟我拿着,回去吧。"吴队长点了点头,将烟揣进了裤兜里。

"喂,李浩勤,怎么是你啊?你不会是跟踪我吧?从东北跟到广东,又从广东跟到这里?"沈乔同样惊讶地看着李浩勤,她捂着嘴,笑眯眯的眼睛弯成了一条线。

这实在是让人惊讶不已,世间哪里有这么巧的事,天南海北,居然每次都能遇到。现在他们都开始怀疑是不是对方有意跟踪彼此了。

据沈乔说,她是来交流学习的,主要还是因为这边教育水平不够,需要外地的老师支援。可这并不能让李浩勤的惊讶减少半分,他相信世上有巧合,但不相信每次都会被自己碰到。

在送沈乔回宿舍时,李浩勤还是忍不住拉住了沈乔:"说吧,到底咋回事?"

"啥咋回事?"沈乔眼睛朝别的地方看去,人也巧妙地绕过了李浩勤,往前走去。

"我问你为啥会来这,你说实话吧,是不是因为我,我去哪你就打算去哪?"其实在这之前,李浩勤压根就没想过沈乔会对自己有什么想法,可就算他再迟钝,此时也大概明白了一些。

"要是我说因为你,你会咋样?"沈乔突然回身,弯弯的眼睛认真地看着李浩勤。

虽然李浩勤已经想到了,可沈乔自己承认得这么痛快,还是让他猝不及防地一愣,不知道要说什么了:"沈乔,你别开玩笑啊。"

"知道是开玩笑还问,你以为你有多大魅力啊,全天下的人都得喜欢你？"沈乔转身，不再看李浩勤。

她的脸藏在阳光下的暗影里，嘴角微微上翘，那一抹苦笑，隐藏得很好，眼底眉间，认真地掩饰着："你很害怕我说我喜欢你？"

"当然怕，别闹了。"

"你说如果我追你，你同意不？"

"你有病啊！"李浩勤瞪个眼睛，像看白痴一样地看着沈乔。

"那……陆子欣要是结婚了呢？"这话沈乔早就想问了，可她不知道要咋问，也不知道该什么时候问。

直到昨晚，她和同学聊天，听到了关于陆子欣订婚的事。

当她听到这事时，她都觉得不可思议，这一切改变得也太快了。

陆子欣和李浩勤分手才没多久，就传出了陆子欣和刘家强订婚的消息。沈乔甚至一度怀疑这是同学们胡编的。

"结婚？"李浩勤明显愣了愣，没说话。事实上，他的心里咯噔了一下，接着翻江倒海地难受了起来。

是啊，这是个多么现实的问题，早晚都要面对的。而沈乔所听到的传言并不是同学们胡编的，是事实！

就连陆子欣自己都没想到她会做出这个决定，这个让她后悔了一辈子的决定。

陆子欣真的要和刘家强订婚了，这是在刘家强接到了一个十分有利于他升职机会的时候。

刘家强是个判断力极强的人，他能看清楚什么项目是能帮助他成长升职的。在机会来临时，他决不放过。

他这次要设计的是周市的一个小县级市，虽然城市不大，但北边的列车想要向南开就都要途经这里，所以这算是十分重要的要道了。

"家强，调整聚到区段长度的图现在就画？"考察完这个标段后，同事开始征求刘家强的意见，似乎早就以他马首是瞻了。

"嗯，现在可以先拿出一个初稿，我去科长那报批一下……"话还没等说完，刘家强的手机就响了起来。

电话里，陆子欣哭得上气不接下气，话也说不清了。

"这是咋了，你先别哭，到底咋了？"

"我在第一医院……"

火车穿过一条极短的隧道，信号中断。

下了火车，刘家强几乎是连滚带爬到的医院。

一进病房，他就看见陆母坐在病床前，一边抹眼泪，一边唉声叹气。陆子欣没在病房。

原来是陆父因心脏病被紧急送往了医院，虽然人已经抢救了过来，可接下来就要做手术，面对高昂的手术费，面对父亲生命的延续，陆子欣再次没了骨气，向刘家强开口了。

现实让陆子欣彻底放弃了，她不再挣扎，不再奢望爱情，接受了命运给她的任务。

也许爱情和婚姻原本就不是一回事，人们可以不遵循自己内心的感情，进入一段婚姻，而爱情却不行。

有些人很幸运，两者兼得。有些人却只能在残酷的现实生活中挣扎、衡量，甚至被打倒。而陆子欣就是后者！

确切地知道陆子欣订婚，是李浩勤马上要进隧道时看到的同学群里的消息。

在群里，刘家强向大家宣布了两人订婚并在下个月末举办婚礼的消息。而从始至终，陆子欣都没有在群里说过一句话。

看着满屏的恭喜，李浩勤彻底蒙了。突然，他想到了前几天沈乔问他的问题，看来沈乔是早就知道了。

"下隧道进设备时，大家都注意点，遮断信号机很重要，一定别出错。"李浩勤腰间的对讲机在嗡嗡作响，他抬头看了看前方的隧道，黑漆漆的，幽深狭长。就如同此刻他的心，暗淡无光，不见天日，没有尽头。

"都快着点，信号机已经上了。"吴队长还在叫着。

吴队长说的遮断信号机是为防护道口、桥梁、隧道以及塌方落石等危险地点而设置的信号机。这种信号机与其他信号机不同，背板是方形的，机柱上涂的是黑白相间的斜线。

信号工这种技术活是不能分心的，一旦出了错，就可能导致整条线路的故障，不仅会耽误开通，还会让所有工作人员都跟着自己返工。

李浩勤做了几个深呼吸，努力让自己调整好情绪，对身边的学徒介绍着："像这种遮断信号机，它的作用可大了。因为这种信号机不仅用在隧道，还会用在道口、桥梁上，所以一旦这些地方因为某些原因而有障碍物停留在道口时，就需要用这种信号机指示列车在道口外方停车。像现在这里的隧道，就可能发生塌方、石头掉落的危险，也需要列车离开停车，你说这种信号机和其他的信号机有没有不同？"

一边说着，几个人一边准备下隧道。突然，不远处有人惊慌地呼救：

"出事了，不好啦，塌方啦。"

听到这个声音，所有人几乎是本能地朝喊叫声的方向跑。大家在面对这样的施工环境时，都是提着十二分精神的，没人敢松懈。

于是一场紧急救援在慌乱中展开了。

大家七手八脚，乱糟糟地围成一团，好在对方的工长有经验，队长老吴也算是见识过这种场面的，所以现场很快就被控制住了。人员没有伤亡，不过现场的所有人都已经成了土人。

就在大家觉得万幸，各自笑着检查彼此有没有受伤时，一个女孩子的哭喊声冲进了这群大老爷们的队伍中。

下一秒，女孩子就扑到了李浩勤的怀里。

"你吓死我了，我以为你被埋了。"是沈乔，此刻她已经哭得满脸是泪，化的妆也花了，眼线被晕染开，黑色的眼泪顺着脸颊淌了下来。

李浩勤愣在了原地，他先是被沈乔突然扑到自己怀里的举动吓了一跳，随即反应过来，开始觉得尴尬。

"喂喂喂，我没事，别哭了。其实在这种山区作业，遇到小的山体滑坡很正常。在群山环绕处挖隧道，小范围的塌方也是常有的，塌方并不是我们严格意义上的塌方，人出现危险的概率并不大。"李浩勤耐心地解释着，此刻他已经完全确定了沈乔对自己的感情并不是哥们儿或朋友那么简单了。

也就是在此时，他才开始怀疑沈乔是不是真的来支教的。

在处理好塌方的现场后，李浩勤请了半个小时的假将沈乔送走。一路上，两人基本无话，直到即将要看到站台时，沈乔才突然开口："你有没有想过开始一段新的感情？"

"没有。"李浩勤回答得很痛快，他大概知道沈乔的意思了，但他一直都没有这个想法。为了不让沈乔误会，他直截了当，没有任何的拖泥带水。

沈乔不再说话，静静地走着，眼圈却一点点地红了。这一切李浩勤看在眼里，但他什么都不能说也不能做。

他们都特意地开始回避这个问题，因为他们都不想失去彼此，不想让好不容易建立起来的关系因此变得疏离。

"我，下周就要回家了。"

"这么快？"李浩勤有点意外，他不知道沈乔是什么时候来的，但不管什么时候，她总是要走的，在他还留在这片山里时，她也要先离开了。

"子欣邀请我去做她的伴娘。"

也许这是最好的借口了，既可以让他们两个都彼此冷静思考一下，又不用让关系变得那么紧张。而她和陆子欣本就是同学，后来在双方父亲住院时又碰到了，这才重新成了好朋友。

"哦，那我们就等他们婚礼时再见吧。"李浩勤现在脑子里一片空白，陆子欣突然的结婚，沈乔突然的表白，这一切都太措手不及了。

进入隧道，李浩勤将隧道外所有的心事都抛在了脑后。他还是理智的、清醒的。面对这样高危的作业环境，他不能有任何一点分心的状态。

"师父，我有个问题不明白，遮断信号机的位置要距离防护地点多远啊？还有就是这信号机的指示灯都是啥意思？"走在李浩勤身旁的小徒弟见李浩勤闷闷不乐，便想着说点什么。可现在似乎说什么都不合时宜，于是便将自己想了许久也想不通的问题问了出来。

"设置的位置，距离防护地点不得少于 50 米。至于遮断信号机的显示就和咱们的红绿灯一样，显示一个红灯的时候，就是不准列车越过信号机。不亮灯的时候，信号是不起作用的，其实也不需要你特意去记，只要干上一个活很多东西就都懂了。"

小学徒似懂非懂地点了点头，两人的身影在隧道口逐渐模糊。

就在他们抵达隧道深处时，正好听到项目经理在讲话。其实这也是挺意外的，毕竟项目经理能下到现场，特别是隧道里，这并不多见，足以证明这条线路的重要性。

"大家都知道，我们这条线路是'八纵八横'高速铁路网的南端部分，也是由国铁 I 级升级为客运铁路专线的线路，所以速度上相比较之前那是没得说了。而我们要做的除了按要求把活干完，争取早日让我们的高铁线路通车运营外，还要注意，这次的工艺也要提高，美观也是非常重要的，所以我在这和大家交代了，如果工艺不过关，就不能算完工！线路目前定的目标是 250 公里 / 小时，当然，咱们的信号要起到非常重要的作用，给信号，列车才能顺利通行，这些大家都知道了，多余的话我不多说了。大家安心地工作，等开通的时候，大家一定会为自己今天所做的工作感到骄傲和自豪。"

下面一片掌声，李浩勤也不禁鼓起掌来，没错，项目经理说得没错，他们应该为自己骄傲和自豪，他们应该全身心地投入工作中，至于个人感情，顺其自然就好。

隧道里风有点闷，李浩勤使劲儿吸气，想要将这大山里的所有氧气都

吸到自己的体内。

　　头顶上方不远处，一列火车满载着旅客，呼啸驶过。列车上，每节车厢的灯都亮着，那是一盏盏希望。

　　半个月后，李浩勤和电务段的几名同事坐上了回哈的列车。

　　月台上依旧是人潮涌动，这时送站接站的人还是可以进入月台的，所以月台上满是各种表情的脸。

　　出了火车站，还没等回家，李浩勤几个人就被单位派来的车直接拉到了单位。刘经理在办公室里开着紧急会议，脸色阴沉得可怕。

　　"这是咋了？这么火急火燎的，出啥事了吗？"几个同事纷纷猜测，可谁都不敢在刘经理办公室门口大声嚷嚷。

　　大概十分钟后，办公室里的人终于陆陆续续地走了出来，他们个个脸色难看，耷拉着脑袋，看见门口站着的几个人，也都假装没看见一样，快步离开了。

　　李浩勤认识出来的人，他们都是自己项目的人，是刘经理的得力干将。

　　如此表情地从办公室出来，李浩勤心里就是一沉，如果不是有什么严重的事情，大家不会这个表情，刘经理也不会急匆匆地把他们叫回来。

　　果然，当听完刘经理的话后，李浩勤几个人也都低着头沉默了。

　　原来是之前他们参与的工程，在开通试点时，出现了严重的问题，信号线路接错，导致整条线路都处于瘫痪的状态，延误了开通，同时又影响到了别的线路的运行。

　　"改错你们几个去吧，你们都是成熟的信号工，看图纸没问题，现在还在查错，看是图纸对不上还是咱们的人接错了线，你们暂时辛苦些，今晚就赶过去，大概也就一天的时间，查出问题后，留下两个人改错，其他人后天回来参加哈大哈尔滨信号路段的开工仪式。"刘经理一口气把事情交代完，便揉着脑袋让大家伙儿出去。

　　"李浩勤，留下。"刘经理声音有些疲惫，他抬起眼皮，似乎是想到了什么，"这边还有别的事要你干。"等所有人都出去后，刘经理才示意李浩勤坐下。

　　"浩勤，我听说郑局很看好你，上次你去的时候，还替他解了围，出了气。"

　　李浩勤没吭声，开始猜测刘经理这话中的意思。

　　虽然大家都不敢随意议论这事，但各自心里也都有了点忌讳，对李浩勤也与其他信号工不同了。

"我就直说了，咱们这项目到现在上面都还没有给拨款，设备进不来，又要按着要求时间开工，问题是我们并没有把工程承包给个人，所以就不存在个人垫款的事。项目部哪里有那么多的钱都放到一个项目里。"

"没设备咋开工？"

"是啊，我们只能先进现场，然后把人放在那，等着上面给拨款了。"刘经理确实挺无奈的，他刚做项目经理时间不长，几乎将所有的心思都花在了工程的质量上，并没有对支撑项目的钱款多加在意，而今，工程马上要动工，设备也已经和厂家谈好，可第一笔款却迟迟没能打过来，这让刘经理感到头疼。

"那你的意思是？"李浩勤似乎明白了刘经理的意思，可自己不过是最基层的普通工人，别说干预这种事，就是和领导说话的机会恐怕都少得可怜，"经理，我压根就不认识人家大领导，我去肯定不合适啊。"李浩勤拒绝，必须拒绝。

"你先别急着拒绝，我是这么想的……"

原来刘经理也早就想到了李浩勤会拒绝，他自己也觉得这事不大靠谱，可只要有一点希望，也是要试试的，他做这个经理可不是混日子，是要做出成绩的。而且据刘经理打听到的消息，那位最顶层的大官对李浩勤的印象非常好，还曾几次在开会时，以他的专业作为教育激励新人的典范。

当然，刘经理并没有要求李浩勤去送礼，去求人，只是找个机会侧面地将他们的困难反映一下。只要上面知道了他们的困难，中间的环节就很好解决了。

李浩勤思来想去，最后还是决定同意去试试，毕竟这是关系到整个项目部的存亡问题，何况他们是按正规流程来的，大家一心为了祖国建设，又有什么可为难的呢？思及此处，李浩勤点头答应。

李浩勤因为这件事好几天晚上都没睡好，虽然他答应了刘经理，可自己怎么才能见到郑局呢，那么大的领导，日理万机的，哪里有时间接见自己！别说见郑局，他觉得现在这个身份想要进去局大楼都难。要知道进去是要登记的，要办什么事，找什么人，都要清清楚楚地写下来。自己总不能说要去找局长说情吧。

李浩勤在床上翻来覆去，像热锅上的蚂蚁。突然，他一拍脑门，想到了一个人，刘家强。虽然刘家强也不认识郑局，但他能有机会进到局里，先进去，再找机会去郑局的办公室，李浩勤决定后就"腾"地从床上跳了起来，直接跑去找了刘家强。

老街面馆内，李浩勤已经点好了两碗凉拌面。他坐在门口最显眼的位置，生怕刘家强看不到自己一样。

"这么着急找我有事啊？"接到李浩勤电话时，刘家强正在和陆子欣选购结婚用的物品，因为不想陆子欣和李浩勤见面，他对陆子欣谎称单位有急事，先走了。

此刻看着李浩勤一脸殷勤，桌上还摆满了吃的，他警惕心大起，曾经那无话不说的好哥儿们早就不见了。

"让我带你进去？"刘家强听完李浩勤的诉求，一脸的问号，"你连门都进不去，还要去找局长？"他实在不知道李浩勤到底是哪里来的勇气和信心。

"不管咋地，我都得试试，谁让我答应我们项目经理了。"

"你和我说实话，你有多少把握，局长！那可不是我们随便去找的人。"

"把握不大，但也不是一点都没有。"

刘家强明白了，他想起了那些关于局长想要培养李浩勤的话，点了点头。没有人知道，他的答应里其实还藏了很大一部分的私心："周一，正好我要去办事，你和我一起。对了，我和子欣……我们月底办婚礼，你要来吗？"

刘家强将话题快速移到了另一个重点上，不想让李浩勤再提过多的要求。

"去啊，当然去。"李浩勤猜到他会邀请自己，但当亲耳听到时，心里还是像被人狠狠揪了一下，很疼！

接下来两人便开始埋头吃面，场面似乎有些尴尬，但却没有人愿意打破这尴尬。

出门时，两人同时转身，背对背，心情各有不同。

"喂，哥们儿。"就在刘家强一脚已经迈出去时，李浩勤的声音再次响了起来，刘家强皱眉，却并没回头。

"希望你俩幸福，真心的。"

刘家强举起手，背对着他摆了摆："谢了。"

在刘家强带李浩勤进入铁路局办公大楼后，刘家强的一系列做法却让李浩勤看不懂了。

原本说是来办事的他，却一直跟在李浩勤身边，直到李浩勤见到了郑局长。当时李浩勤不理解刘家强的做法，后来，他在经过了很多事后，他终于想通了。

带自己进入政府大楼不是刘家强为朋友的两肋插刀,而是他自己的目的。没错,这就是他的计划。

一直想要再往上升一级的他由于上面有办公室主任压着,自己的性格又比较孤僻,所以这一步很难。而如今他有机会接触到这么大的领导,自然是要好好利用的。哪怕是在局长面前混个脸熟,对他都是一种莫大的帮助。

至于能不能帮上李浩勤,刘家强,并不在乎。

不过刘家强把事情想得太过简单了,局长虽然是个和气的人,但在位多年,形形色色的人总是看过不少的。刘家强的目的,他一目了然,所以在李浩勤请求他帮助干预一下拨款情况后,并没有给刘家强说话的机会。这让刘家强十分失望,同时对李浩勤的嫉妒之火再次燃起。

要说局长的办事效率,那真是普通人比不了的。仅仅三天的时间,施工款项就划到了项目部的账上,工程如期开工,李浩勤成了整个项目部的大功臣。

为了表示对李浩勤的感谢,刘经理特意在所有人面前将功劳如数归在了李浩勤的身上,并宣布李浩勤成为本队施工的副队长。

"经理,我其实也没做啥,何况咱不能因为这个事给我升职,这样大家伙儿肯定都不服气。"会后,李浩勤特意找到刘经理,他不想接受这个职位。

"我看你是误会了,升你做副队长可不是因为这次的事,这都是你师父的功劳。"刘经理似乎猜到了李浩勤会这么说,将一本事先准备好的笔记本递了过去,"你师父给你的,他毕生的心血。他为了给你争取技术职称可是下了不少功夫,前几天他去现场时让我把这个给你,都是他做信号工的心得,你好好地学,别辜负了他。"

接过笔记本,李浩勤感觉眼睛有点酸,喉咙处似乎被什么东西卡住了,噎得难受。

站间联系电路,区间设备分设于两端车站,位于两站管辖区分界处两侧的闭塞分区要互相利用对方的有关条件,必须设站间联系电路,来联系分属于两端车站的闭塞分区电路。车站按两端各2个共4个接发车方向X、XF、S、SF,共需4张电路图……

合上笔记本,李浩勤暗暗发誓:师父,您放心吧,我不会辜负你的期望的。

李浩勤盼望的项目部所中标的哈大路段的三个站终于开工了。工人首先进场，最先进行施工的是室外的电缆铺放项目。

　　担任起副队长的李浩勤现在除了要干信号工的活，在看到农民工挖沟时，他也会去帮忙，在旁边进行深度、宽度等指标的指导。

　　哈市虽然号称冰城，但8月的气温也有三十好几摄氏度，热得让人头昏脑涨。几个身体素质不大好的工人几近中暑。李浩勤虽说没中暑，可也已经晒得看不出原来的样子了，身上的皮肤也像是脱了一层皮一样，还起了不少的小红疙瘩。特别是他那双原本就小的眼睛，眼皮一眨，就像孙悟空的眼睛一样，在阳光的照耀下都快泛出亮光了。

　　突然，距离李浩勤不远处的一个民工惊慌地大叫了一声。

　　"没事，没事，有点头晕，刚才踩到铁轨上，一绊，崴着了。"

　　原来竟是一名民工因为室外温度太高给热迷糊了。

　　接着便有他的工友上前查看、安慰，大家将他围了起来，据说这些工人都是一个村子的，大家一起出来干活，互相都很照顾，所以每个人都丢下手里的铁锹，跑去看。

　　一时间，现场有点乱了。

　　这个场面，李浩勤觉得有些眼熟。在贵州那次遇到的小的塌方事故，也是这样混乱的场面。

　　这时的李浩勤，脑子中蹦出了一个名字——沈乔。

　　想想那丫头还挺疯狂的！李浩勤心里想着，脸上就笑了起来。

　　就连李浩勤自己也没注意到，原来在不知不觉中，沈乔这个人已经深入他的生活中了。

　　后来李浩勤再想起他与陆子欣、沈乔三人的事，才明白，虽然他和陆子欣交往多年，但在那美好的几年青春里，他们是彼此缺席的，想念是一种习惯，但那却比不上实实在在出现在生活里的真实。

　　沈乔，应该跟她道个歉吧。

　　李浩勤不知道，沈乔其实也一直在想着自己。之所以她没有再找李浩勤，并不是因为她生气了，而是她最近太忙了。像她那样开朗的女孩子，怎么可能会选择冷战呢？

　　"沈乔，我有点紧张呢。明天会亲家，会不会不顺利？"

　　"呸呸呸，乌鸦嘴，怎么就不顺利了？你到底担心个啥嘛，你说你们都是老邻居了，以前关系也不错。你爸你妈和刘家强他爸妈那是再熟悉不过的了，有啥好担心的，不就是走个形式嘛，行了，你别瞎想了，赶紧睡觉吧。"

陆子欣和沈乔正在被窝里煲着电话粥，明天就是陆子欣和刘家强两家父母见面的日子了。陆子欣没有多少兴奋，她只希望事情可以顺顺利利的，自己亏欠刘家的，她能想到的只有用这个方法来偿还了。

经过了一夜的辗转反侧，陆子欣眼睛红红的，还有点肿。

这些天，陆子欣不知道在这样的夜里偷着哭了多少回。

曾经无数次，她问自己，是不是选错了？为什么不能遵从自己的内心？但每次，现实都会丝毫不讲情面地告诉她，人世间，总会有太多的遗憾，我们的人生就是在不断的遗憾中度过的。

陆子欣担心的事，在第二天还是发生了。

原本两家见面还都很客气，可一提到彩礼，双方就开始不太和谐了。

"既然两个孩子都想好了，那我们当父母的自然是举双手同意的，我们也就不绕弯子了，谈谈彩礼吧。"陆子欣母亲明明是很赞成这门婚事的，或者说，是她极力促成的这门婚事。可眼下，她却表现得十分傲娇。

此言一出，陆子欣的脸色瞬间就变了，现在母亲主动谈起了彩礼，这明显就是伸手管人家要钱！

"彩礼的话，你们家觉得多少合适呢？"刘妈妈含笑看着陆母，将问题又抛了回去。

"哎哟，这个还是要看你们男方的，我们不好说的。"陆母心机算尽，不顾女儿的意愿，道德绑架地让女儿嫁给了官二代，现在又开始为彩礼算计了。

"你们看五万行不行？"大概是不想让气氛太尴尬，刘母并没有再继续为难陆妈妈，而是报上了一个数字。

"五万？这个数不是太吉利，我看八万八挺好，家强爸妈你们说呢？"

"妈！"陆子欣瞬间感觉脑袋"嗡"地就炸了，一股热流似乎顺着心脏涌出来，直逼耳根。

这哪是在谈彩礼，这分明是在卖女儿！陆子欣皱着眉头，想要结束这场家长见面。

包房内安静的气息令人窒息，六个人坐在自己的位置，尴尬地夹着菜。

对于母亲的做法，陆子欣羞得抬不起头。即便她不爱刘家强，但她也不希望自己的婚姻里掺杂过多的利益关系。在情感方面，她深知自己对不起刘家强，所以她竭尽全力地做好，也尽量让自己努力爱上刘家强。

好在刘家人还算识大体，对于八万八这个数字也只是略微显出了一丝

不满，但还是答应了。

可事情刚刚平息，陆母又开始作妖了，她夹了一口菜放进嘴里，食不知味："家强，你们的婚房装修好了没啊，我一直问子欣，她也不说。这眼看着就要办婚礼了，总不能在你家结婚吧。"

其实这话，陆母早就想问了，两人决定结婚比较仓促，陆母一直觉得不管咋样，刘家总不会亏待自己的儿子。之前她也听刘家强说过有想要买新房的打算，便想着可能两个孩子已经看好了婚房。

她之所以没有抓着婚房的事作为硬性条件，就是怕女儿反悔，她想着要让事情定了，到时候就凭刘家的实力，房子还用愁吗？

可她等啊等的，直到等到会亲家，两个孩子居然谁都没有跟她提过房子的事。

"是这样的，子欣妈，我们家在和兴路那片还有一套房，是最近两年才建的，两室一厅，周围的环境还不错。他们就在那结婚，那房子装修完还没住过呢。"

此言一出，陆子欣一家全傻了。

刘母说的不正是他们现在住的房子吗？可听她这话里的意思，似乎是并不知道陆家已经将此房占为己有了。

陆母心里暗叫不好，脸上却表现出了一副完全无辜不知情的表情："家强，你妈这话是啥意思？要你们和我们一起住，还是……"

于是，两个女人之间的战争就此拉开了帷幕。

为了不让事态恶化下去，她们双方都各自退了一步。陆家人继续住在刘家的房子里，而新婚的小两口则和婆家父母一同住。虽然事情解决了，但刘母对陆子欣的态度显然和从前大不相同了。

婚期即将到来，准备第二天去参加婚礼的李浩勤格外地心烦意乱，他从宿舍出来，看见工人已经全都下班了，便无聊地想去料库核对一下下周要出库的材料。

可就是他这个无心的举动，却再次让他成就了项目部的大工程。

他无意间发现库房里的电缆少了不少，这个东西不是小物件，没有火车是根本运不出去的，但现在原本十几盘的数量现在却少了两盘。

在询问了库房管理员后，李浩勤发现前天替管理员值班的赵新有嫌疑，于是便直接报了警。

电缆那是国家严令禁止倒卖的，现在出现这种情况，李浩勤身为副队长怎么可能坐视不理。

可也是因为李浩勤的这种处理方法让很多同事都大呼他不近人情，毕竟偷盗电缆的人是他们的同事，很多人认为应该交给单位来解决，不应该闹到派出所去。这也使很多人对他有了不好的印象，认为他是在故意将事情闹大，得到上面的认可。

"报警处理确实没错，不过你也该先和我说一声，现在弄得单位这么被动，对你以后的发展非常不利。"这是刘经理对李浩勤这次做法的评价，不过他倒也没有责怪的意思。可在不久的将来，李浩勤就深刻体会到了经理话中的意思了。

从派出所出来，李浩勤收到了沈乔的电话，约他到陆子欣所在小区的操场见面。李浩勤当然好奇这么晚她会有什么事，而且两人自贵州一别就没有再联系。可他还是赴约了。

让李浩勤没想到的是，前来赴约的人并不是沈乔，而是陆子欣。

沈乔原本是在陆家陪着陆子欣的，可她看得出来，陆子欣不高兴。她知道陆子欣对这场婚姻不抱期待，也知道陆子欣心里始终放不下李浩勤。所以，她不想让自己的好友留下遗憾，同样，她也不想李浩勤留下遗憾，于是便私自做主将李浩勤约了出来，又把陆子欣骗到了那里。

要说沈乔这么做对她自己有什么好处，那大概就是她想让自己爱的人能够释怀吧。

操场中，陆子欣缓慢地走着，她一边走一边用脚踢着地上为数不多的小石子。

"子欣。"

"你？你怎么来了？"听到李浩勤的声音，陆子欣惊喜地回头，可转瞬，脸上的笑意就敛了下去。

"不是你……"话说到一半，李浩勤就明白了这一切都是沈乔所为，心里感激，却没有将此事告诉陆子欣，"是我让沈乔骗你出来的，就想跟你说声恭喜。还有，以后我当你是我亲妹子，看到你俩能在一起，我真心高兴。"

"对不起。"陆子欣抿着唇，愧疚地望着她心中的男人。

"没啥对不起的，好好过。"

对话很简短，不知道从什么时候开始，两人竟变得有些陌生了。

"走吧，送你回去吧，早点睡，明天有你忙的。"

陆子欣家楼下，两人在单元门口站定。

"行了上楼吧，明天就是新娘子了。"李浩勤双手插在兜里，手指紧

紧攥着裤兜的里子。他的喉咙在微微抖动,这是一种隐秘的内心的活动,不能被人察觉的。

单元对面的花坛里,一双戴着眼镜的眼睛正死死地盯着两人,那副眼镜下是一团火,正在熊熊燃烧。

单身的最后一晚,陆子欣、刘家强、李浩勤和沈乔,四个人都失眠了。他们各怀心事,有人绝望,有人欣喜,有人痛苦,有人期待。

——

"接亲的来啦,接亲的来啦,快,开门!"陆子欣家门口,一群伴郎拥着新郎"咣咣"地敲着陆子欣家的门。

伴娘在门里笑闹着要红包,门外的新郎只能乖乖地将红包塞进门缝。直到新郎身上最后一个红包发完,伴娘们才将门打开。一群人像洪水一样"呼"地涌进去,在司仪的安排下做着各种游戏。

看着陆子欣身穿婚纱坐在床上,李浩勤的眼眶瞬间湿润了。这原本应该是他的新娘子,今日后,便与他再无可能。

新郎新娘做着每对新人都会做的,说誓言、找鞋子等习俗。李浩勤默默地看着,全场,他是唯一一个最沉默的伴郎。

酒店礼堂里,陆子欣穿着拖尾婚纱缓缓走向舞台,刘家强正在对面等着她。

"刘家强先生,你愿意娶陆子欣女士为你的合法妻子,并用一生去照顾爱护她吗?"

"我愿意。"

"陆子欣女士,你愿意嫁刘家强先生为你的合法丈夫,并用一生去照顾爱护他吗?"

台上的新娘沉默了。

一秒,两秒,三秒。

就在台下开始有人窃窃私语时,陆子欣才开口:"我……愿意。"

台下的每个人都看得清清楚楚,司仪长长地吐出一口气,用手背擦了擦额头上的冷汗。

灯光打在一对新人的脸上,模糊了他们神情中的细微变化。等到新郎新娘去台下敬酒时,尴尬的一幕还是无可避免地发生了。

陆子欣和刘家强端着酒杯给同学敬酒时,说话没把门的同学刘畅惹来了诸多同学的鄙夷:"今天咱们这桌除了李浩勤是伴郎,其他人你可都没请做伴郎,刘家强,你小子偏心眼,咋地,怕哥们儿太帅,当伴郎抢了你的风头?"

"是啊,你太帅了,我可真害怕。"这是刘家强盼了多少年的场景,他高兴地滔滔不绝,那个沉默寡言的他仿佛失踪了。

"子欣,你这也太漂亮了吧,要不是刘家强在你旁边我还以为是哪个明星来了呢。来来来,咱俩喝一个。"

"谢谢你能来,也谢谢各位同学了。"陆子欣大大方方地举杯,就在杯子转到李浩勤那时,她的手停住了。

"欸?李浩勤,你们不是关系最好吗,那应该单独喝一个。"刘畅真是哪壶不开提哪壶。

在场的人都顿觉尴尬,大家将目光齐齐投到了两人身上。

"没错,我们三个一起长大的,子欣,来,咱俩和浩勤单独喝一杯。"刘家强接过酒杯,又给李浩勤倒了一杯:"哥们儿,也希望你早点找到自己的幸福。"

陆子欣尴尬得抬不起头,只是用余光瞥着刘家强的手。看他举杯,她便也跟着举杯。

三人在大家的掌声中喝光了杯里的酒,随后刘家强又带着陆子欣去别的桌敬酒,李浩勤站在原地好久,都没回过神来。

一场盛大的婚礼就这样落下了幕,有人欢喜有人愁。

刘家娶媳妇高高兴兴,陆家嫁闺女也是欢天喜地,就连和他们没啥关系的李浩勤父母都跟着高兴,因为他们心里的大石头终于落了地,李浩勤和陆子欣无望了。

"今天累坏了吧?"新房里,刘家强脱掉外套,坐在陆子欣身边。

看着泪眼婆娑的陆子欣,刘家强舔了舔发干的嘴唇:"咋了?不高兴?"

"我有点想家,我不放心我爸妈。"陆子欣声音哽咽,十指交缠在一起,完全没有新娘子应有的激动和开心。

"勤回去点,我有空也陪你回去。行了,别想了,累一天了,早点睡吧。"刘家强伸手要脱陆子欣的衣服,岂料陆子欣身体一抖,迅速挪到了旁边。

那反应是出于本能的抗拒!

"你⋯⋯"刘家强舌头在牙上打了一个圈,眯着眼睛盯着陆子欣看。

"我还没准备好,我⋯⋯"

"你是还没放下他吧?怎么,我说错了?"

"刘家强,你到底在说什么?你这话什么意思?"陆子欣急了,这是

她的新婚之夜，居然听到刘家强这话，她起身就要走。

一看陆子欣是真生气了，刘家强急忙认错："我错了，我错了子欣。刚才是我说错话了，别生气了。我这不是在乎你嘛，就怕你心里没我。"

一边说，刘家强一边晃着陆子欣的胳膊，撒娇般恳求着。

"以后不许你再说这样的话，我已经和你结婚了，我的心里怎么还会有别人呢！"

灯熄灭了，一对不怎么相爱的年轻人就这样成为了一家人。

十几分钟后，新房的灯突然又亮了。

刘家强掀开被子，坐在床上，脸色十分阴沉。

而一旁的陆子欣则愧疚地将脸别到一边，双手死死地抓着喜被，眼泪顺着眼角流了出来。

"你和他……你们……"刘家强用背对着陆子欣，重重地叹气。

"家强，对不起。"

"行了，折腾一天了，睡觉吧。"

灯再次熄灭，房间里除了陆子欣偶尔抽鼻子的声音，再听不到任何的动静了。

5

经过了爱人的离开、哥们儿远去和人际的繁杂后，李浩勤终于用自己的努力迎来了一个升职的机会。

在刘经理的安排下，他跟着经理一起升迁到了局里。

其实李浩勤一直都很好奇为什么刘经理会带走自己，毕竟自己只是个工人，在业务和人际关系上根本就帮不上什么忙。

过了很久以后，李浩勤才知道，调走他，是因为局里给了刘经理一个名额，允许刘经理带一个队伍，只要活干得好，他们就可以不用再重新组建队伍。其实所谓刘经理升迁，除了他自身的关系外，还是因为部门扩建，由于高铁项目增加，局里不放心外包，便多增加了一个项目部。刘经理之前的左膀右臂都被他留在了原单位，就是为了以后可以两边都兼顾。

带走李浩勤，自然是有刘经理的考虑。李浩勤技术可以全拿起来，让他跑个计划，做个预算也可以胜任，事实上，他一人可以顶三个人用，所以他跟着走最为合适。

虽然升迁了，但之前他们的项目还有一些没有收尾，特别是哈大的项目，还在进行中，这是李浩勤最为关心的："经理，哈大的活咋办？移交给别的项目部，还是直接换经理？"

"不换，还是我负责，这个项目本身就是局里的，以后直接归我负责，有什么事可以跟局里对接，还可以跟交建的对接，工作起来方便多了。"

李浩勤终于放下了心，火急火燎地赶回了工地。

炎热的夏天一直持续到了将近10月，秋天迟到了。

沟快挖完了，李浩勤身上已经晒得脱了一层皮。

"李浩勤，有人找。"李浩勤拿着铲子正在铲轨道上的砟石，身后，同事大声叫着。

由于农忙，农民工走了一大半，好多力气活就要单位里的职工干了，李浩勤自然也不例外。

李浩勤问都不用问就知道是沈乔，最近这段时间，只要学校那边一有空，她就往工地跑。

为了不影响工作,不被别人传闲话,李浩勤便不让沈乔来工地了。她倒是听话,再也不踏进工地半步了,可她却坐在工地附近的公路旁等。

对于沈乔,李浩勤想拒绝,但他又觉得不能太残忍,他心软了。

其实在某一个,或者说某些个瞬间里,他也曾对她动过心。可他在克制,在矛盾中来回穿梭。

"你咋又来了?领导说啥你忘了?赶紧走吧。"没等沈乔开口,李浩勤就开始赶人。

"李浩勤,你有毛病了,我最近来烦你了?"

"没啊。"

"所以我没事会来找你?"

"应该不会吧。"李浩勤讷讷的,跟着沈乔的思路走。

"明天周六,我有个聚会,想让你跟我去。"

"我?"李浩勤怀疑地看着沈乔,"你聚会为啥让我跟你去?"

"哎呀,就是需要你去啊,你明天不是休息吗?"

"我是休息,但是你得跟我说清楚,为啥要我去?"

沈乔张了张嘴,一跺脚,把脸扭了过去。

"你要不说我可不去,万一是个鸿门宴呢?"

"什么鸿门宴的?你这猪脑子都在想什么呢?是……"沈乔有点难以启齿,脸瞬间就红了,"是我妈给我安排的相亲,我不同意,她非让我去,说我要是不去,就不让我回家了。"

李浩勤扑哧笑出了声:"相亲啊,可是你相亲干嘛带上我,让我给你把关啊?"

"把你个头,你听话能不能听重点,我说我不想去。"沈乔气得在李浩勤的额头上重重敲了一下。

"你有话说话,动什么手啊?你不想去?想让我替你去?"

沈乔彻底急了:"李浩勤,你到底有没有脑子?我想让你冒充我男朋友,反正我妈又不知道你是谁。"

"让我冒充,这不大好吧。"李浩勤觉得这事挺有意思,坏笑着,想逗逗沈乔。突然,他觉得哪里不对,"等等,沈乔,你妈可是我老师,会不认识我?你可得了吧,万一被发现了,我才不干呢。"

"我不说,她咋会知道我男朋友是李浩勤你啊。介绍人只会和我妈说我领了对象去,根本就不会知道你叫啥。"

"啊!也对!"李浩勤故意继续逗她,"我答应倒也行,不过万一明天要是出了啥乱子，你可别怨我。"

"好，那就这么说定了，明天中午十一点半，沿江街知忆咖啡馆门口等。"

知忆咖啡馆门前，沈乔穿着一件长袖碎花连衣裙，看上去清新淡雅。

"哎哟喂，今天穿得可够淑女的，还化了妆？"刚一看见沈乔，李浩勤那没把门的嘴就又开始调侃上了。

沈乔白了他一眼，见李浩勤穿着一件珍珠白的衬衫、牛仔裤和一双擦得雪白的球鞋，本想埋汰他几句的话到了嘴边却变成了夸奖："今天穿得还成，没给我丢人。"

"等一会儿我要说啥？"李浩勤突然有点紧张了，虽然他是抱着看热闹的心态来的，可如果这事真的给沈乔惹出了麻烦，他是没办法和两位老师交代的。

"你啥都不用说，就坐我旁边就行。"沈乔说着竟挽起了李浩勤的胳膊。

李浩勤身上一震，想要缩回。

"别动，装要装得像一点。哦，对了还有，待会儿，你表现得细心一点，最好时不时地亲昵一下。"

李浩勤眨巴眨巴眼睛，感觉自己的身体都要僵硬了。虽然和沈乔已经非常熟悉了，可这还是他们的第一次亲密接触呢。

走进咖啡厅，两人就看见一个二十七八岁，梳着寸头，长相普通的男人坐在他们事先约好的地方。

"你好，我是沈乔。"

沈乔拉着李浩勤，笑着走了过去。

一见沈乔和李浩勤，那人先是一愣，当他看到两人十指紧扣时，脸色瞬间变得难看了："你们这是？"

"这是我男朋友，其实今天我不想来相亲的，我妈非逼着我来，我已经有男朋友了，实在不好意思啊。"

"你们这是拿我开心呢？"男人怒了，"腾"地从沙发上站了起来，盯着沈乔和李浩勤好半天，随后扭身走了。

"这就完了？"李浩勤和沈乔都还没等坐下，事情就解决了，这完全不是他们两个所想的场景。

"嗯，算是完了吧。"沈乔重重吐出一口气，像是完成了一项重大任务，心情好得不得了，"想喝啥随便点，我请客。"

李浩勤拿着饮品单，仔细地选着："你喝啥，要不我和你喝一样的吧。"

可好半天，也不见沈乔答话，李浩勤抬头看，发现沈乔愣愣地坐着，眼睛死死盯着他身后。

"喂，你看啥啊？"李浩勤一边拿水往嘴里送，一边回头。

突然，李浩勤"噗"的一口，将刚刚喝到嘴里的水全喷了出来。

身后，沈乔的妈妈竟站在那里，正眼中冒火地看着两个人。

"妈！"

"他是谁？"沈母挎着包，仰着头，火力全开地走了过来。

那气势，让李浩勤觉得即便是在屋子里，都有一股冷风袭来。

"我男朋友。"沈乔也扬着头，毫不示弱。

"男朋友？你什么时候冒出来个男朋友？你要是有男朋友，怎么不早说？"

"喂，小姐，我是冒充的！"李浩勤缩着头，用手捂住对着沈母的那张脸小声地说。

"冒充？沈乔，你可真够能的！你到底想要干什么？不想来就直说，还找个人来冒充男朋友，亏你想得出来。"

"我说我不想来了，可你非让我来。"沈乔委屈地嘟哝着。

"你都多大了，我给你介绍个男朋友为你操心，我还有错了？"

李浩勤是真没想到刚刚自己那么小声，居然还是被听见了，老师的听力真是不减当年！

"两位，不好意思啊，你们俩先说着，我先撤了。"李浩勤小心翼翼地起身，尽量不被人注意。

"站住！话没说清楚，你就想走？"沈母不愧是老师，虽然声音不大，可威力十足。李浩勤刚刚抬起的腿，不听话地停住了。

"妈，你为难他干什么？"沈乔急了，她怕母亲为难李浩勤，更怕母亲知道李浩勤的身份。好在现在母亲并没有认出李浩勤来，如果换作是父亲，那就不好交代了。

"不为难他，我为难你！"沈母坐了下来，"虽然他是假的，但这事你俩都有责任，你让我怎么和介绍人交代？我做了一辈子老师，信誉、人品从来没出过问题，今天可好，因为你，这一切都毁了！"

李浩勤尴尬地站着，走也不是，不走也不是，只能愣在原地，听着母女的对话。

"被我毁了？妈，从小到大，我都要按照你给我安排的生活过，难道你不觉得你也是在毁我吗？"

"我是为你好！"沈母"啪"地一拍桌子，瞪着沈乔。

"别说什么为我好，我应该有我自己的生活，我不是你的傀儡，你想要过的生活为什么你不去过，要安排在我身上？你这样是不是太自私了？"沈乔分毫不让，直直地盯着母亲。

这可把在一旁的李浩勤看得直冒冷汗，他从来没见过这样的沈乔，如此的执拗，眼神如此的坚定。

"沈乔！"沈母突然厉声喝道，"你想干什么？想造反吗？"

"妈，你不要这样跋扈行不行？你可是老师，在学校你那么和蔼可亲，可为什么对我却这样，我已经长大了，我就不能有自己的思想吗？"

"不能！你懂什么？我警告你，今天你这么办事就是不行，赶紧给我走，去跟人家解释清楚。"

此时母女二人的战火已经波及了周围，很多人开始侧目，有人窃窃私语，有人捂着嘴笑。而李浩勤，实在是太为难，他想上去劝架，可自己一旦上去，必定让事情更加难看。

"我不去！你不要逼我，否则我……"

"你什么？你还想干什么？"

"我就离家出走！"沈乔一扬脖，狠狠地回视母亲。

"你……"沈母气得浑身哆嗦，突然，她猛地站起身，朝着沈乔的脸扇了一巴掌。

那声音清脆响亮，在十分安静的咖啡厅内回响，周围瞬间鸦雀无声，似乎大家都在屏息静气，等待着接下来的母女大战。

沈乔被打蒙了，好半天，她才不敢置信地缓缓抬手捂住了脸。

也许是意识到了自己的失态，沈母嘴微微动了动，想说什么，最终没说出来。

沈乔的眼眶红了，她感觉眼前似乎升起了一层雾气，眼眶里像是塞满了什么东西，很快就要盛不住掉下来了。

就在她眼前一片模糊时，那双明亮的、幽黑的眸子与她对上了。

那一刻，她的眼泪再也忍不住了，温热的液体像湍急的流水，瞬间涌了出来。

那是面对心爱之人的一种难堪、尴尬和无尽的委屈与难过。

就在沈母想要上前去抓沈乔时，沈乔突然胳膊一甩，冲出了咖啡厅的门。

李浩勤和沈母都没反应过来，特别是李浩勤，他仍旧站在原地，无所

适从。

　　也不知过了多久，大概只是一分钟，又或者两三分钟，咖啡厅内的气氛才逐渐缓和了过来。

　　看着沈母一屁股坐在了沙发上，李浩勤抿了抿嘴唇，想要趁机溜走。

　　突然，门外"嘭"的一声巨响，紧接着就有人慌张地大叫了起来："救人，出车祸了，有人被撞了。"

　　咖啡厅里的人再次骚动起来，也不知谁喊了一句："好像是刚才跑出去那女的。"

　　李浩勤脑袋"嗡"的一声，像是一颗炸雷在他头顶响起。

　　"沈乔！"几乎是下意识的，李浩勤不顾一切冲了出去。

　　他突然很害怕，他怕就此失去沈乔。

　　和沈乔在一起的一幕幕像过电影一样，迅速地在李浩勤脑中闪过。

　　当他跑到事发地点时，只见一辆大货车停在路中间，货车前围了好些人。

　　从人群的缝隙中，李浩勤看见了地上的一滩鲜红的血正在缓缓朝周围扩散。

　　他疯了似的拨开人群："沈乔，沈乔！"

　　当他站到车祸女孩面前时，他才发现那不是沈乔。

　　李浩勤像是被什么东西呛了一口，咳得笑了。

　　下一秒，他才反应过来，沈乔在哪呢？他终于意识到了自己是如此害怕失去她。

　　李浩勤退出人群，失魂落魄地朝一个方向走着，他想去找沈乔，可……她去哪了？

　　"喂！"突然，沈乔的声音从他背后传来。

　　李浩勤木然地回头，看见沈乔眯着弯弯的眼睛，歪着头正朝自己笑呢！

　　"怎么，怕我出事？我不会……"

　　沈乔话刚说了一半，李浩勤就像一阵风般跑到她面前，紧紧抱住了她。

　　沈乔一愣，耷拉在身体两侧的双手在适应了李浩勤身体的温度后也缓缓地搂住了他。

　　几个月后，刘家。

　　饭桌上，陆子欣因为吃了一口菜，感觉恶心便跑到厕所去吐了。

　　"你媳妇儿这是不是有了？"刘母放下碗，紧张地看看厕所的方向又看看儿子。刘家强耸耸肩，表示不知道。

直到陆子欣重新回到饭桌上，一家人始终都没说一句话，只是齐齐地看向她。

"我胃不舒服。"

"你们结婚也有段时间了，我看你明天还是去医院看看吧。"刘母见陆子欣绝口不提怀孕的事，便主动开了口，"我明天休息，跟你去医院。"

陆子欣想拒绝，可在这个家里，她一直没有话语权。

晚上，躺在床上，陆子欣和刘家强两人谁都不说话，各自想着心事。

许久，还是陆子欣先开了口："明天我不想去医院，我怀没怀孕难道我自己不知道吗？家强，要不你去跟妈说说吧。"

"说不定你就是有了呢？我看你最近一直没什么胃口。"刘家强翻身，背对着陆子欣，将床头灯关上。

"这怎么可能，我一直……"陆子欣话说了一半，突然像咬了舌头一样，不说了。

"你一直啥？"

"总之我不是怀孕，不过妈已经说了很多次了，我毕竟是儿媳妇，实在不好总是让她失望。"

"其实妈和其他老人一样，想要孙子也没错，要我说，咱们现在也该有个孩子了，我的事业越走越顺，这时候有孩子挺好的。"

"结婚之前，你不是答应我两年内不要孩子吗？怎么了，你反悔了？"

"结婚前是结婚前，现在咱俩工作都越来越好，要个孩子不是很正常吗？"刘家强突然激动地翻身坐了起来，他回头看着陆子欣，"你倒是跟我说说你为啥不想要孩子？"

"我早就说过了，我现在不适合怀孕，下个月我们就要进行高铁服务的培训了，我总不能刚上车就请假吧？我想着在高铁上站稳了再要孩子，不然以后肯定会被分回到普铁的。"

"普铁怎么了？你不一直都在普铁上干得好好的吗？"刘家强不耐烦地看着陆子欣，"陆子欣，你是不想生孩子还是不想跟我生孩子？"

这样的争吵在他们的婚姻里时常出现，陆子欣不想再争了，下床去客厅给沈乔打电话。她最近确实不舒服，所以她决定明天让沈乔陪她去医院。如果不是最好，如果是，她也不打算告诉刘家。

医院的检查室外，沈乔不敢错眼地盯着门口，陆子欣进去有一会儿，还没出来。

原本她今天要和李浩勤去买家具的，他们打算结婚了。可因为陆子欣的一个电话，沈乔推了李浩勤，说来陪陆子欣检查身体。

"怎么样？"见陆子欣出来，沈乔急忙跑上去询问。

"是。"

"是？"沈乔一愣，"等等，你说你是怀孕了？"

"嗯。"陆子欣手掌放在脑门上，有气无力地叹着气，"沈乔，这事不能告诉任何人。"

"为啥，这是好事啊，你要当妈妈了。先说好，等孩子出生了，我要做干妈。"

"这孩子我……不想要。"

"不想要？"沈乔奇怪地看着陆子欣，她不明白陆子欣为什么会有这么可怕的想法，"如果让刘家知道你自作主张不要这个孩子，那一定会出大事的。"

"沈乔，其实我结婚这么久，过得并不像你们看到的那么好。"陆子欣苦笑，有些话她不能对沈乔说，甚至不能对任何人说，"我再想想吧，今天真是谢谢你了。"

看着陆子欣离开，沈乔担忧地望了好久：难道婚姻真是个可怕的东西，那些美好都只是在书里才能看见的？

"李队，经理让你过去一趟。"工地上，一名穿着施工安全服的职工，刚从办公楼回来，他一下车就朝着李浩勤所在的信号楼方向喊。

李浩勤摘掉手套，从窗户上探出身子问："啥事啊？"

"你可真逗，要是能跟我说，我不也是队长了，赶紧去吧。正好他们来车了，经理说让你跟车过去呢。"

半个月前，李浩勤被提拔升职成了三队的队长。三队是新成立的直属于局里的队伍。自打李浩勤跟着刘经理去了局里，他的职位就从普通的工人，变成了队长。当然，他还是在工地干活，而刘经理则直属于局里。虽然职位高了，可干的活还是一样的。

到了经理办公室，李浩勤才知道，自己又被评选上了先进工作者，而且是不容推辞的。李浩勤实在不想连续两年得到这个荣誉，这会让他受人嫉妒，成为风口浪尖的人物。

可刘经理却执意不肯改变主意，甚至用他的婚假相威胁，说如果他不当这个先进就不给他婚假。

眼看着婚期马上就到了，李浩勤生怕再出什么幺蛾子，只能接受。

可当李浩勤将这个消息告诉沈乔时，以往都会调侃他的沈乔却无精打采、忧心忡忡，她是为陆子欣担心。

陆子欣向刘家隐瞒了自己怀孕的事，不是因为她不爱他，而是自打结婚以来，刘家强对她的态度越来越恶劣，这让她难受，让她不知所措，更让她对未来失去了信心，对肚子里的孩子没了期待。

事实上，刘家强对这件事也并不关心。他经常是晚上应酬后才回家，回家就开始和陆子欣抱怨、争吵。在又一次的争吵后，陆子欣彻底绝望，决定放弃孩子。

由于这个手术需要家人签字，陆子欣再次找了沈乔。

就在陆子欣进入手术室后，沈乔还是没忍住给李浩勤打了电话。

手术室内，陆子欣躺在冰冷的手术台上，独自等待着医生的到来。

她下意识地将手放在肚子上，突然，她想起了刘家强说的那些话："你说咱俩孩子将来还不得成选美冠军啊。"

眼泪不知不觉流了下来，她似乎听到了耳边有个孩子在叫妈妈，似乎听到了自己和孩子一起玩耍时的笑声。

手术室的门开了，大夫和护士忙碌的身影出现在了陆子欣的眼中。

手术室外，沈乔紧张地握着背包，背包的肩带被她拧成了麻花状。

"沈乔，子欣呢？"李浩勤不知道是急得还是跑着来的，他满脸是汗，见陆子欣没在，他一把推开沈乔，嚷道，"人呢？人呢？"

"已经进去了。"

"进去了？你脑子没病吧？居然不拦着？"李浩勤甩开沈乔，愤怒地叫着。他从没这样过，至少沈乔没见过。

这一刻，沈乔突然觉得很委屈，很伤心。

沈乔眼前一片模糊，就在她情绪即将崩溃时，陆子欣从手术室里走了出来。

看见陆子欣脸色惨白，已经顾不得自己难受的沈乔急忙侧头擦了一下眼泪，跑了过去："你咋样？能走吗？"

"我……"陆子欣迟疑着，低下头，"舍不得。"

沈乔突然觉得松了一口气，肩膀瞬间耷拉了下来："你终于想通了，太好了。"

"子欣，你这是在干啥？为啥要这样？你是不是疯了？"李浩勤紧张地推开沈乔，一把扳过陆子欣的肩膀，"没做是吧？没事就好，没事就好。"他拉着陆子欣的胳膊就往外走，完全没有注意到身边的未婚妻。

李浩勤紧紧地拉着陆子欣，一言不发，出了医院的大门就打算拦车。沈乔虽然生气，可她也是真的担心陆子欣，便追了几步，拉住陆子欣的手。

　　就在三人穿过人行道，要往机动车道走时，一辆私家车像是没了刹车一样，横冲直撞地朝他们开了过来。

　　"啊！"几乎是下意识地，两个女孩子同时叫了起来。

　　沈乔原本拉着陆子欣的手，可只在一瞬间，她就觉得自己的手一空，陆子欣松手了。

　　下一秒，私家车发出难听的紧急刹车的声音。

　　沈乔紧闭的双眼睁开，她第一件事就是去找陆子欣。她还以为陆子欣被车撞了，吓得她心脏快要从嘴里跳出来了。

　　可，等她发现陆子欣时，整个人都蒙了。

　　她看见李浩勤紧紧地护着陆子欣，而陆子欣则像个受了惊的小鸟一样，缩在他身后。

　　沈乔没说话，此刻，她觉得自己就像个多余的外人。

　　虽然刚刚经历了惊心动魄，但细心的陆子欣怎么会没看出沈乔的愤怒与尴尬，刚刚李浩勤的一番操作着实让陆子欣也吃惊不小。她担心沈乔误会，自己已经成家，更不想去破坏她们之间好不容易建立起来的感情。

　　陆子欣想要先离开，却被李浩勤制止，他一定要看着陆子欣安全到家，于是，离开的那个人便是沈乔了。

　　沈乔没再开口，只是默默地将背包交给陆子欣，接着转身就走。

　　"你不该这么对沈乔，是我让她帮我保密的。"车上，陆子欣替沈乔打抱不平。

　　"我的事你别管，你和家强咋了？"李浩勤没回答，反而直奔今天的主题。

　　"没事。"

　　"没事？没事你会不要孩子？而且他不知道吧？"

　　"我这马上就要上高铁了，现在这个时候要孩子不行，以后就没机会了。"

　　"就为了这个？"李浩勤显然不相信，他紧紧盯着陆子欣有些苍白的脸，"我看你脸色也不大好，你别蒙我了，快说，是不是他欺负你了？"

　　"怎么可能？别人不知道，你还能不知道家强对我啥样吗？如果不是他对我好，你会退出吗？"看来陆子欣早就知道李浩勤当初选择分手并不是因为李浩勤自己说的不相信他们，而是希望自己得到幸福。

其实对于李浩勤的做法，陆子欣曾经埋怨过，也伤心过，但她深切地知道李浩勤的心。

李浩勤不再说话了。是啊，现在他只是朋友，人家夫妻间的事，他管不着。

窗外飘起了雪花，路面像镜子一样光滑，车子开在上面虽缓慢却还打着滑。

街口红绿灯有规律地交替变换着，直行的车辆焦急地等着红灯。

刘家强的车夹在一排直行车的中间，他无聊地四处看着，突然，他看到隔壁出租车内两个熟悉的身影，两人贴得很近，看上去十分的亲密。

刘家强脸色阴沉，他双手紧紧握着方向盘，手指由于过度挤压，骨节处微微泛白。

突然，车后的喇叭声传来，紧接着一辆接一辆的喇叭声此起彼伏。

刘家强恨恨地瞪了隔壁出租车一眼，一脚油门冲了出去。

晚上八点多，陆子欣坐在沙发上抱着抱枕看墙上的挂钟。刘家强已经好几天晚上没有回家吃饭了，他的工作最近越来越忙，很少有时间跟陆子欣聊天了。

十几分钟后，房门开了。

满身酒气的刘家强进了门，刚一进门，他就将手包往地上一丢，鞋一甩，看都没看陆子欣，直接进了房。

陆子欣从沙发上起来，跟进房间。发现刘家强低着头，坐在床上："也不换衣服，脏死了，快去洗澡换衣服。"说着，陆子欣就去拉刘家强。

"别碰我！"刘家强突然甩开陆子欣，恶狠狠地瞪着她，"你今天不是上班吗？"

被刘家强的举动吓了一跳，陆子欣讷讷地点头："啊。"

"上班了？"刘家强又问了一遍。

"没……我今天不舒服，请假了。"陆子欣感觉到了刘家强要发火，但她不知道是为什么，"你喊什么，爸妈都要睡了。"

"不舒服？嗯？不舒服？你哪里不舒服啊？"

"就是……就是头有点疼。"陆子欣突然有点紧张了，面对着咄咄逼人、恶狠狠的目光，她舔了舔嘴唇，"你这是咋了？在单位不顺心了？"

"你不舒服还能出去约会？嗯？你每天都在背着我干什么？你每个周末都去你妈那，你说实话吧，你到底是去你妈那了还是去见李浩勤了？"

陆子欣一下子被刘家强给说蒙了,她不明所以地看着醉醺醺的丈夫:"你在胡说什么?"

"我胡说吗?别以为我不知道,你和李浩勤偷偷摸摸地约会。你拿我当什么?活王八?我说当初你怎么那么痛快就和我结了婚,搞了半天是想住着我家的房子,花着我家的钱,不给我生孩子,偷偷和他约会吧?"

"刘家强,你别越说越过分。我做什么了?我清清白白,你少冤枉我。"陆子欣急了,也冲着刘家强大喊。

"你不喜欢我可以不和我结婚,可你一结婚就给我戴绿帽子,不对,不是一结婚,是一直都戴着呢,直到结婚当晚我才知道,你早就和李浩勤……我捡了个二手货!"

"啪"的一声,刘家强的脸上挨了一巴掌。

"你打我?"刘家强像是一个发了狂的野兽,突然,他双手钳住陆子欣的胳膊,拼命地摇晃着,"你还好意思打我?"

随后刘家强手一用力,将陆子欣直接推了出去。

陆子欣整个人撞在了梳妆台上,随后又弹到了地上。

梳妆台上的化妆品"噼里啪啦"地掉了一地,瓶子碎裂的声音打破了这个宁静的夜晚。

刘家强似乎还没过瘾,刚要再继续上前,他就看到陆子欣侧趴在地上,两腿间流出了血。

一瞬间,刘家强的酒就醒了。

他愣愣地看着痛苦呻吟的陆子欣,好半天才回过了神。

救护车疾驰在夜深人静、空荡荡的街上。

刘家强焦急地叫着陆子欣:"子欣,子欣,你别吓我,没事,马上就到医院了。"

陆子欣脸上泪水、汗水混在一起,"滴答滴答"地往下淌。

孩子没有保住,因为这件事,陆子欣和刘家强进入了冷战的状态。一个婚后家庭暴力,一个有意隐瞒怀孕事实,他们的婚姻支离破碎。

当李浩勤听到这个消息后,找到刘家强,两人扭打在了一起。两人都恶狠狠地用拳头对待着彼此,似乎这么多年的愤怒与不甘全都聚集在了这场战斗中。

两兄弟也彻底决裂了!

在冷静之后,李浩勤意识到了自己过于冲动了,毕竟那是人家夫妻之间的事,而且自己的行为也伤害到了沈乔。两人原本在一周后就要举行婚礼了，可现在，沈乔避而不见。

为了获取原谅，李浩勤特意去了沈家，还在沈乔的屋里留下了一个小盒子和一张卡片。这是他特意为沈乔准备的礼物和道歉信。

李浩勤第一次这么用心地给沈乔准备礼物，在买礼物时，他觉得自己挺对不起沈乔的，俩人在一起这么久，他好像从来没有认真、用心地给她准备过什么。一直都好像是沈乔在付出，他只管接收，一切似乎都是顺理成章的，他从未想过沈乔也需要被人呵护，被人重视。

表彰大会下午开始，会场的规模和去年差不多，不过这里显然是新装修的，棚顶的装饰、舞台、座位看上去都很新，就连这次的形式也有了很大的改变。

李浩勤注意到，这次的表彰会主要是以聚餐的形式举办的，不像上次，让人觉得像是在开严肃的组织大会。

让李浩勤没想到的是，他又见到了刘家强，而这次，刘家强已经成为了设计院的主要代表。可以看得出来，刘家强已经不再是那个籍籍无名的小人物了。

刘家强主动给李浩勤敬酒，并表现出了十二分的懊悔。其实在经过几天的冷静后，李浩勤虽然还是对刘家强有意见，但看到陆子欣都已经原谅刘家强了，李浩勤自然也就息事宁人了。

李浩勤从未见过刘家强如此地低三下四，毕竟多年兄弟，既然他已经承认错误，两人也就趁着这次的酒宴化解了误会，兄弟俩和好如初了。

可没有人知道，陆子欣的原谅实则是一种无奈。在住院的几天里，她发现自己还是很惦记刘家强，很惦记家里的。她知道这件事最初是自己错了，所以她要保护她的家庭和婚姻，她再次选择了妥协。

整个聚餐持续了四个小时，在这四个小时里，李浩勤如坐针毡，他想立刻离开这里，他想知道沈乔看到信后会是什么反应。如果不是沈乔这次真的想要离开他了，他还没有发现自己对沈乔的感情已经很深很深了。

对于李浩勤来讲，陆子欣是过去式，是从小到大的玩伴，是像妹妹一样依旧挂心的人，也是无法再续前缘的意难平，而沈乔才是他未来要一起走的人。

回到他们的新房，李浩勤坐卧不宁，他渴望沈乔能看到他的心里话，渴望她能在这里出现。

看着小区内昏暗的路灯照着皑皑白雪，物业已经将过年的灯笼挂了起来，李浩勤心里越来越后悔，之前为什么要对沈乔发脾气，这么好的女孩子，如果他错过了，以后恐怕再也遇不到了。

片片雪地中，一个消瘦的身影，快步走着。

身影穿着一件过膝的长款羽绒服，戴着一顶红色的帽子，看上去既漂亮又可爱。

李浩勤将身体往外探了探，随后笑着冲出了屋。

雪地下，一串脚印越来越长，突然，脚印在即将要走进单元门的附近停住了。那个纤瘦的影子被另一个魁梧健硕的影子包裹住了。

"来啦。"李浩勤只穿着一件羊绒绒衣站在门前，冷风吹着他的头发，鼻尖和耳朵在两分钟内就开始变红了。

"你怎么在外面？"沈乔惊讶地看着眼前穿着单薄的李浩勤，"你不冷啊？"

"冷。"

"冷你怎么不穿棉袄？"沈乔焦急的语气有些嗔怪，她抬头看了看，三楼的一家屋里亮着灯，那是他们的婚房。

"刚才在阳台看见你来了，我着急见你，忘了穿。"

沈乔的心一下就热乎了，脸上却还是一副冷冰冰的样子。她白了李浩勤一眼，侧过身，走进了单元门。

"我以为你不会来。"李浩勤紧忙跟着沈乔往里走，"不生气了？"

"李浩勤，我是看了你的信才来的，主要是想着要来和你说清楚，不能这么稀里糊涂地结束。"

"我知道错了，我们不能结束！"李浩勤讨好地跟在沈乔身后，在她拿出钥匙开门的一刻，李浩勤突然一步跨到了她身前，把门堵得死死的，目光笼住了她。

他们和好了，在这段感情里，也许沈乔付出得更多，爱得更多。可她知道李浩勤是值得的，她也相信李浩勤对陆子欣仅仅只有多年的朋友情了。在想明白这些后，沈乔选择原谅，她智慧地懂得婚姻里除了爱还要有包容与理解。

于是她打开了李浩勤准备的那个小盒子，里面是结婚戒指，她义无反顾地戴在了无名指上。

他们的婚礼就定在正月十五元宵节那天，可让所有人都没想到的是，除夕当天李浩勤却突然接到了一个重要的任务，一定要离开哈市。

又是一个春节，李浩勤又没能陪在父母身边。

小区院里鞭炮"噼里啪啦"地响着，烟花在空中爆出绚丽夺目的花朵，合家欢乐的新春场景热闹极了。

李浩勤握着沈乔有些凉的手，依依不舍。沈乔眼中微微闪着晶莹的东西，如同天上的星星落了进去。看着李浩勤上了出租车，沈乔的眼泪终于掉了下来。

以前李浩勤离开，她都没有什么感触，似乎就是觉得他去工作，是很平常的事。

可今天，确实时间点不同，油然而生的孤独让她心里仿佛空了一块。

在她向李浩勤表白的那天，她就已经做好了不能整日相守的准备了。

铁路职工，信号工，这是为国家为人民服务的工作，他们的工作注定就是不能时刻陪在家人身边。

为了祖国能够更加的繁荣，百姓出行更加快捷安全，他们每个铁路人都在默默地付出着，忍受着离别的苦。

此刻，沈乔突然很钦佩铁路职工的家属，要知道他们也许每年都会遇到这种情况，亲人团聚是一种奢侈，看着爱的人在荒山野岭建设铁路，逢年过节不能团圆。他们还要努力让在外工作的人安心，操持好家里的一切，这样的付出绝对不比奋战在一线的铁路工人少。

当然，沈乔也觉得很自豪。坐火车时，她同样也会有成就感，太骄傲了，这是她们的家人建设的！

沈乔为李浩勤感到骄傲，也为即将成为他妻子的自己骄傲。

而小区一栋居民楼六楼的一户阳台上，站着两个饱经沧桑的老人。他们相互依偎着，伸着头望着大门口的方向。

李浩勤和同事坐在车上，看着空中的烟花，心里都不是滋味。他们希望和家人在一起，同时也在担心接下来的任务。他们这次是负责去抢修线路的，线路如果不能及时抢修就会造成列车停运，这对国家对人民都是一种极大的不负责任。

"如果不是重大的问题，几天的时间，检测、维修就能完成，可如果是线路断了或者地下的电缆出了问题，那可就是大工程了，需要重新挖沟排线。你过几天就要结婚了，能不能来得及？"同事捅了捅李浩勤，替他担忧。

"哎，啥事也不能耽误工作啊，到时候看看再说吧，估计问题不是很大。"

李浩勤侧头看向窗外，如镜面般结了冰的街上似乎只有他们的车在龟速前进，偶尔，不知从哪还会蹦出一两声巨响，那是人们在放炮。

李浩勤和同事刘斌乘火车又转汽车,终于在磕磕绊绊中来到了呼县的故障发生地。

这离局里铁路线路不远,是在信号楼里,这比李浩勤担心的故障要轻,毕竟不需要室外作业就已经是万幸了。

"还行,不是地下电缆,你不用担心赶不回去办婚礼了。"同事听着呼线工作人员给他们介绍情况,大大松了一口气。

"不一定,虽然不是室外的问题,但现在还不知道是啥问题,现在是机房信号、道岔提速、辅助组合都出了问题,这问题还小啊?不知道当时是怎么验收的。"

"还能怎么验收,听说这个站和前面那个站都是包出去干的,因为也不是什么大线路,监管不严呗。"

"是哪城建的?"李浩勤瞥了一眼工作人员,压低声音和同事讨论着。

同事挤了挤眼睛,示意他不要再说了,两人只是负责检修,其他不该他们知道的,他们最好不知道。

"两位,你们看看这到底是怎么回事。"工作人员是当地负责这项工程的一个段的职工,由于过年,加上又是放假,单位里的很多信号工就都去南方了,这才导致了没有人维修设备。

当然这是不合理的,但违规操作这种事,无论在哪个朝代都会出现的,现如今也不会例外。

"目前看是组合的问题。"李浩勤侧头看了一眼这里的工作人员,他似乎并不理解李浩勤说的意思,"你不是做技术类工作的?"当然李浩勤这句话也是句废话,他要是技术也不会找他们两个来了。

"我是办公室的,不懂技术。今天正巧我值班,没想到会出这事。"

"没事,别着急,没啥大事,耽误不了列车运行。"李浩勤点了点头,一边和同事开始检测一边解释,"咱们这列车信号就是信号机械室里的东西,这些东西好用,列车运行信号就没有问题。信号机械室里需要安装计算机联锁用组合柜,就是这些。"他指着室内一排排的像柜子一样的组合柜说,"这里组合的选用就是一种技术。各种计算机联锁的接口电路也不相同,因为有很多种,所以我和你说了具体的你也记不住。"

工作人员点着头:"是,你们说的那些技术我听不懂,我是做出纳的,这也是我们单位人少,赶上过年,所以一个人轮一天。"

"没事,哥们儿,放心,有我们呢!"刘斌胸有成竹,"李啊,这边应该是线路老化了,不是组合接线的问题。"

"嗯，是，我也看到了，的确，这得跟上面报备了，看看让他们重新更换组合线。"

问题确实没有两人之前想的那么大，可问题是这需要持续性地有人在这里监管。等待上面派人来大规模地更换机械。

可这个值班的工作人员，即便他在也没啥用，完全不懂。所以李浩勤和刘斌只能待在这，等待上面的指示。

而这一等就是五天。

在这五天里，上级领导也并非没有作为，他们已经再联系设计院，让那边尽快出方案，重新整改信号室。巧的是，这个项目被分配给了刘家强所在的办公室了。

"小刘啊，你就辛苦一下，加个班，把这个设计图做好吧，这都是既有线的，而且不需要太多的改动，原来的设计图纸其实也可以用，但中间我们需要加些新的技术进去，你看你尽快上班？"

电话里，设计院的科长正在和刘家强通着电话，此时才初二一大早。

"行啊领导，我待会儿吃完饭就去院里。"早在春节前，刘家强就已经收到了风声，年一过，上班他就会被提升为办公室主任。

虽然现在还没有正式公布，但他平时的工作成绩有目共睹，加上最近一段时间，他与上级各个领导都有接触，吃饭喝酒不在话下。

坐在办公桌前，刘家强翻看着一份十分老旧的原设计图纸，图纸的纸张都已经泛黄了，有些地方还因为长期的褶皱而破损了。

刘家强仔细地看着之前的设计图，虽然老旧，但实施的技术大部分还是现在的技术。有些新型的技术也并不适合拿出来用，因为普铁和高铁还是有差别的。

刘家强打开邮箱，看着上面传来的现在信号组合的情况，看着看着，他突然笑了，这是李浩勤的邮箱。

邮箱里的图片是一张张组合的表格，事实上，李浩勤已经完全判断出了问题所在，至于要重新修建，改动不大，李浩勤也给出了自己的意见。但刘家强又怎么会听他的意见，想要让李浩勤出错，恐怕这是唯一的机会了。

转眼，李浩勤和沈乔婚礼的日子到了，可李浩勤却迟迟没有回来。他向沈乔保证会赶回来，可直到婚礼当天都没见他人影。

酒店一个包间内，此刻李沈两家的父母、沈乔和陆子欣围坐在一起。

沈母蹙着眉埋怨："这孩子怎么回事，今天是多大的事啊，怎么能玩

失踪。回不回来好歹来个电话，现在要我们怎么办？"

　　李家父母知道是儿子的问题，只能连声抱歉，他们现在也慌了手脚，不知道如何是好了。虽然李浩勤平时是有点贪玩，但办事一向牢靠，他一辈子的大事，不应该这么马虎的。其实李家父母现在最担心的是儿子的安全。

　　"爸妈，浩勤没回来一定是被工作拖住了，这婚礼咱不能取消，我一个人也要把它办了。如果他回来了，那我们再补办。"沈乔看出自己爸妈的不满，她打断了两家老人的对话，毅然决然地表明她的态度，她要让所有人都知道自己是李浩勤的妻子。

　　门外，司仪已经来催促好几回了，所有来参加婚礼的人也早就坐在桌前等待着见证一对甜蜜恋人走进婚姻的一幕。

　　台上，音乐声响起，大屏幕上播放着李浩勤和沈乔的婚纱照。沈乔穿着长长的洁白婚纱，眼睛眯成一条缝，笑得几乎要将全世界都融化了一般。

　　两人的甜蜜通过大屏幕上的照片就足以说明了，在沈乔上台之前，不会有人想到今天的婚礼上没有新郎。

　　司仪开始讲话了，沈乔站在台下，紧张、焦虑让她根本就听不清主持人在说什么。

　　"下面有请我们的新娘上场。"

　　沈乔小心翼翼地朝舞台最前面走着，她没有左右去看，她知道此刻所有人一定都在议论为什么只有她自己，但是她并不觉得难堪，反而觉得很自豪，李浩勤是在抢修铁路，是在为国家为百姓做事。

　　终于，沈乔走到了最前面，缓缓转身，由于台上灯光的问题，她几乎看不到台下人的表情。

　　"今天的婚礼有些特别，为什么我们到现在还没有看见新郎呢，那就让我们的新娘来给大家解开疑惑吧。"司仪将话筒递给沈乔，侧了侧身，将舞台让出来，交给了沈乔。

　　"大家好，我……"沈乔刚刚开口，紧闭的礼堂大门却开了。李浩勤托着一个行李箱，呼哧带喘地站在礼堂的大门口。

　　他脸上那不正常的红说明刚刚一定是跑过来的，而他头上的雪和脸上微微长出的胡楂上的小冰晶说明他是在户外待了很长一段时间了。

　　"这不是新郎李浩勤吗？"瞬间，礼堂就炸了锅了，大家纷纷议论，目光在他和台上的新娘身上来回逡巡。

"这可有意思啦，这是闹得哪出啊？"有人开起了玩笑，随即大家都笑了。

"各位亲朋好友，实在不好意思，我迟到了，对，我自己的婚礼，我迟到了。"李浩勤还在大喘着气，脸上却笑开了花。他将行李丢到门口，紧跑几步上了台。

看着台上惊喜交加的沈乔，他歪了歪头，接着又朝着台下挥手。与沈乔不同的是，他在通往主持台的路上走得飞快，恨不得是飞过去的。

到了沈乔的面前，他这才看清自己的妻子，她从未如此美丽动人过，她弯弯的眼中隐隐藏着晶莹的液体，但脸上却洋溢着幸福的笑容。

"你去哪了？担心死我了。"沈乔小声地埋怨了一句，随即闭上了嘴。

"担心我不要你了？哪能啊，瞧瞧，这么漂亮的媳妇儿，我去哪找啊。"李浩勤还在贫嘴，但下一秒他就很郑重地说了一句，"对不起，我来晚了。"

接着他转回身，拿过沈乔手里的话筒："各位来宾，今天是我李浩勤和沈乔结婚的日子，但由于种种原因，我迟到了，请各位多多包涵。今天我们的婚礼很简单，但我要告诉全世界这就是我最美丽的妻子，我媳妇儿，在我心里最好的人。"

台下欢呼声掌声一片，有人给李浩勤竖起了大拇指，他们都是他的同事，知道他是从现场赶回来的。

婚礼进行得很顺利，往台下走，准备敬酒时，李浩勤突然在沈乔耳边问了一嘴："你想没想过我不出现是后悔了？"

不知怎的，沈乔心里竟真的莫名抽动了一下。

"那怎么可能，就算你不想和我结婚了，也不会丢下你父母在这不管吧。"

话是这样说，可要说沈乔没担心过，那是骗人的，她确实想过李浩勤后悔了，在某一秒钟，她也曾怨过，可她还是会选择相信他。

与其说相信他不如说相信自己，相信自己的眼光，相信自己对他的了解和判断。

酒挨桌地敬着，到了刘家强他们这桌，气氛似乎一下子就变得尴尬了。李浩勤不经意地回头看了一眼，目光正好与陆子欣追随的目光迎上了。

两人都是微微一愣，随即尴尬地避开了。

可就这短短的一两秒，还是被刘家强给看到了。他什么也没说，只是扶了扶眼镜，低头吃起了东西。

婚礼很简单，很快酒宴就结束了，在送客时，刘家强却没走，他似

乎是找李浩勤有事，特意站在门口，看着一对新人将全部客人都送走后，才走了上去："浩勤，我找你有点事，你过来一下。"

两人进了换衣服的房间，刘家强还特意将门关严："我有个事求你。"

"求我？这么严肃，行啊，你直接说呗。"李浩勤最不喜欢拐弯抹角，有话直说是他的个性。

"关于工作的。"

"嗯。"

"我听说呼县那边是你过去检修的？"

"是啊，有什么问题？"李浩勤疑惑地看着刘家强，好奇他怎么会知道那个项目。

"你的那个检修报告我看了，那问题是挺多，但都不是什么特别重大的问题。"

"是你负责的？"李浩勤有点诧异，但很快就想明白了，自己和刘家强在工作中经常碰面的机会可不少，毕竟他们是一个系统的，总会有两人合作的时候。

"对，跟你说实话吧，我年后应该就要升办公室主任了。这活我得做好。我想求你，之后你所检查出的问题能不能别公对公地给我发邮件？"

被刘家强的话给说蒙了，李浩勤一时没反应过来："不发邮件？那我咋和你核对？"

"你就私下跟我说，别让其他人知道。"刘家强语气恳切，甚至有点低声下气，不好意思的感觉。

"没懂，啥意思？"

"我想通过这个项目在办公室立足，你可以把那边的事情告诉我，就当成我自己找到的，这样我就不至于被人家说名不副实，只会靠家里了。单位嘛，竞争激烈，有人那么想也很正常，行吗？"刘家强紧紧盯着李浩勤的眼睛，那真诚的样子让李浩勤不忍心拒绝他。

"可这不合规矩啊，而且我有错不报不行啊。"

"只要最后设计没有问题，你们施工也没有问题就不会有人知道的，你帮我一把吧，咱俩哥们儿这么多年，你不能看着我不管吧。"

看着刘家强期待的、渴望的、祈求的样子，李浩勤实在不忍心拒绝，只能点头答应了。

6

春节很快就过去了，假期也在人们的依依不舍中结束了。

李浩勤和沈乔的婚后生活甜蜜而温馨，他们两个在一起度过了十几天的悠闲时光，每天两人一起做饭，看电视，偶尔会出门去逛逛，这种日子似乎是他们这一生中最轻松最快乐的了。

"这次你又要去多久啊？"晚饭后，沈乔帮李浩勤收拾着行李，嘴上却依依不舍地问着。

"不知道，大概开春就能回来，也或许下个月，这又不是正式开工，是要看那边的情况，我们就是过去支援既有线，往吉林那边去又不远，说不定两三天就能回来一次。"李浩勤伸手搂过沈乔，两只手臂在她纤细的腰上紧了紧。

"你一定要照顾好自己，现在你可不是一个人。"

"好啦，要是知道你比我妈还唠叨，我可不娶你。"

沈乔嗔怪地给了李浩勤一拳，两人在第二天一早便分开了。

其实这次李浩勤和同事再次去呼县，是去交接工作的，不过由于那边的信号工不了解情况，所以他们也不确定交接工作是否会顺利，毕竟现在既有线改造迫在眉睫。

"家强，你那边怎么样了？我这已经交接完了，你之后再有什么问题直接找现在的负责人吧。"在离开呼县时，李浩勤特意给刘家强发了一条信息。

因为刘家强的要求，李浩勤果然在发现线路问题时没有通过邮件的方式发送给他，而是私下见面或者电话告诉他了。

李浩勤相信自己的兄弟，认为刘家强是个工作甚至比自己还负责用心的人，所以不管以什么方式，他都不会出错，漏掉那些需要解决的问题的。

李浩勤这几天不停地在火车站来回穿梭，他没有告诉沈乔自己要回去的事，分离不过短短四天，他就开始想念她了。他相信她也是一样的，所以他要给她一个惊喜。在回程的车上，李浩勤巧遇了本次列车的乘务员、副车长陆子欣，这也算是一个惊喜了。

从陆子欣的口中，李浩勤得知陆子欣升了职，是副车长了。虽然两人许久不见，但却还和以前一样，那种尴尬的感觉早就不见了。这大概就是他们已经释然的表现吧。

这次李浩勤回哈，第一件事就是要去找刘家强，主要是他们之前没有正规的报错信件，所以李浩勤要将呼线的整个情况当面和他核对。

见到刘家强后，李浩勤首先迫不及待地向他报喜："我得先恭喜你，恭喜恭喜啊。"

"恭喜我？我有啥值得恭喜的？"刘家强被他这一出弄蒙了，好半天也没反应过来。

"你们家子欣，你媳妇儿。"

"她？她咋了？"

"都升副车长了，你这家属可跟着沾光了，真想不到子欣这么年轻就成了副车长了，我估计她是她们客运段最年轻的副车长了吧。"李浩勤还在滔滔不绝，完全没有注意到刘家强的脸色已经不好看了。

"你这消息够灵通的啊！"刘家强丝毫没有表现出高兴的样子，反而不咸不淡地说了这么一句。

"那可不，子欣说了，我是第一个知道的。"李浩勤大大咧咧的，压根没觉得自己哪里说错了。而他的话却让刘家强误会了，陆子欣升职这事也是她在车上接到的通知，都还没来得及告诉家人，办理升职的事也要等她下班回了段里才能开展。而李浩勤的这一句话，让原本就紧张的陆子欣和刘家强的家庭关系变得更加恶化了。

"对了，你电话里说有事找我，啥事？"等将自己的事情都说完后，李浩勤才想起刘家强给他打过电话，似乎有事找他。

"没事，也不是啥重要的事，被你这么一岔给忘了。对了，你来找我有啥事啊，要是没事我得回去了，现在是上班时间。"

"有事有事，除了说子欣的事，还有呼县那个工程，我寻思还是得当面嘱咐你一句，现在接手的是两个经验十足的师傅，你还是要多问，他们的意见很重要。"

刘家强皱了皱眉，没应声。

天渐渐暗了，李浩勤与沈乔的家里即将上演一场夫妻重逢，小别胜新婚的场景。

而刘家强和陆子欣家则出了一件大事。

今天刘家强难得准时下班回家吃饭，他知道媳妇儿陆子欣也是今天到家，可却没有什么高兴的情绪。

父母这几天去了南方旅游，家里只剩下他们两个了。

一进门，刘家强就闻到了一股饭菜的香味。那是锅包肉的味道，东北名菜，也是刘家强最爱的一道菜。

听到开门声，陆子欣穿着围裙，举着铲子从厨房跑了出来，一见老公回来，她立刻高兴地笑了起来："今天回来的真早，先洗手换衣服，菜马上就好。"说完，陆子欣又一头扎进了厨房，完全没注意到刘家强阴郁的脸。

刘家强侧头，眯着眼睛，看半透明的厨房门后的陆子欣。她似乎在哼着歌，抽油烟机的声音将她的歌声掩盖掉了。

将目光从厨房移回到饭厅，刘家强发现餐桌上摆着一个蛋糕，不大，大概有六寸那么大。

他一边的嘴角微微向上扯了扯，冷冷一笑，随后回房去换了衣服。

大概十分钟后，陆子欣的声音传进了卧室，不知道刘家强在卧室里干什么，一直不出来，陆子欣只好开门去叫。

等两人都坐到桌前时，刘家强依旧一言不发，陆子欣习以为常地先开口了："你都不问我怎么买了蛋糕？"

刘家强已经拿起筷子的手停住了，他眼皮耷拉着，目光定格在自己的碗边没说话。

"你猜今天是啥日子？是个特别的日子。"

刘家强缓缓抬起了头，目光一瞬不瞬地盯着陆子欣："特别的日子？什么日子啊？你升职的日子？"

像是很随口的一说，惊得陆子欣张大了嘴，不可思议地看着丈夫："你也太神了吧？你是怎么猜到的？"

"我老婆升职，我是听别的男人告诉我的。"刘家强语气极尽嘲讽，嘲讽中似乎还带着那么点愤怒。

"别人？浩勤啊？一定是他，也就只有他知道了。"陆子欣自言自语，可没想到，就是她这一句自言自语却彻底惹恼了刘家强。

突然，刘家强"啪"地将筷子一丢，筷子碰到碗边弹了一下，随即飞出去了老远，直到落在冒着热气的菜上才停了下来："你还要不要脸？整天浩勤浩勤的，恶不恶心？你升职为什么他第一个知道？为什么他来告诉我？你俩就那么好吗？陆子欣，你不要太过分，既然你对他余情未了当初就别跟我结婚，现在嫁给我了，你家里人住我的，你工作我给办，你还让我戴绿帽子，你真够可以的。"

陆子欣一下子蒙了,她傻傻地看着眼前的丈夫,没想到他会说出这样的话。

"你在说什么?我是在车上遇见他的!你怎么能这么说?"陆子欣也提高了嗓门,委屈地解释。

"遇到?有那么巧吗?我告诉你,你别以为我是傻子,不知道你和他那些见不得人的事。你和我结婚之前你就跟他……"说到这,刘家强已经全身发抖,恶狠狠地瞪着陆子欣,完全没有了曾经的柔情。

陆子欣咬着嘴唇,无可辩驳。

"你怀孕居然想要流产,我这个当丈夫的不知道,反倒他知道,他凭什么打我?你是我媳妇儿,我爱怎么样就怎么样,他算哪根葱。我看你当初怀的是他的孩子吧?你是怕我发现了所以才要打掉的吧?你居然还让我背上了害你流产的罪名,你可真恶心!"

陆子欣只是呆呆地听着,她无法相信自己的丈夫,一个曾经为了她可以替换成人质,那么爱她的丈夫,今天居然说出了这么卑劣的话。

她定定地看着眼前陌生又熟悉的丈夫,然后扬了扬头,转身就要走。

"站住!"刘家强用力拽住陆子欣,十根手指几乎要抠进她的肉里。

"放开,你弄疼我了。"随着陆子欣带着哭腔的喊叫,桌上的盘子"噼里啪啦"地掉落一地。

碎瓷片分崩离析,飞到半空划破陆子欣的胳膊,随后又掉落在地。

"你这个不要脸的女人,给我戴绿帽子!"刘家强突然像得了失心疯一样,死命地抓着陆子欣,紧握的拳头朝陆子欣的眼眶狠狠挥去……

那晚,刘家强没在家里睡,去了哪,陆子欣不知道。

看着满地的狼藉,陆子欣斜靠在墙角,刚刚那一幕,她想都不敢再想。

自己被家暴了,她到现在都不相信这是真的,可脸上疼痛的感觉却让她清醒地意识到她没办法再欺骗自己了。陆子欣不知道为什么会变成这样,刘家强,曾经那么温柔,那么爱护她的人,怎么会突然对她拳脚相加?

刘家强对自己的不满大概早就出现了。可是那是在什么时候呢?是在她流产进医院的时候?是在她与婆婆意见不同的时候?还是在结婚那晚?

不,都不是!

陆子欣恍然,那些积压的不满,也许就是在少年时她与李浩勤恋爱还不停寻求刘家强帮助的时候,也许是在两家商量结婚事宜的那场亲家见面时。

原来他们之间的矛盾早已埋得很深了，深到陆子欣根本就不想去将那些不愉快挖出来，赤裸裸地公之于众。

以后的路要怎么走呢，日子怎么过？

陆子欣突然觉得有些害怕，她不知道要怎么面对接下来的生活。难道自己要离婚？她不想，她爱着他，何况自己的父母还住着刘家的房子，太多的不舍与无奈让陆子欣甚至都不敢往离婚那个方向去想。

她躲在墙角的时候甚至还在埋怨自己曾经那样地伤害、忽视过自己的丈夫，这一切不全是他的错。陆子欣这样想着。

手机在地上"嗡嗡"地震动，好半天，陆子欣就像听不见一样，就那么呆呆地靠着墙，闭着眼睛，什么都不去想。

陆子欣晕晕沉沉的，她不知道自己的丈夫此刻正从派出所出来，脸上还带着那么一丝诡异的笑。

隔天，李浩勤就接到了派出所的电话，他被叫去协助调查了。

派出所内，李浩勤看见单位的直属领导都在，事情似乎不小。

"经理，这是出了啥事？"李浩勤朝询问室门口的刘经理走去，询问室的门紧闭着，里面似乎在询问什么人。

"这就是李浩勤。"刘经理只是意味深长地看了他一眼，随后向一名穿着警服的警察说道。

警察上下打量着李浩勤，一张方方正正的国字脸严肃得让李浩勤觉得这个警察似乎有点不好接触："呼县那边的信号工程检修是你做的？"

"是，之前是，现在不是了。"

"是这样的，这本来是你们单位的事情，但因为涉及收受贿赂，所以我们公安机关现在要进行正常的询问。"

李浩勤认真地听着，时不时地点头："等等，你说贿赂？呼县？"李浩勤心里纳闷，自己并不是负责呼县的，只是过年那时候去检修，后来就交给别人做了，这贿赂的事自己怎么可能知道。

警察目光灼灼地看着他："我希望你可以诚实地回答我们的问题，如果事情属实，我们的原则是坦白从宽，抗拒从严。"

"你的意思不会是我和这件事有关吧？"李浩勤终于听明白了，也知道刘经理刚刚为什么一句话都没和自己说了。

"是不是跟你有关，还得调查。今天叫你来不是传唤，只是询问。这件事本身是你们单位的事，但既然我们接到了报案，也和你们单位的领导核实过，他们也确实在调查这件事，所以今天你需要配合我们一

下了。"

原来自己现在是被调查的对象,而且调查自己的不只警察,还有单位的领导。可李浩勤到现在也不知道究竟是哪里违法了。

"你跟我过来吧。"警察严肃的神情缓了缓,正要带李浩勤往办公室走,询问室的门开了。

李浩勤好奇地往里面瞥了一眼,一个年约五十的男人正坐在里面,手里还拿着一个冒着热气的纸杯。

那是接替他工作的师傅,只一眼,李浩勤就认出了他。不过看那师傅的脸色,似乎不大好。

"先和你说下,这个案子如果立案,我们会转交到经济犯罪部门去,现在只是要问你些问题,还没有涉及犯罪这个层面,所以你不用有负担,把问题回答好,把知道的都说出来就行了。"也许是看到李浩勤有些紧张又有点迷茫的眼神,在李浩勤被独自带进办公室后,警察安慰了一句。

原来警察是接到了匿名举报,李浩勤和呼县接手工程的师傅收受了贿赂,并且掩盖施工问题,导致火车线路受阻,造成了国家和人民的损失。

李浩勤瞬间想起了他和刘家强的事,难道那件事被人知道了?

"据我们了解,春节后,也就是初一,你就到了呼县,也看到了呼县信号楼里存在的问题了。这个时间没错吧?"

"没错。"

"你们局和呼县那边同时决定要尽快解决这个问题,是你向他们反映的呼县的问题不是简单的维修就能解决的,对吗?"

"对。"

"所以上级开会研究再结合你的报告,决定要将改造呼县的项目提前到今年完成?"

李浩勤这次摇头了:"报告是我打的,至于啥时候改造我可说了不算,那都是上面的问题,我就是个小小的信号工,单位让我去哪工作,我就去哪,让我干啥我就干啥。"

警察没理他,继续问:"你们局将项目的规划和设计交给了铁路设计院,由一个叫刘家强的负责,我们了解你们是多年的好友,关系非常密切。"

"是,可是警察同志,你说的这些和收受贿赂有啥关系,我到现在都没搞明白到底是谁收了贿赂,又是谁贿赂了别人?"

警察还是不理他:"你知不知道这个信号楼之前的施工在某些地方存

在问题，也就是现在你们所说的机器运转的问题，信号的问题？"

"知道啊，我在报告里都写了，啥问题都写了。"

"那你知不知道如果问题多并且严重的话，以前负责施工的项目组是要负主要责任的，而当时验收的人员和部门也要承担次要的责任。"

"这……"

"最开始，你将发现的问题报给了设计院负责的刘家强，但后来，又出现的问题你并没有报上去，你是没有发现还是故意隐瞒了？"

李浩勤一下子被问蒙了，故意隐瞒？他明明是告诉过刘家强的！

"同志，你的意思是后面的问题都没有得到解决？"李浩勤怀疑的口气让警察觉得奇怪。

"这个我们不清楚，要问技术人员。不过你并没有将问题如实地反映上去，这是我们要查的重点。"

"不对啊，在我交接前，所有问题都报上去了，之后就是刚刚那个技术的事儿了，不过我走之前已经检查过了，再没有问题了。"李浩勤认为他们一定是弄错了，"要不这样，同志，你找我们单位的技术再去核对一下，看看……"

警察目光犀利地瞟了一眼他："怎么调查是我们警察的事，不用你来教。你确定你自己说的都是事实？你并没有隐瞒线路的问题情况？"

"我们就是干这个的，而且是要在原有的线路上进行改造，我隐瞒这个那对改造可是有很大影响的，我为啥要这么做啊？"

"你还知道这么做对改造影响大？"警察语气突然变得严厉了，"但是现在证据指明你确实没有将全部问题上报，隐瞒了一部分问题，这不仅是工作失职，我们还怀疑你是故意这么做的，故意隐瞒这件事可不是闹着玩的，如果在别的单位可能只是失职单位自行处理就可以了，但这涉及国家的利益和人民生命财产的安全，所以你这是犯法！而且，我现在可以明确地告诉你，我们接到的举报，是你收受了贿赂，所以隐瞒了线路上检查出来的原始问题。"

李浩勤终于听明白了，之前说的有人收受贿赂原来指的真是自己。

"我们已经向刘家强了解过情况了，他也向我们提供了你们相互的邮件信息，但有一部分你确实没有向他提供。"

"后来我是通过电话告诉他的。"李浩勤从来都不认为这件事的问题会出在自己和刘家强的身上。

"通过电话？为什么不继续用邮件的方式，要改变联系方式？而且据

你们领导所说这些都是要提供线上的依据和凭证的。"

李浩勤这下无语了,他要怎么跟警察解释这件事的始末呢?如果实话实说,那自己是不是就算是违纪了,而且就算自己实话实说警察也不会相信吧,还会出卖了自己的好友。

"警察同志,现在线路上的情况到底咋样?"

"这不是你目前该关心的问题,你只要回答问题就行。"

李浩勤抿了抿发干的嘴唇,还是说了一半藏了一半,他知道自己是在犯错误,可又实在是不想不讲义气:"其实和我对接的人是我的好朋友,我们就想着打报告太麻烦了,所以就私下说一下,只要不影响整条线路的施工和维修问题,就不会有人追究的。"

"你和刘家强是好朋友我们已经调查到了,但从他的口中得到的信息和你说的不一样,我看还是需要再多给你点时间,你先考虑一下再说吧。考虑清楚前,你先留在这里吧。"

警察很明显并不相信他的话,反而将他变相地扣了下来。

因为担心李浩勤,沈乔找到了派出所。她给警察提供了一条证据,也就是因为这个证据,李浩勤被放了出来。

"你刚才拿的是什么?"坐在回家的车上,李浩勤疑惑地问沈乔。

"光盘啊,咱俩结婚时候的。"

"我知道,我是说拿它干什么?"

沈乔假装不经意地将光盘往身后掖了掖:"我想着那天你不是回来晚了嘛,这不是可以证明你工作认真嘛,一个工作这么认真的人怎么会贪污受贿呢。"

"这怎么可能,到底是什么证据?"李浩勤当然不会相信。

"就是啊,不过我咨询过律师,目前的情况他们不能扣留你,所以才放了你的。"

这一晚,李浩勤并没有合眼,而躺在自己身边的妻子同样也是辗转反侧。

"浩勤,今晚我可能要回来得晚点,你去妈家吧。"一大早,沈乔出门前突然像是想起了什么事一样,叮嘱还在厨房洗碗的丈夫。

今晚,她要去找一个人,一个非常重要的人。

夏日的傍晚终于有了一丝凉风,沈乔敲开了陆子欣的家门。

开门的正是陆子欣,看到沈乔站在门口,陆子欣先是惊愕了好一会儿,才将她请进了门。

"看见我来有这么惊讶吗?好像看见个陌生人一样。"沈乔提着一袋水果,边走边朝屋里看,"就你自己?刘家强呢?"

"他还没下班呢!"陆子欣表情有些不自然,她微微低着头,去厨房给沈乔倒水,"你过来是有事?怎么没提前打个电话?"

"也没啥事,就是想你了呗,想给你个惊喜。子欣,你……"沈乔正想喝水,看陆子欣神情不对,便将手里的水杯放下,奇怪地盯着陆子欣,"你咋了?怪怪的?"

"我没事啊,可能是昨晚没休息好。"陆子欣有点坐立不安,头却始终低着,不与沈乔对视。

"不对,你肯定有事。"沈乔凑到陆子欣身边,将头伸到她面前,突然,她脸色一沉,急忙扳过陆子欣的肩膀,"你脸咋了?"

原来陆子欣一面的脸上还残留着前几天刘家强打的淤青,虽然淤青已经有所缓解了,但仔细看还是能看出来的。

"你大惊小怪地干啥,前几天地滑,我从厨房出来不小心摔倒了,这几天都没上班,一直在家养着呢。"陆子欣微微一笑。

"摔了?"沈乔不相信,但看陆子欣的神情并不想让自己多问,她便只能顺着陆子欣的话说,"你不告诉别人也得告诉我啊,我这就当探病了。"

"好,晚上留下来吃饭吧?"

沈乔看了看时间,已经过了下班点,可刘家强还是没回来:"晚饭就你自己在家吃?他不回来?"

"不知道,最近他工作太忙,很少回来……"

话还没说完,刘家强就开门进来了。

见沈乔在家中,刘家强也不意外,只是简单地打了声招呼。

"留下来吃饭吧,把浩勤也叫来。"陆子欣起身就要去厨房准备晚饭。

"不了,我不打扰你们两个二人世界了,改天我再约你。"沈乔说着,已经站了起来。

就在她打开门要出去时却突然转身,像是想起了什么:"哎呀我突然想起个事,刚看到家强才想起来。"

陆子欣疑惑地看着她,而刘家强却丝毫不惊讶,反而用一种早知道你找我的眼神回视着沈乔。

"我们学校有个老师家孩子今年高考报志愿,想要报铁路技校,我寻思这让你给参谋参谋,要不你送送我,我路上和你说下他的情况。"

"嗯,好。"

这两个人都没等陆子欣问清楚咋回事就出了门,弄得陆子欣是一头的雾水,总觉得今天的每个人都奇奇怪怪的。

"找我不是为了什么报志愿的事吧,他让你来的?"单元门口,两人停住脚步,没等沈乔开口,刘家强就直截了当地戳破了她的用心。

"他不知道我过来,是我自己要来的。"

"你自己?"刘家强上下打量着沈乔,根本就不相信她的话。

"昨天晚上他们叫浩勤去调查了。"

见刘家强不说话,沈乔也不兜圈子,开门见山:"这事跟你有关系吧?"

"我?跟我有什么关系?"

"想到你会不承认了,浩勤说这事不怨你,应该是有人举报了,把你也捎上了。不过我看就不是那么回事。"沈乔语气十分不客气,甚至还有点气愤。

她和刘家强的交情不深,不过就是普通的同学关系。对他的印象也还是停留在上学的时候,觉得他是个冷漠的、心机颇深的、太过聪明的人。

"不是那么回事?你到底是想说什么啊?"

"你为什么不去跟警察说他没有收受贿赂,这件事明明就是你要求他那么做的。"

"等等,你这话可真有意思,我要求他那么做是他说的?我为什么要这么做?何况就算我要求的,他确定那么做了吗?而且做不做和他收没收别人的钱可没关系,我可不能随便给他做这个保证。"

"你……"沈乔气急败坏,突然冷笑了一声,"刘家强,你别以为我不知道你是咋想的,不过我不管你怎么想的都没用,因为我有这个。"沈乔再次拿出了那张神秘的光盘,"这里面记录了我们结婚当天你要求浩勤帮你,让他将后续的问题直接用电话的形式告诉你,这些都是事实吧,而且你也不用着急辩解,如果警察真的怀疑我们家浩勤,他们也会去调查通话记录的,你和他虽说是好朋友,但也不至于几乎每天都通电话吧,而且这在以前也是从来没有过的。"

听着沈乔的话,刘家强脸上的笑容逐渐消失了。

"你还别不信,那天你和浩勤说话的时候虽然没有别人,可当时摄像师的摄影机碰巧放在了附近,而他又碰巧忘关机了,所以才会录下你们说话的一幕。"沈乔没有说谎,事情也确实像她所说的那样。看到视频时她就觉得这件事多多少少和刘家强有点关系,至少刘家强那么要求本身就很奇怪。

"所以你想让我怎么样？"刘家强竟意外地没有再否认。

"也不想怎么样，只是希望你去公安局把情况说明一下，至于后面的警察会怎么调查，那就要看事情的发展了，不过我们是不怕的，毕竟我们没有那么做。你要不去也没事，视频我不仅会给警方，还会给你的单位寄去一份。我听说你最近马上就要升职了，我想这事足够让你的升迁之路缓一缓了吧。"

沈乔彻底戳到了刘家强的痛处，他脸上露出了一种看上去极不自然的表情。那表情像什么呢？有点像奸计被人戳穿后的愤怒，又有点像得到了某种他所不知道的东西的庆幸的表情，沈乔说不清楚。

"以前我觉得你就是个大大咧咧没心没肺的人，还真是没看出来你倒是够聪明的。"之后两人心照不宣地不再多说一句话。

而就在沈乔离开，刘家强转身上楼时，他家的门悄无声息地关上了，陆子欣蹑手蹑脚地从外面跑进了屋里。

回去的路上，沈乔开始为丈夫担心了，丈夫身边如果一直有像刘家强这样的人，那被算计还不是早晚的事。再联想到陆子欣脸上的淤青，那分明就不是摔倒所致的。

陆子欣遭遇了家暴，可她自己不说，她又能怎么办呢！

所以，浩勤的事是刘家强故意的，为了……

沈乔明白了，刘家强虽然娶了陆子欣，可他心里却过不去，过不去李浩勤和陆子欣的从前，所以刘家强在报复！

一旦有了这个想法，沈乔就开始觉得脊背发凉。

突然，沈乔看着春天里将暮未暮的夕阳，觉得有些头晕。下一秒，她就开始有些站不稳了，人晃了几晃，直接坐到了地上。

耳边是杂乱的叫喊声和疾驰的脚步声，沈乔在意识不大清醒中被送到了医院。

再醒来后，沈乔看到了丈夫。护士告诉她，她怀孕了！

沈乔一脸蒙，对于自己怀孕的事，她一丁点都不知道。

沈乔愣愣的，似乎觉得这是一件根本就不会发生的事一样："护士，我真怀孕了？没弄错？"

"没错，我们是不会弄错的，孕妇别太激动，先好好休息，一会儿过去大夫办公室。"

这下沈乔是真的相信了，可她却还是愣愣的，有点不知所措了，因为这完全是个惊喜,在他们小两口的计划之外的。

"媳妇儿,我当爸爸了,我当爸爸了。"李浩勤满走廊地叫着,逢人便拉住人分享自己的喜悦,差点被医院的保安给请了出去。

为了保护和照顾她这个重点对象,小两口搬到了父母家。

晚上,躺在床上,李浩勤温热的手掌轻轻地放在沈乔的肚子上:"这是我儿子,儿子,我是你爸爸,你在妈妈肚子里要乖乖听话,不要趁爸爸不在家的时候欺负妈妈哦。"

他煞有介事地对着沈乔的肚子说,那挤眉弄眼的丰富表情将沈乔逗得哈哈大笑。

"不过估计你爸爸我以后也没啥出差的机会啦,唉。"说着说着,李浩勤突然有点担忧地叹上了气。

"不会的,过两天就会有消息了,一定没事。"

李浩勤抬头奇怪看妻子,他并没有怀疑妻子这话中的意思,只以为是在安慰他。

正如沈乔所预料的,第三天,李浩勤就接到了单位的电话,似乎事情有了转机,让他去单位。

"刘经理,叫我来啥事啊?"李浩勤心情看起来不错,笑呵呵地进了办公室。

看到李浩勤这副模样,原本还想批评他几句的刘经理不禁诧异了:"李浩勤啊李浩勤,你心是真大啊,都这样了你就一点都不担心?"

"我担心啥,我啥也没做,钱又不是我拿的,我有啥可担心的。不过刘经理我最近还真是有好事,老高兴了。"

刘经理白了他一眼:"行了,先别说你的高兴事了,来说说事情的处理结果吧。"

"有结果了?"李浩勤站在刘经理的办公桌前,身体成弓形向后仰,向门外四处看着,"人呢?"

"啥人,你看啥呢?喂,我在跟你说话,你往哪看呢?"刘经理被李浩勤给弄糊涂,也跟着他朝门外瞅。

"警察啊,他们之前不是扣留我吗,处理我不应该是他们来吗?"

"你是真傻还是假傻?既然我叫你来,那这件事肯定已经不需要惊动警察了。"

"这么说,我的嫌疑洗清了?"

"算是吧,他们调查了你和你家人的账户,都没有可疑的进账,而且你那个朋友也去公安局说明了情况，承认那些资料你给他了。"

"你看，我就说和我没关系！"李浩勤粗着嗓门嚷着，其实他的心也在提着，这时候终于落了下来。

"喂喂喂，注意啊，嚷什么嚷，不像话，这是菜市场吗？虽然你的事警方那边已经没有问题了，不过咱们单位还是要对你的行为进行处罚的。"

"李浩勤啊，你呀！"刘经理用手指点着他，"下半年的奖金没有了。"

"刘经理，不是已经调查清楚了吗，咋还扣我奖金？"李浩勤明显有些不乐意，毕竟现在他家又多了一个小生命，这点奖金对于他们工薪阶层来说还是比较重要的。

"你还不乐意？我告诉你，要不是我一再地保你，估计你连队长的位置都保不住了。"

这下李浩勤不吱声了，他也知道在外人看来，自己算是刘经理的人，如果有可能，刘经理还是会尽力保全他的。

"行了，就这事，再就是你回去收拾收拾，准备这几天就回施工地，马上要上继电器了。"见李浩勤瘪着嘴点头，刘经理叹了口气，突然又想起李浩勤刚进门时说的自己有好事情便问，"对了，你刚才说你有啥好事？"

"经理，我要做爸爸了，我媳妇儿怀孕了，你说这是不是好事？"

"恭喜你了！不过看来以后外地的工程要尽量少派你过去了。"刘经理如此地为下属考虑让李浩勤大为感动，对扣除自己奖金的事也就没那么不舒服了。

不过他可不想因为家庭的关系影响了工作，急忙解释："经理，那可不行，以后我还和以前一样，不能搞特殊化，不能因为家庭影响工作。"

李浩勤不知道，就是因为他对工作的这份热情和执着，在未来的某一天却成了他自责、无法释怀的悲剧。

带着好消息出了门，李浩勤迫不及待地给沈乔发了信息，接着又直接将电话打到了刘家强的手机里。

一直以为自己能洗清嫌疑这里多半的功劳要归刘家强，因为他听刘经理说是他的好兄弟刘家强主动去了公安局说明了情况。

所以为了表示感谢，李浩勤打算请刘家强两口子吃饭。

到学校门口接沈乔的时候，沈乔既高兴又意外，她是真没想到自己的丈夫竟会以为这一切都是刘家强的功劳。

而更让沈乔感到不可思议的是，当他们来到约定的餐厅后，在门口的玻璃窗外，李浩勤和沈乔就看到了刘家强和陆子欣两个人坐在靠窗的一张桌子旁，刘家强正一手搂着陆子欣，一手给她倒水，两人看上去十分恩爱，甚至比刚恋爱的小情侣还甜蜜。

"啧啧，看来他们是真的很幸福啊。"李浩勤啧啧地摇着头，有点羡慕又不失高兴地握紧了沈乔的手，而沈乔则在心底发出了冷笑。

"家强，咱们哥们儿这么多年，你比谁都了解我，你知道我不会说好听的话，咱哥俩喝一杯，谢谢你，要不是你，估计我这事还不知道要拖多长时间呢！"

刘家强挑了挑眉，举起杯，一根手指点了点李浩勤，做出了一个一切尽在不言中的表情，接着将酒一饮而尽，丝毫没有客气，谦虚地接受了感谢。

"今天除了这件高兴的事，我还有一件大事要宣布。"李浩勤抿着嘴，憋不住地笑，"我们家沈乔怀孕啦，我要做爸爸啦。"

可就在他宣布出了这个好消息后，桌上的气氛却瞬间凝固了，刘家强表情没变，眉眼间却隐隐有了一丝厌恶。而陆子欣则不自知地表情僵住，脸上丝毫没有笑容。

"你们也吓了一跳吧？当时我知道这个消息的时候也吓了一跳。"

"是啊，这也太突然了，真是太好了。"陆子欣终于回过了神，调整好表情，握住了沈乔的手。坐在一旁的刘家强却将妻子那瞬间的表情变化看在了眼里，在他看来那是陆子欣的痛，是嫉妒。

"你还真是双喜临门，不过我也有个好消息。今天我正式升为办公室主任了。"

四个人各怀心事，互相道喜，一时间桌上竟也其乐融融了。

两家人道别后，刘家强和陆子欣刚刚上了车，刘家强脸色就立刻变得十分难看。他什么话也不说，一脚油门就冲了出去。

"你开那么快干啥，慢点！"

"心里不舒服吧？"刘家强并没有将车慢下来，而是瞥了一眼副驾驶的陆子欣。

"有啥不舒服？"

刘家强猛地踩下刹车，恶狠狠地侧头瞪着陆子欣："听到人家有了孩子，你心里难受吧？你爱的男人和别的女人生孩子，你是什么心情？"

"刘家强你什么意思？"陆子欣是真的没想到刘家强会说出这样的话，

也火了。

"别以为我瞎，看不见刚才你那表情，你在想什么啊？说啊？想什么？后悔和我结婚了？"不知道为什么，每次只要和陆子欣一提到李浩勤，刘家强的火就止不住地往头顶冲。

陆子欣眼泪瞬间夺眶而出，她承认自己在听到沈乔怀孕时确实有点难过，但那是因为她想到了自己失去的孩子，并非像刘家强所说的那样。

后面，已经堵了长长的一排车，喇叭声不停地催促着他们。被后面车催得烦了，刘家强这才松开了陆子欣："给我下车。"

就这样，陆子欣被丢在了马路上。

他们的婚姻也在刘家强一次次的打击下，走向了不可挽回的结局。

离开工地有些日子了，李浩勤回到哈大线的施工现场时觉得这里格外地亲切。不过，他最近发生的事也被传到了这里，很多同事表面还是一如既往地打招呼，私底下却闲话不断。

听徒弟说他不在工地的这些天，同事闫大陆顶替了他的位置，成了代理的队长。有些同事还认为他的领导能力比李浩勤强，甚至在私底下说领导应该考虑将李浩勤换掉。

这样的权力之争竟然很快就演变成了拉帮结伙的战斗，而且在他回来的一个月后彻底爆发了。

"喂，你到底讲不讲理，你们干室外，我们干室内，你凭啥把我们的组合和分线盘扣下？再说你也没用啊，何况这也不是我们个人的，都是公家的，你这就是在故意找碴儿！"

"你可别在这乱咬啊，你们昨天晚上下班前不知道要干啥活吗？设备不提前准备好，现在要干活开始到处找设备，你们室内那么大的地方，咋组合和分线盘都没地方放？"

工地上，两伙人吵得不可开交，一伙儿是代理队长的人，另一伙儿是正式队长李浩勤的人。

他们因为设备的问题吵了起来，其实原本他们的工作是不相干的，一个负责室外，一个负责室内，但干室外的代理队长那边却因李浩勤没有受到单位的处罚反而继续担任队长感到气愤，开始各种地为难他们。

他们嘴里所说的组合和分线盘也是设备的一种，所谓的组合其实全名叫继电器组合。继电集中联锁需要大量各种类型和规格的继电器，对于一个规模较大的车站，特别是像这种高铁的大站来说，继电器的数量可多达几千个。6502电气集中的定型组合分了三类：一类是信号组合类，

一类是道岔组合类，最后一类是轨道电路区段。

工人们在施工时，为了实现继电联锁控制功能，每相邻两个组合单元之间都需要连接15根线。由于每个组合单元中含有不同的继电器，整个站场就由15根线构成了庞大的继电器网状电路。而所谓的分线盘就是起着连接室内设备和室外设备的作用。

昨晚代理队长那边去仓库领取了今日用的材料，同时也将部分继电器领了出来，可他们却没有将这些设备交给李浩勤他们，而是扣在了自己的手里，这才会引起室内外两拨工人的交战。

刚刚从项目部回来的李浩勤听到了他们的争吵，在了解完情况后，他只是淡淡地看了一眼代理队长。

为了不引起总技术和监理的注意，李浩勤只能息事宁人，此事也让他知道了目前自己在工地其实处于一个比较尴尬的位置，竟然有一些人早就想要将他从队长的位置上拉下来了。

其实李浩勤也并不是在乎一个队长的位置，但这是对自己的一种否定，如果他妥协了，是不是就意味着，他自己承认了之前收受贿赂的事。

虽然公安机关和单位都对他的事情进行了处理和解释，但仍然有很多的人觉得他是靠着某种不正当的关系才得以脱身的。

"哟，刘工，您怎么在这？找您半天了，还以为您去厕所了。"

"没事，我看见了一个熟人，过来打个招呼，你们去看吧，我这边有他给我介绍就行了。"

身后，一个办公室同事的声音在李浩勤的背后响起。同时响起的还有一个李浩勤再熟悉不过的声音，竟然是刘家强。

李浩勤惊讶地回头，看见刘家强头戴安全帽，双手插兜地站在自己背后，似笑非笑地看着自己。

"你咋在这？"李浩勤第一个反应是吃惊，但随后他便想起了刚才的事，看来刘家强是将自己现在的处境看得一清二楚了。

"过来看看你们这条线路，毕竟这是第一条高寒高速铁路，所有部门都很重视，我们也要过来看看，顺便了解下工人的施工进度，看看图纸有没有需要改进的地方。"

"走，我带你转转。"李浩勤挺高兴，毕竟在这算是比较荒凉的铁路线上，能看到朋友是件不容易的事。

于是他便热情地带着刘家强开始从工地的室外现场一直转到信号楼里，当然很多东西是不需要他去介绍的，他只要陪着他，领路，偶尔跟他说说这些线路的进程就可以了。

中午的时候，李浩勤从食堂打了些饭菜，将刘家强带到了自己的寝室去吃。

"食堂人太多了，太乱，说话都要扯着嗓子，在我这屋里吃最好，虽然小了点，但安静。"李浩勤开门时还不忘给刘家强做了一番心理建设，让他做好要在狭小的屋子里进餐的准备。

他的寝室是双人的，屋子有十五六个平方，是简易房。

寝室里除了两张单人床和一张不大的桌子外，只有一个简易的晾衣架。

一开门，刘家强还是吓了一跳，倒不是因为屋子有多小，而是这屋子里乱的程度让他真真是开了眼界。

只见不大的屋子里床上被褥胡乱地卷成一团，唯一的桌子上摆满了各种生活用品。窗台上两双鞋子横七竖八地放着，屋里的地上还堆满了图纸。

"不仅小还有点乱。"李浩勤不好意思地哈哈笑着，他将地上散落的图纸拢了拢，堆到了一起，又急忙将桌上的东西往一边推，空出了一块地方。

"你先坐着，我再去拿两碗汤。"李浩勤按着刘家强的肩膀让他坐下，自己则又跑出门去。

看着满地的图纸，刘家强好奇地走了过去，一翻之下，才发现这竟是哈大线路现场的施工图纸，一堆是室外的，一堆是室内的。

门口有脚步声响起，刘家强放下手里的图纸，若无其事地坐回到李浩勤的床上。这时，一个陌生的男人推门走了进来。

是李浩勤的室友，也是信号工，年纪比他们大些，那人一见自己屋里有外人，先是一愣，随后就想到了大家正在讨论的设计院的人来参观的消息，便笑着和刘家强打招呼。随后拿了地上的几张图纸便离开了，很识趣没有想要打扰他们老友相聚的雅兴。

吃饭的时候，刘家强似是无意地问了一嘴："刚才好像是你同屋的人回来了，拿了几张图纸就走了。"刘家强将目光移到了那几堆图纸上，"你们的图纸就这么放着？不怕丢？我看就算有人偷拿了图纸你们也不知道吧？"

"谁拿它干啥？"

刘家强点了点头，没再说话，低头开始吃饭。

下午，设计院的同志就离开了，他们其实并不是真正意义上的来学习或者考察。毕竟人家可是专业的，这些线路图纸他们比谁都清楚。

　　来工地一是为了完成上面交代的工作要下基层，重视工人工作中的所有小问题，二就是要作为该单位的宣传册，到了年底在表彰会上宣传用。

　　李浩勤对于好朋友的来访有点依依不舍，他多希望自己有一天可以和好哥们儿一起工作呀。

　　看着一行人风风火火地来又浩浩荡荡地离开，他的心里真有点不是滋味。

　　由于工地距离市区不远，加上设计院的人也只是临时决定的，所以刘经理他们也没有来得及安排接待，只是往工地打了一个电话，叫他们尽量配合工作。

　　"李队长，我们的图纸呢？干活得用图纸，到现在还没发到我们手里，今天的活我们咋干？"负责室外的那个临时队长不满地站在信号楼门口嚷嚷，恨不得所有人都听到他们的抱怨。

　　"不是都给你们发下去了吗？"每天早上，李浩勤都会在现场布置工作，也会提前将所要用到的图纸发给他们的工人，而这项工作，一直是他的小徒弟负责的。

　　"咋回事，今天的没发吗？"李浩勤严厉地看着徒弟，现在可不是他护短的时候。

　　"拿到的我都发了呀，他们没有，那是因为根本就没有那么多图纸。"

　　"没有那么多图纸，啥意思？图纸都是有编号的，对不上吗？"

　　"对不上啊。"小徒弟委屈地瘪着嘴，眼睛还时不时地瞪向一旁的另一伙儿人。

　　"对不上？"李浩勤又重复问了一遍，"怎么回事？"这时他已经隐隐地感觉有些不好了。

　　"我也不知道啊，我早上去你宿舍就按照你说的拿了相对应的图纸，其他的我也没动。我开始还想着少了的图纸是不是你拿走用呢，就没问。"

　　李浩勤瞬间阴沉了脸，二话不说转身就往宿舍走。等他再出来时，脸色更加难看了。

　　因为李浩勤负责的图纸少了，丢了。这对于一个要凭借图纸施工的队伍是极其严重的事情，而身为队长的他，难辞其咎。

　　"今天先把道岔调试了，图纸下午我会给你们。"李浩勤假装没事，淡定地安排着工作。

"到底咋回事？这临时安排工作倒也正常，不过总不能让我们稀里糊涂的吧，我们有权知道。"有人开始故意找碴儿，很明显是不想放李浩勤一马。

接着，对立的那伙儿开始嚷嚷起来，直到将总技术和监理都吵了过来才罢休。

"真有这事？李浩勤你没搞错吧？能犯这种错误，你知不知道这事要上纲上线那就是大事，再说图纸丢了，工人怎么干活？这损失谁来负责？你要知道我们每天这么多人，一天的费用是多少啊？这事我看你还是自己跟经理说去吧。"总技术是个中年男人，他对李浩勤的印象不怎么好，这并不是因为李浩勤技术问题，而是他觉得李浩勤是他的一个不大不小的威胁，就像以前的吴队长一样。

而他这个总技术也算是个怪人，除了对李浩勤有那么点敌意外，他还是个比较纯粹的技术控。对李浩勤的技术，他倒是认可的，可前段时间他同样也听说了贪污的那件事，虽然后来事情真相大白，和李浩勤没有关系。

但事情到现在还在继续调查，到底有没有人贪污受贿，到底有没有人隐瞒不报还没有定论，而他认为无风不起浪，李浩勤在那件事上肯定充当了一个不怎么光彩的角色。

所以这次李浩勤重新回来后，他的态度也开始变得不大好，甚至尽量疏远李浩勤，生怕自己和他扯上关系，以后说不清。

"行，我自己去说，不过现在……"李浩勤也知道这件事，完全是自己的错，他也不辩解，可工程不能延误，他现在是既懊悔又担心。

"这个你不用管了，我会马上让项目部将备份的图纸传过来，不过你今天就不用在工地了，直接去项目部吧。"

在场的每个人都听明白了，大概李浩勤是大势已去，说不定这次还会被严重处分了。

丝毫不敢耽误，李浩勤交代了一下工作就急忙找了个车去了项目部。

路上，他才能静下心来琢磨这到底是怎么回事。

前天中午，他还特意整理了一下图纸，将室内外都分好类，工作的进程也标注好了的，当时并没有发现少了今天的工作量。

那也就是说问题出在了昨天和今天，李浩勤还是理智的，对于之前的工作，他记得十分清楚，而昨天，因为有兄弟单位过来，所以确实有些

119

乱，今天还没等他整理，事情就爆发了。

图纸就在他的宿舍，如果出问题，那大概率就是在他的宿舍出的。由于宿舍有图纸和电脑里打好的管，所以他的宿舍一般都是锁着门的。

而他的室友……室友是负责室外的信号工……难道？李浩勤剑眉微动，将怀疑的目标锁定在了对床的室友身上。

李浩勤有点不敢相信，毕竟坑他对室友自己也没什么好处，而且如果图纸是在宿舍丢的，那所有人肯定会第一个怀疑到他身上，他会笨到将自己置身于大众眼前吗？

一路也没想到结果，车子已经到了项目部。

"行，我知道，放心吧。这小子是得好好管管了，越来越不像话了。"说话声从刘经理的办公室里传出来，随后又没了动静。

于是李浩勤长长出了一口气，直接在门口喊了一句："报告！"

被李浩勤响雷般的声音吓了一跳，刘经理一愣，随后一勾手让他进去："你咋回事？一天不给我找麻烦就难受？"没等李浩勤开口，刘经理就先劈头盖脸地数落了他一通。

"我也不知道咋回事，图纸丢得蹊跷。"李浩勤那张黝黑的脸上满是无辜，他卡巴着小眼睛，想从刘经理脸上看出接下来他将要面临什么。

"蹊跷？哼，现在是蹊跷的事吗？现在是你的事情已经引起了很多人的不满了。李浩勤，我之前把你带在身边，那是觉得你很会处理人际关系，工作又认真负责，技术也好。我是真没想到你居然这么能惹事，你倒是说说你这都第几回了？"

李浩勤挠头，他是真的不知道要怎么解释了。于是便将自己所想的一切都告诉了刘经理，刘经理只是沉吟着，并没有做出判断。

办公室里沉静了好一会儿，刘经理才开口："总之不管是不是有人故意针对你，你自己没有提高警觉，没有看好自己东西就是你的问题。咱俩共事的时间也不算短了，我选择相信你，但这个事情必须要给上面一个交代，这样吧，你队长的位置先让出来吧，你出了这么多事，再在这个位置上实在不好交代了。"

李浩勤不在乎这个队长的位置，不过他也不是好说话的，他决定要把背后这人给揪出来。

晚上和妻子沈乔通电话时，沈乔却说或许并不是工地的人，因为有些时候看上去最不像凶手的人反而才是凶手。

李浩勤听出了她话中有话："沈乔，你不会是怀疑家强吧？那不能够啊，我和家强啥关系，再说他根本就没有动机，而且他拿那几张图纸干啥啊？"

沈乔心想，那是因为你不知道他之前都做了什么，如果知道了，恐怕你第一个就要怀疑他了。

就在李浩勤事业受挫时，刘家强却春风得意，因为他刚刚升了职，父亲也高升了。不过对于野心勃勃的刘家强，这个职位是远远不能满足他的。

于是刘家强在找到了一个机会后，决定去接触一下单位的总工，并让陆子欣从家中取出两万块钱为此做准备。

面对刘家强的想法，陆子欣十分反对："家强，我觉得升职这件事咱们也可以完全凭着自己的努力，何况你这才升办公室主任没多久，现在再去上面活动，我怕万一有人眼红再……"

"你怕什么，现在咱爸又升了职，这正是个好机会，你就是太胆小，前怕狼后怕虎的，放心，没事啊，你明天就去把钱取了吧。"

陆子欣沉默了，她所担心的事终究还是在7月的某一天发生了。

7月22日那晚，天气异常得闷热，李浩勤和沈乔在煲电话粥。

对于妻子怀孕后，一直没能陪在身边，李浩勤很抱歉。

"沈乔，我明天半夜的火车，很快就能见到你和孩子了，现在想想都激动得睡不着觉了。咋样，这两天你挺好吧？肚子有没有又大了一点？小家伙儿没不听话吧？"

电话一接通，李浩勤就兴奋地说个没完，弄得爱说话的沈乔都插不上嘴。

"明天我要去学校，后天有个公益的活动，我要带着学生去参加。所以明天晚上我不能等你。"

"知道了，不过都暑假了你们还搞什么活动啊，这天这么热，你挺个大肚子行不行啊，要是不行就和学校说一声，换个老师吧。"

"没事，这是学雷锋的好事，当初也是我提议的，所以现在活动终于开展起来了，我肯定要参加的，我会照顾好自己的，放心吧。"

电话整整持续了一个小时，小两口总有那么多说不完的话。

直到第二天晚上，工地上，大部分的工作人员都已经撤走了。李浩勤和剩下的几名的同事也早早地就收拾好了行李。打算提前离开时，工地的电话却急促地响了起来。

这时的李浩勤几人刚刚拿起行李准备出门，听到电话响，几人相互看

了看，心里都是微微一惊，毕竟现在已经晚上九点多了，这个时间根本就不会有人打工地的工作电话，除非是出了什么大事。

当留守值班的工人放下电话时，脸色已经非常难看了。

"咋了，出啥事了？"见值班工人没出声，李浩勤几人焦急地追问着。

"出事了，出大事了。"好半天，值班工人才说出了这几个字。

"到底咋了嘛？"

"甬温线出事了，出大事了。动车组列车追尾，就刚刚发生的。"

"追尾？情况怎么样？"一听这个消息，李浩勤等人心就是一沉，火车追尾那远比什么小汽车追尾要严重得多，这种事故在历史上也很少有，此次想必一定是特别重大，不然局里也不会连夜通知他们。

"六节车厢脱轨，现场乱了，车厢里的人已经有不少没了生命体征了，这下可真是出了大事了，你们几个，快别走了，赶紧改票。"

几人相互看了一眼，没明白值班同事的意思。

"刚才局里来电话，这事故太重大了，让咱们也出些人，去做救援的后备力量，虽然不一定会用上我们，但还是要做好随时替补的准备。一旦人员抢救完成，就要重新抢修线路，到时候怕是人数不够的。"

于是李浩勤几人便直接改变了路线，踏上了前往事故现场的列车。

月光照进车窗，眼前飞速掠过黑茫茫的大地，今晚的列车似乎也比平时要快上一些，李浩勤心想，或许这冰冷的铁皮列车也是有思想有感情的吧，它们都在担心着那段已经残破的同伴了。

由于当时并没有直达的火车，所以李浩勤几个人在中途又倒了几次车，这才在凌晨四点到达了现场。

现场人山人海，各个救援部门早就将现场围得水泄不通了。

由于不是救援人员，也没有特批的公文，所以李浩勤等人不能进入现场，只能随着附近记者的镜头和来来往往救援的人去了解场内的情况。

这时的伤员和不幸遇难的人已经被抬走，现场散落着凌乱的铁皮碎片和人们的行李。

一路上，李浩勤都在低着头，他不敢直视那惨烈的场面。

可即便是低头，他的脚步还是在最靠近现场的地方停滞了。

李浩勤用手捂住胸口，此刻那里揪着地疼，眼泪不受控制地掉了下来。他深呼吸着，旁边，前来采访的记者也忍不住落泪。

但很快，他们就被请了出去。因为现场人员过多，而绝大多数都是参与救援的，而现在并不是抢修铁路的时候，所以李浩勤几人和从附近赶来的一些铁路技工都被安排去了宾馆。

"我到了。"等躺到床上，李浩勤才能略微地平静下来给沈乔发信息。

"怎么样？很严重吗？"

似乎是在下一秒，沈乔的短信就回了过来，看来是一直在等他，一夜未眠。

"很严重，现在还在救援，伤亡人数还没有统计出来，好多人都被埋在下面，太惨了。"

发完这条信息，两人默契地谁都没有再说话。

因为他们不知道还能说什么，此刻除了静默，什么都不该有。

7

　　远在哈市的群众在第二天一大早就看到了这则让人痛心的新闻，往日热闹的大街似乎也不那么喧嚣了。

　　一夜没睡的沈乔匆忙洗漱了一下，便出了门。

　　沈乔因为怀孕，学校特意照顾她，便安排她和几名女学生一起为几家孤寡老人送温暖。

　　此时的沈乔已经怀孕五个月了，肚子明显已经圆了，人也开始有些笨重了。

　　"老师，我想去厕所。"快到目的地时，一个女同学突然凑到沈乔身边，低着头，不好意思地小声说。

　　"好。"沈乔立刻叫前面的学生停了下来，虽然孩子们都已经上中学了，但沈乔身为老师，还是要保证每一个学生的安全，她不能让女同学自己去找厕所。

　　于是大家都停下，四下找着。

　　要说这哈市哪哪都不错，可唯独有一样是让沈乔最不满意的，那就是路边的公厕太少了，少得几乎走上十条街都看不到一座。

　　以前她还真不觉得这是个很大的问题，可自从怀了孕以后，她就开始频繁地跑厕所，这才意识到这座超级大的省会城市唯独缺少了公厕。

　　"老师，我憋不住了。"女学生小脸通红，夹着两条腿，快哭了。

　　"嗯，过来，来。"沈乔四处看了看，吩咐其他的同学站在原地别动，自己则带着想要去厕所的同学进了一家看上去比较高档的餐厅。

　　之所以会选这里是因为沈乔有经验，她发现很多小的经营场所总是会找各种借口不让外来人借用厕所。而相对较大的经营场所则不会，他们即便不乐意接待，也会考虑到对生意的影响，将厕所借给她们使用的。

　　"快去吧，小心点。"沈乔和孩子们在服务员热情的带领下来到了洗手间，而就在走向洗手间的时候，沈乔的脚步却停在了途径的一间包房门口。

　　沈乔只是一打眼，就瞥到了包房里的场景，随即吩咐孩子们去洗手间，自己则将身体向后扯了扯，隐藏在了那间包房门缝所看不到的地方。

沈乔歪着头，用一个极度怪异的姿势扭曲着身体，像个小偷一样朝包房里看。

里面有个身影她太熟悉了，是刘家强。

刘家强正满脸通红地举着杯，笑呵呵地看着对面说话的一个中年男人。他的身边则坐着一个穿着性感，长相十分不错的年轻女人。

那女人一只手挎在刘家强的手臂处，眼睛还时不时地朝他放着电，两个人看上去关系很不一般。

"蔡总，我的事还请您多多帮忙，以后如果有啥事，您就吩咐我去干，保证完成任务。"刘家强口中的蔡总不是总经理，而是他们院的总工程师。

"你们这些年轻人啊，不能总是盯着升官发财去，做咱们这行，要提高自身的专业知识，咱们可是铁路线路修建的基础，也是最重要的工作人员，你们这个年纪不要功利心太强，要多学习，做好本职工作，工作做得好，领导自然就看见了，以后还怕没有机会吗？"姓蔡的总工摆出一副公正廉洁的模样苦口婆心地说着，可他那色眯眯的眼睛盯着刘家强身边的女伴。

"蔡总说得对，我一定好好工作，其实我本想着去您家里拜访又怕打扰家里人休息，这红包是给孩子的，蔡总您帮忙收着。"刘家强从前襟兜里掏出了一个厚厚的信封，目测里面至少有两万块钱。

"这是干啥，这不能要，心意我们领了。"蔡总一副极不情愿的样子，可他的手却没有拒绝。他的态度开始变得热情亲切起来，目光还时不时地朝刘家强身旁的女人瞟去。

"蔡总，这是我的表妹，刚才还没来得及好好给你介绍，小文，敬蔡总一杯酒。"刘家强一摆手，让女人过去。

女人精致的脸上掠过一丝不悦和不情愿，但还是走了过去。

门外的沈乔看得清楚，心里一边冷笑想着刘家强什么时候出来个这样的表妹了！一边早就将手机对准了屋子里。

沈乔都没察觉，自己已经在门口站了好一会儿了。她聚精会神地看着包房里的一切，竟都没发现学生已经回来好半天了。

直到最后一个学生出来，孩子们终于等不了了，便叫了一声："沈老师，我们走吧。"

声音不大，但包房的门没关严，声音从门缝迅速传了进去。和女人推杯换盏的蔡总似乎没听到门口的动静，但刘家强却敏锐地发现了门口的人。

刘家强猛地侧头，顺着门看去，视线与沈乔的视线迎面撞上。下一秒他就看见了沈乔手里的手机，心里便是一沉，眼神瞬间变得凶狠起来。

沈乔急忙慌乱地收起手机，转身拉着学生往外走。与此同时，刘家强小声骂了一句什么，随后也从包房追了出来。

他不知道沈乔刚才看到了多少，也不知道那手机里到底录了什么，会不会像上次一样留下什么把柄。他有点慌，有点怕，有点愤怒。他不能让自己辛辛苦苦努力的事情就此毁掉。

为了上位，他可以出卖自己的灵魂，做了他曾经最看不起，认为可耻的事。既然已经做了，那开弓就没有回头箭了，所以他不能让沈乔毁了自己的心血。

一想到那部手机，他就不寒而栗，心里莫名地生出一个可怕的念头。

"沈老师，刚刚那个叔叔一直跟在咱们后面，还恶狠狠地瞪着我们，我有点害怕。"听学生说起，沈乔这才忽然意识到自己刚刚窥探到了刘家强的秘密，是件多么危险的事。

她没有回头，也告诉学生不要回头。

大白天的，就算刘家强想要来找自己，也不敢做什么，不过她在想会不会因为刚刚自己的失误又让陆子欣遭殃呢。

活动结束后，沈乔第一时间给陆子欣打了电话。

陆子欣在火车上，今天她上班。听到陆子欣上班，沈乔突然觉得如释重负，似乎这样她就安全了。

原本以为事情会就此过去，可第三天，陆子欣下了班就将沈乔约了出来。可当沈乔到达饭店后，才发现刘家强坐在陆子欣的身边。沈乔心里咯噔一下，开始怀疑这是一顿鸿门宴。

"沈乔今天好像特别漂亮，看来这怀了孕的女人就是不一样。浩勤最近咋样，我给他发信息都没回，特别忙吗？听说他们单位去了一批支援的人，他不会去了吧？"

这大概是沈乔第一次听刘家强一口气说这么多的话，不禁更让她好奇这家伙今天的目的了。

"是，他是挺忙的，不过你要请我吃饭就直说，干嘛偷偷摸摸骗我出来，不会是有什么阴谋吧？"沈乔"呵呵"地笑，看上去是句无心的玩笑话却让刘家强的脸色变了变。

三人点好菜后，陆子欣去了洗手间，桌上只留下了沈乔和刘家强两个人："你和子欣说了？"见陆子欣离开，刘家强脸色瞬间变得难看，语气也冷得吓人。

"说什么？"

"明知故问，沈乔，你想干什么？"

"我能干什么，刘家强，你紧张什么？只要你不做损人利己的事就不会有麻烦。"沈乔毫无畏惧，拿起手边的水喝了下去。

"喂，你们俩说啥呢，咋还站着？"

没等刘家强说话，陆子欣就从洗手间出来了。其实陆子欣已经出来有一会儿了，她离着两人有点远，听不清他们在说什么，但两人的表情却让她有些怀疑。

"家强，你经常来这种地方吗？"看着刘家强对西餐礼仪十分熟悉，沈乔又想起了那个和他十分亲密的女人，不禁为陆子欣担心起来。

"没有啊。"刘家强抬了抬眼皮，将一块切好的牛肉放到陆子欣的盘子里。

"你们俩可不能这样，在我这个孕妇面前秀恩爱是不道德的，知道不？不过家强就是细心，我看着都羡慕呢，子欣，像家强这样又有颜又有事业的男人，你可得看住了，小心被人抢走。"

"哪能啊？"陆子欣害羞地低着头，她的性格实在和沈乔相差甚远，两人坐在一起看上去就像是一个大家闺秀和一个野孩子。

"不能吗？"沈乔歪着头看着刘家强。

刘家强嘴里嚼着的东西停顿了好几次，似乎那肉很硬，让他无法下咽。

见夫妻俩都不说话了，沈乔耸了耸肩，也不再说话了。她想自己的目的已经达到了，提醒刘家强做事不能太过分，他可是有家的人。

一顿饭下来，陆子欣始终保持着她的矜持和内敛，没怎么说话，而刘家强也是如此，不过沈乔能看出来，他是有话要说的。

在饭局结束时，刘家强终于找到了机会。他让陆子欣去结账，自己则和沈乔先走了出去。

其实陆子欣也看出来了，所以她尽量拖慢进度，将时间留给两个人，她总是希望大家都可以像以前一样地相处，即便这是很难的事情。

出了门，站在路边，马路上疾驰的车呼啸而过，汽车散发的热气随着炎热天气的气流直直吹向两个人。

沈乔背对着马路，脚边就是马路牙子。她一手挡着老大的太阳，一手撑着腰："说吧，啥事？你可以直接找我，干嘛把子欣叫出来？"

刘家强眯着眼睛，镜片下的眸子动了动："把视频给我，看在子欣的面子上。"

"视频？"沈乔嘴角扯出一丝冷笑，"什么视频？"

"别装了，我知道那天你拍了视频，沈乔咱俩没啥过节吧？又是同学，你还是李浩勤的媳妇儿，何必呢，我不好过对你有啥好处？"

刘家强声音压得很低，生怕周围人听到他们的对话。

"既然你也没想做什么亏心事，那视频拿不拿得到都无所谓吧？"

"我是担心会被子欣看到，你知道我对她的感情，不想让她误会我。"

沈乔再次冷笑，心想这是打算打亲情牌了。

"我知道你对我有误会，之前浩勤的事也是个意外，我也不知道会变成那样，后来我不是也去澄清了嘛。你没有必要对我戒心这么大吧？"

"刘家强，其实有些话我不想说得那么白，但你非要说，今天我就跟你好好说道说道。"沈乔觉得她和刘家强的事早晚是要说清楚的，说不定现在就可以一次性地解决，"你陷害浩勤，之前我一直想不明白为什么，你和他不在一个系统，工作上并没什么交集，即便有也不多，你到底有什么理由那么做，后来我看到子欣脸上的伤就想明白了，刘家强你好歹也是个大老爷们，怎么这么小心眼呢，他们的事都已经过去了，你既然过不去为什么要娶子欣？"

刘家强露出讥笑的表情，看着沈乔的目光也有些不同了："真没想到你可比我那个媳妇儿聪明多了，不过沈乔，你难道就一点也不介意？你是不是还不知道他们两个在一起的时候就已经……"说到一半，刘家强闭了嘴，似乎这是一件极度羞耻，让他难以启齿的事情。

"我都知道，我也都接受。刘家强，你个大男人怎么那么小的心眼儿，如果你就是因为这个对子欣动手，那简直太不男人了。"

刘家强只是不屑地笑了笑："不管因为什么，那是我们夫妻两个之间的事，你最好不要插手，把你录的东西给我，我的事情和你也没有关系，你不会想要拿你录的东西来要挟我吧？"

"如果你没有做什么出格的事我不会，不过，刘家强，基于你之前的所作所为，我不得不把这个留下来，我觉得你是需要被约束的。"

其实沈乔当然不会真的想管他刘家强有没有犯法，只是觉得这样至少她可以保护李浩勤和陆子欣，毕竟像他这种小心眼儿的男人说不定什么时候就会再对陆子欣动手的。

沈乔说完就歪了歪头，想要去看被刘家强挡住的餐厅方向。

可让沈乔没想到的是，就在她看向餐厅时，刘家强竟突然胳膊一伸，手直接抓向了她手里的手机。

沈乔一惊，急忙想要闪开，可她就站在马路牙子的边缘，又是挺着大肚子。身体重心不稳，下意识地向后退了一步，脚下一个不稳，踏空了，整个人向后仰去。

刘家强也是一愣，没想到她会摔倒，立刻松了手，可还是来不及了。

路上一辆大卡车正在飞速前行，沈乔就那么毫无征兆冲了出来。卡车司机一时反应不及，虽然已经踩下刹车，但车前还是发出了一声闷响。

刚刚走出餐厅的陆子欣目睹了一切，她双手捂着嘴，原本就大的眼睛睁得更大了。她眼睁睁地看着沈乔踏空，冲出马路，看到她在地上翻了几翻，脸朝地趴着不动了。

刘家强傻在了原地，周围开始有越来越多的人聚集。

陆子欣像疯了一样冲过去，可她不敢去碰沈乔，只能眼睁睁地看着她身体不停地抽搐，表情痛苦。她看着沈乔的身下有一片血迹正在不断地往外渗着，微微睁着的眼睛，看上去疲惫极了。

"孩子，我的孩子。"沈乔还有知觉，她白皙的手臂上全是擦破的伤口，原本纤细的手指已经血肉模糊，可她几乎是本能地还在死死抓着手机，即便那手机已经成了碎片。

"没事，120马上来了。"陆子欣抬起头，张望，周围的群众也在安慰着，有人报了警。

当她转头时，看到了丈夫刘家强还愣愣地站着，眼神复杂。这一刻，陆子欣的心猛地沉了下去。

救护车在十分钟后赶来，可此时的沈乔已经休克了。

急诊室的走廊里，陆子欣跟着医护人员拼命地跑，想要早一秒将沈乔送进手术室。

沈乔微微睁开眼，她的脸色太白了，白得陆子欣心里发寒："子欣，照顾我爸妈和浩勤……"

声音很小，很虚弱，沈乔的嘴角还挂着血，那是从胸腔吐出来的，卡车在她身上碾压了过去，此时的她已经不知道疼痛了，她只觉得身上的某些器官已经不属于她了。

"胡说，没事的，一定没事的。"陆子欣说不出别的话，眼泪像断了线的珠子，根本控制不住。

"答应我吧。"沈乔越来越虚弱，最后几乎是在无声地张嘴。

129

"好，我答应。"陆子欣无法直视沈乔两腿之间的鲜血，更无法去触碰她胸前被血染湿的贴在身上的衣服。

　　满走廊都弥漫着血腥味，那是沈乔在释放她自己！

　　当沈家和李家的人赶到时，急救室的灯已经灭了。

　　陆子欣颓然地靠在墙上，根本没办法和两家老人交代。

　　刘家强也是蒙的，刚刚那一幕的冲击对他来说太大了，他怎么也没想到沈乔会踏空，会冲出马路，会那么巧被撞死。

　　"孩子，我的孩子！"沈母疯了一样冲进手术室，当她看到白布蒙头的女儿后，直接晕了过去。而李母也是瘫倒在地，双目失神地看着地面。

　　走廊里充斥着四个老人无尽的悲痛和无助的哭喊声，那声音让陆子欣的心像是被刀绞一样。

　　陆子欣开始怨恨自己，今天为什么要约沈乔出来，为什么要让她一个人站在路边。还是刘家强，他们到底说了什么，沈乔才会那么激动？

　　陆子欣脑子里乱哄哄的，可现在不是她想这些的时候。

　　两家的老人已经崩溃了，警察还在调查事故，涉事的司机还在等着判决。还有李浩勤，远在温州，还不知道家中遭遇祸事的他要怎么接受一天之内失去妻儿的事情。

　　可他还是要知道的，陆子欣的手已经不听使唤了，她握不住手机，感觉浑身都在颤抖。

　　电话还是接通了，听筒那边的李浩勤扯着嗓子抱怨："子欣啊，干啥啊这个时间打电话，我正忙着呢，要是没事收工了再说。"

　　"浩勤，你家里……出事了……"

——

　　"喂，李浩勤，你愣着干啥呢？"同事见李浩勤举着电话，一动不动，有三四分钟的时间后才喊了一嗓子。可李浩勤就像是没听见一样，还是没动。

　　"小子，傻了？"同事走过来在他肩膀狠狠拍了一巴掌，这才发现他浑身都在哆嗦，"没事吧？"

　　李浩勤突然站起来，左右晃了晃身子，似乎想要去哪，可又好像无所适从，不知道要怎么办才好。他晃了两晃，只觉眼前一黑，接着就一头栽倒了。

　　而远在哈市的李家和沈家早就一团乱了，两家的老人因为痛失亲人而双双住进了医院。陆子欣则承担起了沈乔的后事，自从出事当天到现在已经过去两天了,她始终没有合眼也没有回家,一直在忙着办理各种事情。

李浩勤那边因为工作一时无法脱手最后确定在第三天一早赶回来。其实如果李浩勤如实向当地的领导汇报自己的情况,领导又怎么会不给他假呢。可当他看到那些因事故而将生命留在这条线路上的人们时,他又将话咽了回去。

对于他来讲,沈乔和孩子是他最重要的人,也是他存活在这世上除了父母外唯一挂心的人。可他更明白那些将生命留下的人也同样是每个家庭里不可或缺的重要存在。

他要尽量快地将铁路修复,让更多的人能尽快恢复正常的生活,让那些永远留下的人可以安息。

陆子欣回家时,看见刘家强正坐在沙发上看电视,心情挺不错的。她没吭声,现在她不想和这个男人多说一句话。

"你这是还要去?好歹睡一觉吧。"见陆子欣换了衣服打算再次出门,刘家强关掉电视,嘘寒问暖。

"睡觉?你觉得我能睡着吗?我一闭上眼睛就是沈乔被撞的一幕,反反复复地在我的眼前出现,难道你还能睡着吗?就没有一点愧疚吗?"陆子欣突然回身,脸几乎贴到了刘家强的脸上。

她那带着厌恶的目光死死盯着刘家强,某一刻,刘家强有种想要逃开的冲动。陆子欣的眼神很可怕,是从未有过的。

"你这话什么意思?我愧疚什么?"明知故问,刘家强丝毫没有惧意地回视着。

"别以为我不知道你都做了什么,如果不是你,沈乔也不会出事。"陆子欣声音开始提高了,她身子依旧没动,布满红血色的眼睛分毫不让地逼视着。

"喂,你别胡说,她的死和我有什么关系?"刘家强终于有些撑不住了,他虽然知道陆子欣看到了当天的情景,但他不确定两人的对话是不是被听到了。如果是,那他是不是就有杀人的嫌疑了呢!

陆子欣狠狠地瞪着他,好半天没说话,随后一把推开他,夺门而出。她知道,她什么都知道。她突然觉得自己的丈夫有些可怕,那个温柔善解人意的丈夫怎么就突然成了魔鬼呢!

陆子欣冲出家门,眼里的泪也在门被关上的一刻掉了下来,而屋内则传出了什么东西落地碎裂的声音。

第三天一大早，沈家和李家的亲朋就聚集到了火葬场。沈母还在医院，因为过于悲伤，血压升高，她脑出血，无法走路了。无法正视女儿离去的沈父也精神恍惚地陪在妻子身边，没有到现场。

李母被家里的亲戚搀扶着，脸色苍白，她对沈乔的喜爱是有目共睹的，她期盼小孙子的降生几乎是每时每刻的，如今这样的打击让这个开朗的老人一下子就老了十来岁。

陆子欣以亲人的身份打理着一切事宜，葬礼定在上午十点，为的就是等李浩勤回来。

虽然飞机晚点了，可李浩勤还是在葬礼前赶了回来。

他像是踩在棉花上一样，摇摇晃晃地走进告别大厅。此时所有的亲朋好友都围在沈乔的周围，沈乔安静地躺着，脸上微微带着笑。也许那并不是笑，而是她与生俱来的和善的表情。

拨开人群，李浩勤在看到那条通往沈乔身边的路时，他双腿一软，差点坐到了地上。

几个亲人见他双眼肿得几乎快要睁不开了，嗓子也哑得只能发出"嘶嘶"的声音，便急忙去扶他，因为此时他已经没办法再向前挪动一步了。

前面就是他心心念念的爱人和孩子，原本他们应该欢天喜地的迎接他回来，可如今他们却躺在冰冷的棺材里，不再给他任何的回应。

"沈乔，我回来了，每次都让你等我，对不起。"李浩勤终于走到了沈乔身边，她就那么安详地躺着，任凭李浩勤如何呼唤她。

"为什么不等我回来？咱俩不是说好以后都在一起的吗？不是说等老了就到处去旅行吗？"李浩勤颤抖着手触摸那冰冷的再也没有温度的脸，他只觉得沈乔是睡着了，睡得很熟而已。

捧着沈乔的遗像，从遗体告别厅到入殓房，李浩勤每一步都走得异常艰难。

他知道这一去将永远无法再看见他心爱的妻子了，这一生这一世，他们将永无见面之日了。

后事办完已经是下午了，李浩勤拒绝了所有人的好意，捧着沈乔的遗像独自回到了曾经温馨甜蜜的小家。

"沈乔，我回来……"像是一种永远无法改变的习惯般，李浩勤打开门，脱口而出，可话刚出口就停住了，是啊，家里哪还有沈乔呢！

李浩勤这才意识到自己根本没有办法走进家门，到处都是沈乔的影子，她坐在沙发上捧着西瓜看电视，在厨房手忙脚乱地准备早餐，拿着牙刷满嘴牙膏到处溜达,睡前书桌旁批改作业,每个角落都是回忆。李浩勤突然地坐到沙发上,他想逃,可又舍不得。

看着桌上沈乔的遗像,李浩勤像是着了魔一样,喃喃自语:"你怎么那么不小心,不是说会照顾好自己吗?说话不算话。"不停地重复着这句话,突然他脑子里蹦出了一个奇怪的想法,沈乔不会那么不小心,会不会是有什么事情他不知道呢?再想起陆子欣支支吾吾的话,李浩勤不免更加怀疑了。

此念头一出,李浩勤就再也没有办法将其从脑子里赶走了。

也许是为了找一个安抚自己的理由,也许是想着做些什么可以让自己没有那么多的愧疚,李浩勤走进洗手间,开始洗漱,他现在唯一要做的就是去沈乔出事的地方看看,即便没有任何线索,他也要知道沈乔是在什么地方,以怎样的方式跟这个世界告别的。

出事的地点依旧人来人往,只是马路的一侧还留着一片已经不那么红的血渍残留物,他知道那是沈乔的。

在交通局,李浩勤看到了当天的录像,陆子欣和刘家强都在。他看到了沈乔和刘家强单独在说话,接着似乎是发生了什么,监控看得不清楚,只能看到刘家强在抬手,沈乔冲出马路。但不知道刘家强是在拉沈乔还是在推。

李浩勤暗自嘲笑自己一定是疯了,他是在怀疑陆子欣和刘家强吗?这怎么可能呢?即便是失去了爱妻,他也不应该怀疑自己最好的朋友啊。

这没有理由,也没有良心。

像是没有指望一样,李浩勤瞬间觉得自己的心里空了一块,便去了刘家强的家。

当他站在门口,刚要抬手敲门时,却听见屋里传出了吵架的声音。

"你还有完没完了,人都死了,你是想让我去陪葬啊?再说她死了和我有什么关系?陆子欣,我警告你不要太过分,多少天了,你一句话不说,现在还要离家出走?你给我站住。"

"我没什么好跟你说的,让我自己冷静一下。"

"不行!"

屋子里是刘家强夫妻的吵架声,李浩勤听得不是很真切,对于人家两口子吵架的原因他也不想多问。还是算了吧,这个时候让他们自己解决吧。

李浩勤想要离开,可门却开了。

陆子欣提着工作时用的小行李箱，正要往外走，看到李浩勤站在门口就是一愣。随即刘家强也追了出来，见到李浩勤后脸顿时涨红了。

"进来吧。"看着李浩勤眼睛像桃核一样肿着，陆子欣也再没心思去想她和刘家强的事了。

三人重新回到屋里，陆子欣默默地将行李又重新放回到房间，这一刻她才真正地了解那些为了生活为了寻求一个住所而忍气吞声，甚至忍辱负重的人的心情。

要知道如果她一时冲动任性地离开，那接下来要怎么收场呢？

"你没事吧？"客厅里，刘家强坐在李浩勤对面，盯着他。

"我刚去过你们最后吃饭的餐厅，也看了交通录像。"

"李浩勤，你啥意思？你是怀疑我们隐瞒了什么？"李浩勤刚一开口，刘家强就炸了，这或许就叫心虚吧。他紧张地注意着李浩勤的表情，他不知道李浩勤现在知道了多少。

"我不是那个意思，就是想知道你们最后说了什么，我看录像，沈乔似乎是有点激动。"李浩勤声音很小，他也不知道自己该不该问。

"其实就是因为我俩之前吵架被沈乔知道了，她替我出气，这都怪我，不应该告诉沈乔的，对不起浩勤，我对不起你们夫妻。"刘家强本想说什么，可却被陆子欣把话接了过去，很明显她在替丈夫隐瞒。

刘家强若有深意地看了妻子一眼，那眼神中更多的是感激。

之后的好多天，李浩勤像是行尸走肉一般，他没有再回去温州，而是重新回到单位。哈大线路的信号部分已经接近尾声，只等后续别的项目完成后开通验收了。

这几天，李浩勤算是闲了下来，可他又不敢让自己闲着，便申请跟着下属单位去了另一条新建设的线路。

日子看上去又恢复了平静，然而没有人知道，经过了沈乔这件事后，除了李浩勤一家的生活发生了巨大的变化，就连陆子欣一家也是如此。

自打那天李浩勤离开后，陆子欣就和刘家强分居了。她在单位申请了一间单身宿舍，正式从那个压抑的家里搬了出来。

陆子欣时常去李家和沈家看望四个老人，沈家父母由于无法面对女儿曾成长的家搬离了哈市。而李家也再没有了往日的欢声笑语。

再次来到李家时，陆子欣发现李家的大门没关，客厅里没人。她疑惑地在门口看了看，发现似乎有人在李浩勤的屋子里。

"大娘？您这是干什么呢？"走进房间，陆子欣发现李母正在收拾李浩勤房间的衣柜。

"子欣来了，坐吧。我在收拾小乔的东西。毕竟人已经走了，我想着把她的东西都收起来，免得看着难受。"李母说话有气无力的，整个人也显得十分憔悴。

"大娘，我来吧。"将李母扶到床上，陆子欣开始将沈乔的衣物一件一件地放进箱子里。

这些衣服似乎还存留着沈乔的味道，陆子欣心里难受，别过头，偷偷拭泪。

突然，一个U盘从陆子欣的一条裤子口袋里掉了出来。

陆子欣好奇地拿起来看了看，U盘上被沈乔标记上了一个大大的红色的感叹号。

"子欣啊，怎么了？"也许是注意到陆子欣愣怔的举动，李母侧着头疑惑地看向她。

"没……没事。"大概是女人的直觉，又或者说是她对沈乔的了解，陆子欣知道这个U盘一定不简单，于是便偷偷将U盘塞到了自己的兜里。

回到宿舍，陆子欣将U盘插上，看到了里面的内容。让人没想到的是，沈乔居然如此有心机地将那天在饭店看到刘家强给上级送钱的视频拷贝了下来，里面居然还有之前他们婚礼上，刘家强请求李浩勤的画面。

看着视频里的内容，陆子欣浑身发抖，她瞬间就明白了沈乔出事时她和刘家强之间发生了什么。

原来这一切都是有预谋的，原来事情远比她想的复杂！

一想到沈乔的死，即便不是刘家强故意为之，但跟他也脱不了干系，陆子欣就觉得心痛。她甚至在看到刘家强揽着另一个女人的时候都没这么难过。

时间一点一点地走着，陆子欣就这样对着电脑，脑子里乱得很。

她知道刘家强又要升职了，一年之内连升两级，这当然跟这段视频里的内容有着不可割断的关系。

面对这样的贪官和身边人的恶行，陆子欣不知道要如何做，如果视而不见，那她对得起沈乔吗？如果将视频交到公安处，那刘家强将要面临什么？毕竟他们夫妻一场，真的要让她亲手将爱人送进监狱，她做不到！

于是她选择了沉默，瞒着所有人，瞒着李浩勤。

李浩勤已经离开家，到了现场，目前新开的线路上正在施工，这条

线路也是一条东北的高铁。李浩勤现在只能将所有的心思都放在工作上，这样才能让他没有时间去想沈乔，去想那些揪心的过往。

"刘经理，我现在连队长都不是，让我管料不行吧？"

"让你管你就管，这批料昨晚才到的，不过这次的厂家我们没有合作过，是局里新进的对标厂家，所以我还是有点不放心，现在咱们项目部里的人都在外面开会，就老张和老严在，料的东西他们不大懂，这样，你过去检查一下，要是没有问题，你就交接到他们手里。"

电话里，李浩勤和刘经理正在就新进料的检查问题进行着讨论。李浩勤现在是真的不想管除了干活以外的事情了，一是他现在依旧没有从失去爱妻的痛苦中走出来，二是他也不想再为这些复杂的人际关系和明争暗斗所累。但毕竟是刘经理开口了，他只能勉为其难地答应。

这次李浩勤要负责验收的是电缆，要知道电缆在信号工程里是非常重要的，一旦电缆出现问题，就会导致整个工程出现严重的问题。

但他也知道无论哪个有资质的信号器材厂都不会在这么重要的材料上出现问题的，所以他在检查的时候也就没有那么多顾虑了。

当李浩勤将验收员的单子接过来并核对后，并没有发现任何的问题，于是便直接跟刘经理打了报告，这算是他任务已经完成了。

可让他万万没想到的是，一周后，材料就出了问题。

"李浩勤，队长让你过去。"李浩勤正在电脑上埋头打管，同事扯着嗓子慌慌张张地跑过来，"快去吧，好像是库房出事了。"

李浩勤心里一惊，库房出事？库房会出什么事，放下手里的活，他连交代的时间都没有，甩开腿就往库房跑。

好在工地离库房并不远，等李浩勤跑到库房时，只见除了队长以外，项目部的几位领导和监理都在。

"咋了，出啥事了？"

"李浩勤，之前我让你验收一下电缆，你就是这样验收的？"刘经理脸色难看，李浩勤还从来没有见过他有这种表情。

"哎呀刘经理，这也不能怪他，他又不是验收员，毕竟懂的东西有限，出了错也没办法。"那个和李浩勤对接的项目部老严在旁边插话，这话听上去像是替李浩勤抱不平，可仔细琢磨一下就会发现似乎不是那么回事了。

李浩勤见大家都看着自己，也不多说，直接往库房深处走，那些他曾经验收过的电缆就在里面。

"不过我想他应该知道驼峰信号电缆的规格和使用要求吧，实在是不应该出错。你看这驼峰信号电线路有关电缆芯线的备用量、电缆长度、路径和埋设标设置、敷设都是他的工作范围啊，能犯这个错误真是太马虎了。"李浩勤听见老严在背后嘀嘀咕咕，确实，他说的没错，可自己当时真的检查清楚了。

而且就算是出了问题，也不应该怪在他李浩勤的头上，毕竟这是经过层层把关的，验收部的责任不是应该最大吗！

当李浩勤看到料库里的电缆时，还是被吓了一跳，虽然他已经有了心理准备，可眼前的这批电缆和之前自己验收的也差得太大了。

"小李，你看看这个，咱们需要的可是每架驼峰信号机的 10 根电缆芯线，L，H，U，B，HH，LUBH，6 根电缆芯线，2 根电铃 DL 电缆芯线，2 根电话 DH 电缆芯线。还有调车信号机需要的 3 根 B，A，BAH 电缆芯线，还有……"负责验收的验收员跟在李浩勤身后，一边嘟哝着一边故意大声解释，似乎是要给后面跟过来的经理等人听的。

李浩勤自然也是听得出来的，他回头瞥了一眼验收员，心里跟明镜一样，这是要把责任推到他的身上了。

"是，这型号是有出入。"李浩勤当然也看出来问题了，可他不知道原本已经验收过的材料怎么可能突然间就变了样子？再想到之前料库丢东西的事，他就知道或许这次又有人要暗算他了。

看管料库的人自然是难辞其咎，验收的人也有责任，而李浩勤，这个被他们临时抓去参与二次验收的，责任应该是最小的吧。

如果说这件事有什么阴谋，或者想要找替罪羊，李浩勤也觉得和自己没什么关系。但看今天这个架势，大家应该都想将矛头指向自己。

不过李浩勤也真的是运气好，从刚一进单位就闹出了轰动一时的领导面前大表现的事情，让一个与自己素不相识的大领导庇护了好一阵子，否则就凭他刚刚入职的小信号工，别说在单位能有一席之地，估计就连职称都很难评得上。

再说后来，他有幸遇见了赏识他的刘经理，一路跟着经理走到现在。可这事……想到那天刘经理特意让自己来验收，这事还真有些蹊跷。

李浩勤看着大伙儿，似乎都在等他给个答案。他脑子飞快地转着，他始终不相信刘经理会害他，何况害他对刘经理可没有任何好处。

"要不看看监控吧，这电缆明显不对，厂家的单子也得重新核对一下。我就是个信号工，这些我也不负责呀。"

"刘经理，这可是你们的事，我不管你们怎么处理，总之工期不能耽误。"监理并不是他们局的人，而是另一个上级单位的。所以当工程遇到这种人为因素时，人家自然是不予理会的，而且觉得是非常麻烦的一件事。说完，监理没好气地一转身走了，留下项目部和料库的人面面相觑。

"经理，现在咋整？"

"咋整？找啊，咋整！"纵使刘经理平时脾气再好，这次也没了耐性，背着手，嚷了起来，"这电缆盘数没错，只是型号不同了，这不是很奇怪吗？大概率是被人调了包了，现在这事和厂家没关系，监控你们也没找出问题，这么大的料库，你们就找吧，一定有人在其他的工程料上做了手脚，调了包了。"

被刘经理这么一说，大家你看我，我看你，都觉得这也太悬了吧，这么做的目的是什么，这人又能得到什么好处呢！

"我们这就去找。"几个人答应了一声，转头议论着走了。

"经理，那我……"

"你跟我过来。"李浩勤乖乖地跟着刘经理上了车。

"这事你怎么看？"

"不知道。"李浩勤不想参与到这里来，便不想多说，装傻充愣起来。

"不知道？"刘经理突然就笑了，他点着李浩勤，一个劲儿地摇头，"你小子聪明过头了，放心说吧，这里没外人，你可是我的亲信，有啥事不能说的？"

"经理，其实我是真的不知道咋回事，就像你刚才说的，这事如果像你判断的那样，那目的是啥？咱们可没啥损失。如果真的是丢了一批料，那可是犯罪，不过现在数目是对的，丢的可能性不存在啊！所以我现在也闹不明白了。"

"现在想要干出点成绩是真难啊，总有那么几个小人在你背后盯着你，只要你有一点疏漏，他们就会抓住你的小辫子，让你不得翻身。就算你小心翼翼，没有问题，他们也会想办法制造问题，让你在领导面前失去信任，真是防不胜防啊！"刘经理这话若有深意，李浩勤似懂非懂。

"经理，那你知道是谁干的吗？他们目的是啥？"

"不知道，不过也不用猜了，能威胁到的人我大概心里也都有数，咱们的项目开展得好，把别人的机会挤掉了，遭了暗算也是能理解的，不过这次你是受了我的牵连了。"

李浩勤只能苦笑无言。

"想要动帅，首先要清理掉他身边的卒，这点你不会不懂吧？"

"懂，那现在……"李浩勤明白了他的意思，他们现在是一条船上的，一荣俱荣，一损俱损。

"这事查清楚是早晚的，我估计我不会伤筋动骨，顶多就是受处分，党内警告，或者扣奖金，但不管咋样，料出了问题，就算没丢，但也是咱们检查不力，还是要有人出来背锅的。如果这次没能动得了我，那他们应该会在工程质量上做手脚。"

开始听着，李浩勤原本以为刘经理想用自己当替罪羊，可听着听着却觉得不对劲儿了。

"这件事我会安排人顶下来，那天让你重新验收就是不放心这里所有的人。可还是让他们得逞了，现在，你虽然不是队长了，但你得给我看住了，工程质量这块你务必盯紧，千万不能出任何问题。"

听着刘经理严肃谨慎且担忧的话，李浩勤点了点头。他太清楚了，如果刘经理出了什么事，自己也必将受到牵连。

这件事太稀奇了，李浩勤始终想不明白问题究竟出在了哪？直到一个老师傅的一句话才让他茅塞顿开。

在经过刘经理的指示和同意后，下了班的李浩勤再次去了料库。不过在去料库的路上，他的心里是极为不平静的。因为他听刘经理的声音十分疲惫，似乎还有些欲言又止，大概是今天找他们回去又出了什么事情了。

料库的管理员一见李浩勤上门，就满不高兴地斜瞥着他："这么晚了，有事？"

"我要去C区和D区看看。"

"哥们儿，这料库没有批条是不能进的，你不知道今天又出事了吗？你不是也在场吗？这规矩你不懂啊？"现在的料库管理员也开始意识到事情的严重性了，他自然不想再生枝节，不愿意不相干的人进入库房。

万一再出什么事，就算他不会负主要责任，那也难逃看管的责任。

"我知道，所以我有批条。"李浩勤扬了扬下巴："你看看你的邮箱，电子批条应该已经发过来了。"

管理员将信将疑地打开电脑邮箱，随后脸色也缓和了下来："既然有批条……"管理员看了看表，已经晚上七点多了，"这个时候也不会有人来拉料了，我跟你一起进去，帮帮你。"

说着，他就将料库外的大铁门关上了，随后带着李浩勤往C区走。

李浩勤又怎么会不知道，他哪里有那么好心帮忙，只是为了监督，不出乱子而已。

　　料库很大，今天进来时候，他就有一种力不从心的感觉，这库房堪比物流园，不仅料很多，而且绝大部分都是那种需要用货车或者吊车运进来的，他们在检查的时候也是很不容易的。

　　"哥们儿，我管料库可有些年头了，是不可能从我眼皮子底下把料运走的。"管理员试图想要告诉李浩勤，不管发生什么事，自己都不会是同谋。

　　李浩勤没说话，只是认真地对着编号，C区没有他想要找的那十几盘电缆。

　　电缆由于体积较大，所以不管放在哪个位置都很明显。

　　"C区没有，要不我们还是想想别的办法吧？"管理员见李浩勤不说话，朝着D区的方向走，他头都大了，现在已经快晚上八点了，要想将这仓库里的料都查完，估计明早也不可能完成。

　　"那边是什么？"刚走进D区的范围，李浩勤就眼尖地看见了D区角落最不起眼的地方有一块用蓝布盖着的区域，看上去里面也是像电缆一样的东西。

　　"那边，不清楚啊，好像已经放了很久了，应该是以前哪个项目剩下来的料。你也知道这料库里其实有很多以前用不了又没有退返没有处理的料。"

　　的确，这还真是个管理上的漏洞。基本上每个项目在进料的时候都会选择多进一些，以免后期不够用，可往往进得多了都用不了，最后都没有管而被丢在了料库里。

　　李浩勤抿了抿嘴，手挠着后脑勺，想了想，还是朝那堆被视为弃料的材料走了过去。他也不说话，直接一扬手，将蓝布扯开一个角，巧的是，那个角上面正好标明了型号，居然和他们失踪的那个型号一模一样。

　　"哎呀，这不就是嘛！"管理员惊了，瞪大眼睛不可思议地看着李浩勤。

　　"你看这上面的布，都没怎么落灰，要是放了很久的怎么可能只有这么点灰，麻烦你把我们的单子拿来，我核对一下。"

　　"好。"

　　从库管手里拿到了当天刘经理发给他的进料项目单，李浩勤兀自核对了起来。可对着对着，他的脸色就不那么好看了。

"咋样，我看这应该差不多，没少吧？"管理员是有经验的，他大概知道这些料占地面积是多少，所以一打眼就觉得应该没有问题，心里还偷偷暗喜了一阵。虽然这些料被挪动了地方，可好在数量没错，总不至于涉及罚款之类的经济上的问题。

可李浩勤的一句话却让管理员的一颗心提了起来："少了整整一盘。"

"一盘？"管理员眼珠子都快掉下来了，要知道这电缆如果少个十几米那是常事，也不会有人真的追究，可现在是整整少了一盘，先不说这一盘电缆价值多少钱，就说这一盘电缆那么大的体积是怎么被偷走的，这就是个问题。

何况这和普通公司丢东西可是不一样的，电缆是国家规定严禁倒卖的，就算是废品收购站都不敢收购，现在丢了整整一盘，追究起来那可是要坐牢的。

"这不大可能吧哥们儿，你对清楚了没有啊，再对一遍。"管理员汗都下来了。

"没错，你真不知道这事？"李浩勤突然这么问了一句，这下管理员更紧张了，可还没等他解释，李浩勤就又接着说了一句，这句话倒是让管理员怦怦直跳的心缓和了一下，"这周有人送料或者取过料吗？"

"那肯定有啊。"

于是两个人重新返回到管理室，开始查看监控及进出的车辆人员登记。

由于最近是工程施工的阶段，所以进出料库的货物也比较多，但不管有多少人进出料库，管理员都会仔细检查车辆的，所以发生这种情况实在是极为罕见。

李浩勤记得以前他也遇到过一次这样的事情，他一直听人说施工的料是很值钱的，但真的没有想到竟然有人敢一而再再而三地做这种犯法的事，可想而知工程施工用料中的利益不可小觑。

在调取监控时，发现了问题。一辆运送用料的工程车有着很大的嫌疑，因为车身上有遮盖，所以很容易将物料通过这辆车运出去。

回到工地，李浩勤左思右想，并没有将调查结果告诉刘经理，他要知道那个装卸工和司机到底能不能有这么大的胆子私自将整盘的电缆拿出去，又或者这中间还有一些人在背后指使？

这件事也许会涉及自己的工作及刘经理的前途，所以李浩勤要慎之又慎。

可还没等李浩勤开始着手调查，另外一件事就打破了李浩勤平静的生活。

原本正在抢工期的李浩勤和几名信号工正在焊组合，可现任的队长却忧心忡忡地走了过来："李浩勤，这次进室内时候的工作是不是你负责的？"

李浩勤一怔，反应了半天："是啊，咋了？"

"你……是在啥时候开始进柜子的？"

李浩勤没懂他的意思，奇怪地瞥了他一眼。

"你是最先进场的，当时信号楼里已经铺好地板了吧？"

"对啊，怎么了？"

原来是信号楼里的地板出现了问题，信号楼在进机柜前铺设地板是没问题的，可搬抬机柜是需要将地板保护起来，铺上防划东西的。这次的信号楼里并没有，所以地板被划伤了。

李浩勤还真是冤枉，这件事确实是在李浩勤担任队长时发生的，当时他只是交代了信号工去做。按理说每个信号工都应该知道需要铺防划垫的，可那个信号工却没有。现在这件事追究起来，只能由当时的负责人负责了。李浩勤无话可说！

在刘经理的调解下，合作的单位同意让李浩勤赔钱来弥补这次的损失。

可面对5万块钱的赔偿时，李浩勤犯起了难。他所有的积蓄都在沈乔去世后给了沈家父母，让他们安心养老了，现在他手里1万块都拿不出来。

一分钱难倒英雄汉，走投无路的李浩勤只能出去借钱，期限为十天。

"经理，现在这条线也差不多进入收尾的阶段了，我想把手里的活干完请两天假。"

"又请假？李浩勤，你这一年可请了不少假了，不过……"似乎是想到了之前请假还是因为他妻子去世，所以刘经理的话说到一半就停住了，"请假也得有个理由啊！"

"我之前跑的计划昨晚给我来电话了，让我回去拿签名然后办交接，我跑计划那会儿，有个工程做了一半，后来甲方那边活出了点问题就耽误下来了，当时和现在的计划员没有交接，以为结束了呢，昨晚那边又来电话，说可以做了，我得回去交接一下，还有我还得回去筹钱啊。"这理由够充分，不得不给假。

三天后，李浩勤拖着行李离开了工地，直接前往距离他们不远的另一个项目部。

虽然他们两个站的距离不远，但却都是同一条线路的。

其实按理说一般情况下一个项目部就会承接到一条线路上的一个省内的所有线路的，当然他们局也是这么做的，只是在分段进行施工时，另一个项目部不知道用了什么手段，生生地从刘经理这里夺走了三个站。

他原本是负责电力的，可非要来信号这里插一脚，当时刘经理也气得不轻，但也无计可施。

那个项目部里，也有李浩勤认识的人，关系虽然不是特别好，但也算不错，偶尔也会在一起喝喝酒吃吃饭。

这次当李浩勤拖着行李来到他们现场找人时，大家竟都以为他是被刘经理扫地出门了。

听到这样的猜测，李浩勤也不解释，索性将计就计，故意让他们认为自己就是那颗弃子了。

他要找的人姓张，为人不错，李浩勤称他为张哥。

张哥并没有因为李浩勤被下放而疏远他，反而热情地接待他："你等我一会儿，下午跟我回宿舍，咱哥俩好好聊聊，反正我也要回宿舍打管的。"打管是用电脑完成的一项工作，所以在哪里工作倒也无所谓。

其实就算他不说，李浩勤也没打算走，他当然不是真的来看他。

李浩勤四处扫了一眼，发现运料用的车不在，便将行李放进了张哥的宿舍，接着便坐在太阳底下看着他们干活。

8

午饭过后，那辆运料的车终于出现了。司机下了车，嘴里骂骂咧咧，直奔食堂走去。这就是李浩勤要等的人，库房曾经出现的最有嫌疑的司机。

看着那人一晃进了食堂，李浩勤也紧跟着走了进去。他中午没吃饭，故意等着这人，因为他在张哥的口中得知这人基本每天都会回食堂吃饭。

见那人打完饭端着餐盘跟餐厅的厨师说着什么，李浩勤也走了过去："还真有这个点来吃饭的，我还以为就我自己呢！"

餐厅的师傅中午见过李浩勤，张哥还特意告诉师傅李浩勤是客人，说李浩勤要去一趟项目部，等会儿来吃饭，给他留饭。当然，李浩勤说去项目部是假，在门口转了好一会儿，他才重新进了工地里。

这会儿，厨师长自然记得他，便主动担任起了介绍的工作，司机一边点头一边往嘴里扒拉着饭。

"坐下吃呗，在这好像罚站一样。"李浩勤接过厨师长给他的饭，很随意地招呼着司机坐了下来，"你是这的司机啊？"

"啊，你是过来干活的？"司机闷头吃饭，说话时也不抬眼看人，看样子是饿坏了。

"是啊，熟人介绍来的。"李浩勤半真半假地说着。

"那以后咱就是同事了，有事你就吱声。"司机倒是也算爽快，几句话两人就打开了话题，"你以前是哪个队的啊？"

"就附近那个，这不那边前几天出了事嘛，料库那事，你们应该都知道，我就不干了。"李浩勤握着筷子，却没怎么往嘴里扒饭。

闻言，司机吃饭的动作停了下来。他抬头看着李浩勤，有点紧张地试探着问："那事我倒是知道一点，不过和你有啥关系？"

司机突然的停滞当然被始终注意他的李浩勤看在了眼里："和我没关系，不过出了事总得找个替罪羊，我在那人缘不好，尤其是队长，瞅我不顺眼，趁着这个机会，肯定让我背锅了。"

司机也不是傻子，立马就听出了这里的破绽："这好端端地说让你背锅就背锅，不可能吧？再说你就答应了？不往上找找？这是把你赶走了还是扣钱了？"

"我就认倒霉吧，谁让我那几天去过料库，我现在都怀疑他们是故意的，平时也不让我跟着去取料啊，那几天总是让我跟着，后来出事了，就往我身上推。我跟你说啊，我现在严重怀疑那批料是他们自己弄走的。"李浩勤将身子向前探着，压低声音，说话时还故意左右看着，像是生怕被人听到一样。

司机放下筷子，似乎来了兴趣："你说他们自己弄走的？你有证据？"

"我要有证据那他们还敢这么对我，要是知道是这样的下场，我倒不如偷点东西出来了，我跟那料库的管理员熟，不过现在也没啥机会进去了。"李浩勤失望地叹了口气，继续往嘴里扒饭。

听完李浩勤的话，司机却再也吃不下了。他皱着眉，似乎在思忖着什么，眼睛却始终没离开李浩勤身上。也许他在考虑李浩勤的话有几句是真，也许他在想要怎么能拉拢这个和料库管理员关系很好的人。

"对了，你平时就自己去料库拉料吗？"低头吃饭的李浩勤看似无意地问了这么一句。

"当然不是我自己，我可不搬那些料，像电缆那些都是找外面的装卸工，一次50块钱。其他的东西也有人跟着，我就是个开车的。"

"哥们儿，等下次你再去料库，带上我咋样？"李浩勤再次表现出了紧张的样子，声音也越来越低。

司机没说话，只是若有所思地盯着李浩勤。他确实有点怀疑，这是哪里来的人，怎么就突然跑到自己面前来说这些，瞬间，他的警觉心大起，脸上却笑了："开啥玩笑呢哥们儿，那可是料库，你要是在别的工地干过还能不知道那地方是随便啥人都能进的吗？"

"我当然知道了，不过你们不是也雇外头的装卸工嘛，我充当个装卸工还不行？"

"你到底是干啥的？"司机将面前的盘子往旁边一推，抱着双臂看着李浩勤。

"跟你说实话吧哥们儿，我是特意来等你的。"

"特意找我？你到底谁啊？想干啥？"这下司机彻底急了，猛地从座位上站起来，眯着眼睛警惕地盯着李浩勤。

"坐下，坐下。"李浩勤瞥了一眼探着头朝这边看的厨师，冲司机挤了挤眼睛，"都看着呢。"

司机也许是太着急了，被李浩勤这么一提醒这才回过神，重新坐了下

来:"你刚才那话到底啥意思?"司机目光仍旧定在李浩勤身上,死死的,带着威胁和不善。

"我的意思是想请你帮忙,当然不能白让你帮忙。"

"说清楚点。"

"我也不怕你把我的事往外说,反正我也混成这样了,在咱单位也没啥立足之地了,我就直说吧。他们想让我做替罪羊,我不甘心,而且我也确实啥好处都没捞着,所以我想干脆一不做二不休,索性我就真的拿了,他们爱咋咋地吧。"

司机怀疑地看着他,没说话,毕竟他实在是个来历不明的家伙,这种事不能马虎大意。

"我想让你帮我进入料库,虽然我和那的管理员关系不错,可如果我自己去那,他也不可能让我进去,我也没有理由进去对吧。我必须得找个能进去的理由,其他的你就不用管了。"

司机突然笑了:"哥们儿,咱俩可不认不识的,你当着我的面说这些合适吗?再说这没有交情,你觉得我会为了你冒险做这种事?要是被单位知道了,我就别想干了。"

"就因为不认识,所以才不会被人怀疑,之前他们不也没查出什么吗?"

司机沉默了,他在思忖,在权衡利弊。

大概五分钟后,李浩勤将盘子里的饭都吃完后,司机才再次开口:"跟你合作行,但我要六。"

司机说的意思是要六成,李浩勤扑哧一声就笑了:"你没开玩笑吧,六成,你做都没做过就敢要六成,这事可都是我去做,不行。"

"我要是不答应,你一点也拿不出来,再说其实我也有办法拿出来,你配合就行,所以你四我六。"

李浩勤嘴角的笑渐渐消失,心里却乐开了花,果然,人只要贪心,就没有露不出的马脚。

"你有啥办法?"

司机双手撑着胳膊,身子向前探,在李浩勤耳边嘀咕了几句。

李浩勤知道这事成了!不过他还是不死心,总觉得这事不是那么简单的,可现在鱼儿刚刚游过来,一切都不能操之过急。

李浩勤站起身,想要将餐盘送到洗碗池旁,可还没等他迈腿,司机突然又问了一句:"你就不怕他们已经盯上你了?"

"没办法,我现在需要钱,他们说我上次施工出了问题,要我赔5万,如果不冒一次险，我拿啥赔。对了，咱俩说的事得等几天，我要先回家借钱，把这个窟窿堵上。"

李浩勤说得实在太真诚了，当然后面的话确实是真的，所以司机根本就没发觉有任何的不对劲，李浩勤管这叫财迷心窍。

回到哈市，李浩勤先去找了刘家强，在刘家，他始终觉得哪里不对。家里实在太乱了，完全不像有人收拾过。陆子欣那可是有洁癖的人，怎么会允许家里这么乱。

据刘家强说，陆子欣回了娘家，没有特殊的理由，只是因为想要回去住几天。李浩勤对此不置可否，毕竟人家夫妻俩的事情他不方便过问，便直接说明了来意："我想借钱。"

借钱这种事，他不能向父母开口，否则老人一定会担心，而且还会每天在他耳边絮叨，问个没完。其他朋友，是有很多，但李浩勤也明白平时吃吃喝喝都挺好，一涉及金钱这种事，就会让很多看上去很好的朋友成为避你不及的假性陌生人。

而在他的朋友当中，他唯一能断定的就是刘家强和陆子欣，他们如果有就一定会借给他。

"多少？"

"五万。"

"行，明天打给你。"

李浩勤想得果然没错，这就是兄弟、哥们儿，李浩勤心里生出了一股暖流。

"不过你到底遇到啥事了？"

李浩勤自然毫无隐瞒地把所有的事都讲了一遍，他口若悬河地说着，却没发现刘家强的表情正在出现细微的变化，嘴角也在以极小的弧度向上扬着。

"所以你要调查这件事？打算怎么查？你又不是领导，轮得着你查吗？"刘家强有点好奇，对李浩勤的事，他确实挺在意。

"你真当我乐意管这事？这不没办法吗？再说这可是用在铁路上的东西，是公家的，不能就这么平白无故地丢了。"

刘家强几乎是从腹部发出了一声冷笑："李浩勤啊李浩勤，你是真傻还是装傻啊？我咋说你好呢，你都快三十的人了，居然还相信什么公家的东西不能不明不白地没了这样的话？你就别费那个心了，管好自己得了。"

以李浩勤对刘家强的了解，他是一个少言寡语、极其正直的人。在刘家强的世界里本就不应该有这些污秽不堪的东西存在，他对理想的追求，对不公世事的厌恶都让李浩勤觉得他曾是一个异类。

可不知道从什么时候开始，刘家强居然有了这样的思想，那是已经偏离了社会和正确认知的思想，到底是经历了什么才会让他改变的？

李浩勤惊讶地看着发小，心中再次涌出一种莫名的陌生感。

见李浩勤眼神不对，刘家强似乎是意识到了自己的问题，挤出了一丝笑："跟我说说你要咋调查，我也帮你参谋参谋。"

李浩勤犹豫了，可出于对朋友、哥们儿的信任，他还是将司机的事说了出来。

"你这样做可是挺危险，万一你没拿到证据，很容易被他牵连，你就成了同伙了。"

"那怎么会，我要是不说，谁会说啊。我偷偷把他作案的视频录下来，没人知道，除非你说出来。"李浩勤随口开了个玩笑，"你记得明天借我钱，我先回去了，子欣回来替我问好吧。"

出了刘家，李浩勤一路上都觉得哪里不对。在说到陆子欣的时候，刘家强似乎是在回避，总是岔开话题。毕竟是好友，李浩勤总是不能放着两人不管的，于是在第二天，他便直接去了客运段。

李浩勤并没有见到陆子欣，可在她同事的口中，他却得到了一个惊人的消息，陆子欣现在住在单位的宿舍里。

客运段宿舍303室门外，李浩勤焦急地等着陆子欣，他不知道她去了哪里，电话始终打不通，只能站在门口等。

日光逐渐下沉，昏昏暗暗的天让李浩勤有些担心，看了看表，已经晚上七点多了。

刚要拿出手机再次打给陆子欣，楼梯处就传来了上楼的脚步声，是陆子欣。

"浩勤？"见到李浩勤的一刻，陆子欣似乎很紧张，脸一下子红了，当然并不是因为羞涩，而是那种被人拆穿了谎言一般，难堪的红。

"回来了，这么晚啊。"李浩勤笑了，"我昨天回来的，过来看看你。"

"那……进来吧。"陆子欣感激李浩勤没有问她缘由。

陆子欣住的房间不大，但被她布置得还挺温馨，这确实像陆子欣的风格，不管在哪里，住多久，她都喜欢将屋子里布置得很有少女感。

"这是打算在这长住了？"李浩勤进屋转了一圈，说是一圈，其实就是从门口走到窗户的位置。

"不知道。"

"我昨晚去你家了,出了什么事,你们两个都闭口不言?"李浩勤语气中有些责怪,眼睛却看着窗外,"这的景儿可没你家好。"

陆子欣有点尴尬,她低着头,手指反复地抠着挎包的一角。

"因为啥?"

"我想可能我们要离婚了。"陆子欣深深吸了口气,说出这句话后,她顿时觉得轻松了很多。将挎包放下后,她开始烧水,准备招待客人。

"离婚?"李浩勤猛地回头,原本小的眼睛却顿时睁大了,"开啥玩笑,好好的离啥婚,你俩,咱们仨可是一起长大的,谁啥脾气你最清楚,家强那人就是木,不会哄人,你还真跟他生气?"

陆子欣意味深长地笑了:"你知道我们之间的问题?"

"不知道,不过你俩能有啥不可调和的矛盾,你说出来,我给你俩做中间人。我昨天见到家强的,人都瘦了,家里乱得不像样,没你是真不行。吵架了缓几天就回去吧,要是你不好意思,我去找他说,让他来给你赔礼道歉。"

"我俩的事你别管,对了,你最近咋样?工作还行?"

"你别打岔,快说,你俩到底咋了?今天你要是说不出个一二三来,我就算拉也要把你拉回去。"

"你是我家长?"陆子欣扑哧笑了。

"对啊,我是你哥,我不管你谁管,到底咋回事?"

"行了,管好你自己吧,来,喝水。"陆子欣白了李浩勤一眼,拿起烧开的水往朴子里倒。

"喝什么喝,快别忙了。"李浩勤走过去想要阻止,陆子欣用身体挡,"你别管,快去坐着。"

其实他们本是不用这么客气的,可陆子欣真的不想提起她的事,便想用此事来分散李浩勤的注意力。

陆子欣转过身,看着李浩勤,水壶被她放在了桌角,此时,她并没有注意危险的来临。

"小心,水壶……"李浩勤刚一开口,放在桌角的水壶被陆子欣的身体一刮,直接掉了下来。

满满一壶滚烫的开水,张牙舞爪地朝陆子欣的脚面扑去。

李浩勤眼疾手快,一把将陆子欣往自己身边拽。水壶顺势掉落在地,

149

陆子欣也因为李浩勤的拉力直接扑倒了他的怀里。

陆子欣整个人紧紧贴在李浩勤的身上,他们的脚边是冒着热气滚烫的开水。

"你们在干嘛?"就在两人还没反应过来时,门不知道什么时候被打开了,刘家强愤怒的声音传了进来。

"家强!"李浩勤这才意识到自己的手正紧紧地搂着陆子欣,心里咯噔一下,知道坏了,刘家强误会了。

"怪不得非要出来住,原来是为了方便约会!"刘家强突然冷笑,手里的一捧香水百合直接朝两人砸了过去。

百合散发着浓郁的香气在空中翻了几番,最后砸在了陆子欣的脸上又掉到了地上。

就是这一掉,不仅鲜花变成了残花,两人的婚姻也就此凋零了。

"你误会了家强,不是,我……"李浩勤想解释,又想去看陆子欣有没有受伤,就在他左右为难时,刘家强已经冲了进来,抓住他的衣领,顺势朝他的脸上挥了一拳。

李浩勤被打得眼前一黑,人就噔噔噔地向后退了两步。

"你住手。"陆子欣见事不好,两手用力挡住刘家强正欲再挥起的拳头。可没想到的是,刘家强像失去理智一样,猛地回头,恶狠狠地盯着陆子欣:"不要脸,背着我幽会!"话音还未落,拳头已经调转方向朝陆子欣的脸砸去了。

陆子欣那是个女孩子,哪里受得住刘家强的拳头。

她只觉脑袋嗡的一声,随后人就摔倒在地。她试图爬起来,可却感觉头昏脑涨,嘴角火辣辣的,好像有什么东西在嘴里流动,咸咸的,是血!

"疯子,变态!"这已经不是陆子欣第一次遭遇家暴了,她彻底看清了这个表面人模人样的男人了。

"你再说一遍!"刘家强似乎已经失去了理智,拳头仍旧紧紧地握着,在陆子欣讥笑的表情下,他再次朝这个弱小的女人冲了过去。

他抬脚就要朝陆子欣的肚子踢,只差十厘米,脚就要落下了。已经傻了眼的李浩勤也终于回过了神,从后面扑了上来,拦腰抱住了他。

于是两个体型相差甚微的男人扭打在了一起,宿舍里叮叮咣咣,东西掉了一地。

屋里的动静也惊动了楼里的人,陆子欣坐在地上,起不来。最后还是几个和陆子欣认识的同事进来将两个怒火中烧的男人拉开的。

事情闹成这样，已经无法收场了。

一个小时后，三人终于都冷静了下来。

陆子欣将宿舍的门关上，三人坐在屋子里，开始解决刚才发生的事。

"我和子欣是清白的，你就算不相信我也应该相信你媳妇儿，还有刘家强，我真没想到你居然能动手打女人，算我看错你了。"李浩勤愤愤地瞪着刘家强，他确实很震惊，很不可思议。

在他的心里，如果说这个世界上只有一个人最爱陆子欣，那一定是刘家强，可他居然对她动手了。

那样一个温文尔雅、彬彬有礼的男人居然还有如此残暴的一面，这是李浩勤认识刘家强二十多年来第一次知道的。

"李浩勤，这是我们夫妻的事，轮不到你管，你最好马上离开这。"刘家强也毫不退让，目光凶狠地回视着。

"我说了刚才是误会，你……"

"我们离婚吧。"

李浩勤话还没说完，陆子欣就打断了他的话。

"没啥好说的了，离婚吧。"陆子欣面无表情，青紫的嘴角微微张合，看样子已经下了决心了。

"子欣，这可不是冲动的事，动手是他不对，当然，今天我也有问题，不至于离婚。"李浩勤太了解陆子欣了，一看她的表情，就知道她下定决心了。

老话说得好，宁拆十座庙不毁一桩婚，虽然今天发生的事让李浩勤也很气愤，但他想也许这只是因为刘家强太在乎陆子欣的缘故吧。

刘家强不说话，并没有想要认错的意思。

"浩勤，你先回去吧，我有话和他说。"陆子欣仍旧没有表情，但语气里的坚定却丝毫没有改变。

也是，自己在这里，人家两口子怎么能好好谈，李浩勤识趣地离开，不过在他马上要走出门时，刘家强却叫住了他。

"李浩勤，你记住，陆子欣是我媳妇儿，如果你再敢单独找她，我不会放过你的。"

李浩勤身体一滞，心沉到了底。

这是刘家强在跟李浩勤宣战还是在给李浩勤下最后的通牒？听他的口气不像是生气，那是什么……李浩勤明白了，他与他早就渐行渐远了。

如果是兄弟，相互信任又怎么会发生今天的事？至少也会给自己解释的机会，也许在很早以前，他们的关系就变了。

一想到自己推心置腹的兄弟能如此决绝到这般，李浩勤的心就像被巨石砸碎一般，疼得快要窒息了。

"刘家强，你我打小就认识，我们仨的关系你比任何人都清楚，对，子欣是你媳妇儿，可她也是我朋友。我想我和她相处你没有权力干预吧。"撂下这句话后，李浩勤头也不回地离开了。

陆子欣和刘家强经过了一个多小时的战争后终于平静了下来，对于陆子欣的提议，刘家强没有反对。

此刻的他异常冷静："你确定要离婚？"

"嗯。"

"陆子欣，你要知道你离婚代价可是不小，你的事业，以后可就没人能再帮你了，从今以后你就住这破地方？你不会是想住进李浩勤空出来的家吧？"

"刘家强，你不要太过分，咱俩之间的事不要牵扯到别人。"

刘家强摊开手耸了耸肩，似乎已经无所谓了，也许他也对这段婚姻感到疲累了吧。

"行，那咱们说说你爸妈吧。"

"我爸妈？"

"离了婚了，你们家不会还打算住在我家的房子里吧？"

是呀，这是不可能的。陆子欣心里猛地一沉，还有爸妈呢，难道她真的能如此任性吗？就算她任性，那父母能同意吗？自己为了离婚，让父母无家可归她怎么做得出来呢！想想当时结婚，难道父母的因素不在其中吗？

或许也就是有这么多牵绊和无能为力，自己才会在婚姻中被轻视，被一次次肆意妄为地伤害。

这种不纯粹的婚姻才是它走向死亡的最终原因吧，陆子欣心里嘲笑自己，这算是自食其果吗？

"怎么样？考虑清楚了吗？还离吗？"

"找一天去办手续吧，房子我会尽快让我爸妈给你腾出来的。"

刘家强是看准了陆子欣没勇气也没底气离婚的，可当他听到陆子欣坚定固执的答案后愣了几秒："你想好了？陆子欣，我们毕竟那么多年的感情……"

"你先走吧，我要把这里收拾一下。"

就这样，陆子欣结束了她短暂的婚姻。

对于两人婚姻的破裂，李浩勤始终认为有自己的责任。他不能再开口借钱，思前想后，他只能将自己的困境告诉给了刘经理，毕竟是他多年的领导，两人也算是比较好的朋友，这种时候还是要商量一下的。

"我知道你的事了，让我想想，你回来再说吧。"

听到这样的话，李浩勤就知道这事似乎还有别的解决方法。

就在李浩勤回哈的这几天里，和他有过约定的司机打来了电话，让他做好准备，这几天就回去，他们有机会进入料库了。

"哥们儿，你可回来了，你要是再不回来，错过这次机会，下次再取料估计得半个月以后了。"司机一见李浩勤，就开始埋怨。李浩勤可以看出来，这人的贪心。

李浩勤和司机到了料库后，两人都没想到这次进入料库比以前轻松很多，料库的管理员并没有详细地询问，只是登了记后直接放他们进去了。

"还真是邪了门了，每次这家伙查得那叫一个严，今天居然问都没问，你说是不是挺奇怪的。"司机将车开进料库里，嘴里不停地嘀咕着。

其实李浩勤也觉得奇怪，为什么今天没有其他人来取料，管理员又如此地不尽心？

李浩勤悄悄地将手机调到录像的模式，一切都准备就绪了，当然，他不能加入这次的偷盗中来。

停好车，见管理员并没有跟进来，两人便放开了手脚，不过似乎司机很有经验，他大模大样地将应该取走的料装进车里，同时也将自己所需要的东西一起装了进去，丝毫没有停留没有胆怯。

这一切都被李浩勤看在了眼里，录在了手机里。

"喂，你干嘛呢，过来帮忙啊。"司机见李浩勤始终不伸手，不乐意了。他白了李浩勤一眼，招手示意李浩勤去搬一台很重的机器。

李浩勤眉头一皱，急了："你拿它干什么？"

"废话，当然是卖了。"司机像看白痴一样看着李浩勤，"别磨叽，赶紧帮忙啊。"

这种铁路用品如果随便拿出去卖是不会有人收的，就算是将其拆卸下来也没人敢收，毕竟私自收铁路耗材或废铁都是犯法的。

李浩勤知道他一定是有特殊的渠道，看来自己还不能立刻拆穿他，要顺藤摸瓜，找到销赃的废品收购站。可让李浩勤没想到的是，他的计划

还没开始就已经面临灭亡了。

"咱们一会儿直接去卖还是?"

"你不用管了,到时候等着分钱就行了。"很明显司机对李浩勤不信任,不肯让他参与卖物料的行动中。

"那不行。"

"咋?你啥意思?"听到李浩勤反对,司机瞪圆了眼睛,气势一下子就上来了,他的意思是在告诉李浩勤,现在我说了算,你没有发言权。

"你卖多少钱我不知道,不行。"李浩勤也不示弱,两人差点要在料库里吵起来。

"得得得,有啥事出去再说,在这里吵对谁都没好处。"司机最终还是妥协了,他知道事情的利害轻重,自然不会在这个节骨眼出问题。

车缓缓地开出去,当料库的大门再次打开时,李浩勤和司机都傻了眼。

一辆工程车拦在了大门口,让他们无法向前一步。身后,管理员从管理室走出来,意味深长地站在了他们车子的后面。

"这咋回事?"司机一见车子被拦了下来,慌了。他侧头看着李浩勤,李浩勤也是一脸的疑惑。他可还没通知人来呢,怎么这么快就有人知道了?

三方僵持了十几秒钟,门前的车里才下来了几个人。

李浩勤一眼就看见了刘经理,他的身边跟着财务和另外那个项目部的经理。

"经理?"李浩勤急忙下车,"刘经理,你们这是?"

司机紧随其后也跳了下来,他靠着李浩勤站,小声地嘀咕着:"这是你们经理?他怎么和我们经理一起来了,他们要干啥了?"司机已经嗅到了危险的气息,开始紧张了起来,"我看着架势不对啊,不会是他,发现啥了吧?"

李浩勤微微摇头,那轻微的动作如果不是一直盯着他恐怕根本就发现不了。

"李浩勤,你不回工地,跑这来干啥?"还是刘经理先开了口,但李浩勤可以从他那痛心疾首的表情中看出他的失望。

李浩勤实在没法当着这么多人的面解释自己的做法,张了张嘴愣是没说出一句话。

"经理,咱们不是要来取料嘛,没错啊,就是今天,我看好时间了。"

司机试图想要蒙混过关，但显然现在已经不是他能敷衍了事的了。

"取料是取料，可他是怎么回事？你不是应该带个装卸工吗？他可不是装卸工，是别的项目部的人。你身为司机，难道不知道随意带个外人进料库是严重违纪的行为吗？"司机那边的经理可不是那么好说话的，语气不善地质问司机。

"我这不是没找到装卸工嘛，正好我看他在咱们工地，又没啥事，就寻思着叫他来帮忙，他是来工地看朋友的，是吧？"

"对，就是这样。"此时的李浩勤也已经骑虎难下了，他只想着赶快将这事糊弄过去。因为他已经意识到，自己很有可能真的成为了司机的同伙。

"今天你都装了什么料，管理员，你核对了吗？之前料库出事上面已经交代过了让仔细核对。"那边的经理侧头看了看已经走到李浩勤和司机身后的管理员。

"这是我工作的失误，我寻思着都是同事，取料又有完整的手续，所以……"管理员语气诚恳，可李浩勤却觉得这中间似乎有什么事。是啊，那个经理说得对，就连他和司机都察觉出管理员今天的疏忽了，事情又怎么可能是他所说的那样的呢！

"那还等啥呢，查吧，查完我们才能把料放心取走，不然要是再出了什么事，赖上我们项目部，我们可不负责的。"

虽然这话听着像是在为自己项目部争取利益，可到头来还是要搜车。

李浩勤和司机对看了一眼，都慌了。

突然，司机快步走到两名经理面前，指着李浩勤说："其实这事和我没关系，是他，他说你们项目部要他赔钱，他搞不到钱才求我帮忙的，我可啥也没做。"

李浩勤眼睁睁地看着司机倒戈，将所有罪名都推到了自己身上，可他却没一句辩解，只是静静地看着一切发生。

果然，在安静了几分钟后，管理员报告说车里多了东西。这算是人赃俱获了，不管司机再怎么辩解，都没法逃脱他偷盗的责任了。

两人被带回了办公室，经理们商量了一下，并没有报警，打算私下处理这件事。

毕竟如果报了警事情就闹大了，他们想要保护谁也就不那么方便了。最重要的是，这件事如果真的弄得人尽皆知，也会影响项目部以后的招标，对项目部，对局里都会造成十分不好的影响。

于是李浩勤他们也算是逃过了一劫，可这内部的处分却也十分的严重。

盗取铁路器材，损害公司的利益，这是绝对不会被容忍的。

事实上，如果局里知道了这件事，警察就必须要插手了，司机知道事情的严重，在经理办公室里哭得稀里哗啦，差点就下跪了，生怕自己被送法办。

李浩勤则交上了一份让两位经理都目瞪口呆的录像，这份录像也让司机瞬间失去了工作。接着他拿出了自己之前搜集到的司机和原来那个装卸工进入料库的视频，一切真相大白。

这些证据很有指向性，说明之前的事情并非司机一人所为。其实不用李浩勤说，所有人也都知道这是跟某些上面的人脱不了干系，目的就在于要破坏他们项目部的信用和管理秩序。

"看来问题出在我们这个司机身上，刘经理，既然他是我们项目的，那人就交给我，我向上级打报告，开除他。"

司机项目部的经理也是老狐狸，怎么会引火烧身，既然有了替罪羊，那就要尽快了结此事，以免再度发酵。

而对于李浩勤的处置却成了难题，用李浩勤的话来说，他是在调查真相，手里还有证据，之前他确实与司机不认识，再加上刘经理开始一言不发，到后来直接称自己安排过李浩勤调查此事，对面的经理为了不让事情进一步扩大，干脆卖了一个人情给刘经理，将李浩勤交给刘经理自己处置了。

等所有人都离开后，刘经理给出了处理办法："你先回去写个检讨，像奖金、补助啥的肯定是要扣的，但也还得有些别的惩罚，不能让那边抓住了把柄，这事我再仔细想想。"

李浩勤抿了抿发干的嘴唇，迟疑着说："经理，我这奖金不是早都扣没了吗，扣了半年了都……"

"扣完了？"刘经理一愣，随后想起来信号楼地板的事情，白了李浩勤一眼，"成天竟给我找麻烦，对了你那钱这周就得交上了，赶紧去想办法吧，别在我这站着了，这回的事，你等我电话吧，估计明后天能有处罚下来。"

虽然不知道是什么处分，但李浩勤心里知道刘经理是向着自己的，自然不会给他太重的处分。

李浩勤转身，正愁着之前的5万还没补上，第二个处分又下来了，他心里不免有些急躁。

"等等，刚想起来，今天这个事，你和谁提过？还是那个司机跟别人说过你们要干这事？"

"经理，你可别开玩笑了，这事，我们能跟谁说，除了我俩就没有第三个人知道啊。"

"那就奇了怪了，你都不问问我们是怎么突然就跑到料库去的？"

被经理这么一说，李浩勤像是被人泼了一盆冷水，瞬间就清醒了。

是啊，今天经理他们怎么会去的？

"因为我们接到有人举报啊，而且很笃定地说今天只要来料库就一定会有收获，你确定你们都没有向别人透露过？"

李浩勤心里一沉，想到了一个人。

"喂，想啥呢？"见李浩勤发呆，刘经理叫了一声，他这才回过了神，"没，真没有啊。"

"行，你先回去凑钱吧，这几天就赶紧交上来，回去吧！"

回到工地李浩勤像驴拉磨一样，一圈一圈焦急地转着。5万不是小数，思来想去，他还是跟陆子欣张口了。

罚款终于如期交上了，李浩勤对于陆子欣的愧疚更深了。

"子欣，这次真是谢谢你了，如果不是你，我还真不知道要咋办了。"

李浩勤和陆子欣坐在江边的一家茶馆内，陆子欣比之前瘦了一些，李浩勤可以看出来，这段时间她过得并不好。

因为时间比较紧，李浩勤只能在家停留半天的时间，所以等一下，他约了刘家强，打算问明白自己心中的怀疑。

"你有事当然要和我说，朋友是什么？就是平时没事的时候可以各忙各的，但有事了就要往上冲的。行了，别和我客气了，你等下不是还约了人吗？那我就先走了，等有空我们再聊吧。"陆子欣当然不知道等一下要赶来的人正是他的前夫刘家强。

陆子欣刚刚离开没一会儿，刘家强就到了。

其实刘家强是不打算来的，可电话里，李浩勤很严肃地说有十分重要的事要找他，虽然两人打了架，有了误会，但他还是出来了。

刘家强换了车，一辆奥迪，穿着上似乎也和之前不大一样了。隔着落地玻璃，李浩勤看着他从车上下来，朝这边走。

那个身影还是那么熟悉，可神态却已经变得陌生了。李浩勤还不知道刘家强虽然成为了副总工，但在单位里却并不那么好过。

关于刘家强用不正当手段快速升职的流言满天飞，他也成了那个被人

在背后指指点点的人。

要是换做以前，刘家强就算死也不想成为别人口中的话题，可现在，他不在乎。

刘家强皱着眉，一脸冷漠地推开了茶馆的门。

刘家强领导派头十足，走路挺胸抬头，目不斜视，似乎身后还跟着一股风，直接冲进了李浩勤的视线。

"来啦，坐。"两人见面有点尴尬，李浩勤起身，主动打招呼，毕竟是他约的人家，姿态还是要有的。

"你找我有事？"刘家强坐下，脸上依旧没有任何表情，大概是对之前两人之间的矛盾还没有彻底释怀。

"对，有事，听说你升副总工了？恭喜啊！"为了缓和气氛，李浩勤的开场白有些不自然。

毕竟两人多年好友，刘家强自然是了解对面这个男人的。他微微抬起眼皮，看了李浩勤一眼，有些不屑地轻哼了一声："是啊，升官是要恭喜我，不过离婚可不是个值得炫耀的事，所以你的恭喜就免了吧，直接说事！"

"好，那我就直说了。昨天我们工地又出事了，这你知道吧？"

"昨天？"刘家强眉峰微动，像是在想什么事情，"你们工地的事我怎么知道？"

"你不知道？那我和你说说？"

"行了，别说了，你到底什么事，我晚上还有升职宴呢，你长话短说吧！"这种不耐烦的样子彻底把李浩勤惹恼了，他身体向后靠去，眼睛紧紧盯着刘家强。

"上次回来我和你说的我要去调查一件事，跟料库有关的，昨天就出事了。被抓到了。"

刘家强终于有些动容了，他抬起头回视李浩勤："被抓？那你现在还能坐在这？"

"当然，事情已经解决了。"

刘家强瞳孔缩了缩，那种震惊和愤怒几乎是不可察的。

"恭喜你。"刘家强举起面前的茶杯朝李浩勤拱了拱。

"不用恭喜我了，我只是运气比较好而已，不过我觉得你欠我一个解释和道歉。"

"我？为什么？"刘家强讥笑的表情让他那张英俊的脸看上去不那么

迷人了。

"咱俩也别掖着藏着了，这件事我只跟你说了，既然是有人举报我，那除了你不会有别人。"

李浩勤很笃定，或许在见到刘家强前，他还抱着一丝误会刘家强的希望，可在看到刘家强的一刻，他就知道自己猜对了。

刘家强没说话，只是微微低头，看着手边的茶杯，一边的嘴角微微向上挑着。

"为啥啊，告诉我为啥？咱俩这么多年了，难道你就一丁点情分都不念了？咱俩可是一起长大的！"

"李浩勤，你别冤枉我，我不知道你在说啥。没有证据随便污蔑我，可是得负责的。"

"因为子欣？"李浩勤穷追不舍，其实他早就知道了，可却非要刘家强自己说出来。

然而刘家强早就学乖了，自从沈乔的事出了之后，他基本在外面说话都很小心，尽量不给别人留下一点空子。

"别自作聪明了，承认或者不承认你能改变什么？你都多大了，眼瞅着奔三了，你还当自己是小孩儿？该学学做人做事了。"

"女士，您的东西找到了吗？"洗手间旁，陆子欣呆呆地站着，服务员走过来贴心地询问。

茶室的洗手间在拐角，往左走是收银台和大门，右拐就是李浩勤和刘家强现在坐的地方。

刚刚陆子欣已经离开了，可她发现自己的口红可能忘在了洗手间，便回来找。

没想到出来时正好碰到刘家强进门，为了不和他打照面，她将自己隐藏在拐角处，却不小心听到了两人的谈话。

"女士？"

"哦，是的，找到了，谢谢。"在服务员的提醒中，陆子欣这才从震惊中回过神来。

刘家强已经不止一次地陷害李浩勤了，即便她和李浩勤只是发小、朋友，也实在看不过眼。何况她始终觉得刘家强这样对李浩勤主要是因为自己，所以她不能这么眼睁睁地看着原本亲如兄弟的两个人最后真的成了仇人。

总要做点什么吧，总要阻止这一切。陆子欣深深吸了一口气，快步离

开了茶室。而还在对峙的两个人此时也没了动静，只是默默地坐着。

也许此时已经不需要再说什么了，大家心里都很明白之后的关系要怎么往下走了。

许久之后，李浩勤默默地起身，叹了口气："希望你还记得小时候的梦想和执着。"

直到李浩勤的身影在这条街上消失很久后，刘家强才慢慢地抬起头，眼中那意味不明的神情很难让人猜透他到底在想什么。

——

"沈乔，最近好吗？你走了以后我的生活一团糟，以前有你，有朋友，可现在什么都没有了。你呢，认识新朋友了吗？"离开茶室后，李浩勤就去看了沈乔。

他发现沈乔的照片前摆着一束花，很新鲜，应该是今天才放上的。

不用想也知道是陆子欣，她基本每周都来看沈乔，她说沈乔喜欢花，她要让她每天都能闻到花香。

"你应该能理解吧，不会也误会我和子欣吧，我知道你明白的，可为啥他就不明白，如果你在该多好……"

从墓地离开的陆子欣去找了刘家强，此刻他正在餐厅和同事庆祝自己高升。

他们将饭局选在了一间火锅店里，火锅店比较平民化，人很多，很嘈杂。

透过火锅店的玻璃，陆子欣看到了里面一桌足足十三四个人，刘家强坐在主位，每个人轮流跟他碰杯，那张世故的、已经完全适应了被奉承的脸让陆子欣心痛。

她只是静静地在门口等着，以他们现在的关系，她当然不方便出现在这些人的面前。

直到两个小时后，一行人终于酒足饭饱地从火锅店里走了出来。

也许是知道要喝酒，刘家强没开车。他和所有人打了招呼便走到路边拦车。

"喝多了吗？"突然，陆子欣的声音从他背后传来。有些微醺的刘家强一惊，急忙转身。

"你……你咋在这？"

"等你，看样子还好，没多，有空聊几句吗？"陆子欣扬了扬下巴，朝前面的一个公园走去。

"好。"刘家强皱了皱眉,跟了上去,他似乎已经猜到了她今天直接找上门的目的了。

"你一直在外面等着了?"

"嗯,恭喜你,终于公示了,你也终于如愿以偿了。"

"电话都没打特意来找我,有事?"

"嗯。"

曾经无比熟悉的两个人,此刻并肩在公园走着,却像是陌生人一样,一问一答,没有任何眼神的交流。

"咱俩就不用兜圈子了,直说吧,啥事?"

"你……不觉得你有些过分了吗?适可而止吧。"突然,陆子欣停下脚步,侧身挡住了路。

刘家强紧皱着眉,灼灼的目光将陆子欣紧紧笼在自己的视线里。

"你到底想要干什么,报复吗?"

刘家强笑了,笑得特别的无辜又无奈:"你突然跑过来找我,又没头没尾地说这些,我不懂。"

"别装了,你对李浩勤都做了什么?"

"喂,是不是他跟你说什么了?你相信他不相信我?"刘家强一脸的无辜、愤怒,似乎陆子欣的表现让他失望至极。

"行了,刘家强,别装了,你和他在茶室的话我都听到了,其实即使你俩的话我没听到,我也知道。"

刘家强歪着头,向后退了两步,上下打量着陆子欣,像是根本不认识眼前的女人一样。

他双手插兜,好半天才突然从鼻中发出一声冷笑:"陆子欣,你可以啊,咱俩才离婚多长时间,你就这么公然帮着他?就算你不爱我,毕竟咱们也是从小一起长大的,就没点情分吗?你就这么看我刘家强的?在你心里我就是陷害朋友、不忠不义的人?"刘家强委屈的表情让陆子欣诧异,如果不知道的人还真的会被他这副可怜的表情给骗到。

"你现在已经身居高位,何必抓着他不放呢,咱们三个这么多年的纠葛难道还没够吗?你到底要怎么样?我们没有任何人对不起你,你又何必这样?如果我们真的做了对不起你的事,你怎么做我都无话可说,可我们清清白白,你心里很清楚,现在用这么卑劣的手段对付你的朋友,你怎么能?"

"陆子欣,我好言好语地和你说,你居然还这么固执地认为是我的问

题，我没那么小气，你不信我也没办法。"

也不知道是从什么时候开始，刘家强对陆子欣已经没有了耐心。他瞥了一眼陆子欣，转身就要离开。

"你看看这个吧。"

没等他抬腿，陆子欣的手机已经递到了他面前："这只是备份。"

刘家强在看到递过来的手机时，心里莫名地产生了一种不好的感觉。

手机里是他曾经见过的视频，就是因为这个视频，沈乔失去了性命。

之前以为这个视频会随着沈乔的离世和她裂掉的手机一起消失，可没想到，今天他居然再次看到了这个可以毁掉他前程的视频。

他愣在原地，一动不动，他不用看也知道里面的内容，现在要考虑的是怎么才能拿到视频，并且是拿到所有的备份和原文件。

刘家强深呼吸着，尽量调整自己的情绪，让自己看起来不那么紧张："子欣，你都知道了！其实这件事你最开始就知道不是吗？"

"知道，但我说过，不要那么做，不能贿赂。"

"你不知道现在想要升职哪是那么容易的事，再说我这个年纪，想要混资历、累经验，那得需要好多年，等到我凭着自己的资历坐到现在的位置早就已经年过半百了。"

陆子欣不说话，心里却开始鄙视刘家强了。

"况且这也不算什么严重的事，你就说现在的单位里，有几个是清清白白的，谁还不是得给领导送礼才能往上走一走，这点你也清楚的，子欣，难道你和沈乔一样，拿着这个东西来威胁我吗？其实说实话这些东西也未必就能威胁到我，所以不要再破坏我们的关系了。毕竟我们夫妻一场，子欣，把视频交给我吧，看在我们曾经在一起的分儿上，你知道我对你的心，我不忍心伤害你半分，你就忍心这么对我吗？"见陆子欣无动于衷，刘家强打起了感情牌，祈求地看着曾经的妻子。

其实陆子欣心里很难受，她早就已经将心交给了刘家强，面对这样的变化，她不仅是心痛，更多的是无助。

她希望帮助他回到最初那个善良、疾恶如仇的男孩子，可现在她却什么都做不了。

"视频我不会交给你，除非你答应我以后不要再找他麻烦。"

"你要相信我，我根本就不是有意找他麻烦的，这中间有误会。说实在的，我诬陷他对我没什么好处不是吗？他威胁不到我。"

刘家强似真似假地解释，陆子欣并不了解具体的事情，加上她确实还对刘家强有感情，心里的天平自然就会往这边倾斜一点，选择再次相信他。

不过她也不傻，依旧没有将视频交给刘家强，她知道这样如果以后再有什么事情发生，这个视频也许就是可以救李浩勤的东西。

刘家强似乎也早就猜到了陆子欣不会轻易将视频交出来的，他也不再固执地索要，对陆子欣的态度也发生了变化。

"跟你解释清楚了，我心理压力也不那么大了，这视频就放你那吧，在你手里我放心。走吧，送你回家。"这一刻，那个体贴的丈夫又回来了。

陆子欣紧紧握着手机，心里百感交集。

拿到陆子欣借给自己的钱后，李浩勤第二天就将钱交给了财务。本以为事情就这样过去了，可让李浩勤没想到的是，更大的事情还在后面等着他。

回工地的路上，李浩勤还在担心这次的事情单位会给他什么处分时，刘经理的电话就打了过来。

"我马上就到了，罚款我已经交过了，放心吧。"

"财务那边已经通知我了，你不要回工地了，直接来局里，我在局里等你。"

"经理，你回来了？"

"对。"

"可我现在已经在火车上了，火车都开了。"

"平时办事没看你回去这么快，这次倒是挺麻利。赶紧在下一站下车，回来。"

"经理，到底啥事啊？你就电话里说呗，整得我都紧张了。再说我这都两天没在工地，我手上的活还没干完呢！"李浩勤确实是担心自己手里的活，但他也实在是不想回局里，他就知道一定不是什么好事。

"哪那么多废话，让你回来就赶紧回来。"

没等李浩勤再开口，刘经理已经挂断了电话。

火车飞驰在苍茫的大地上了，前方不知道是惊喜还是惊吓，无论是哪一个，李浩勤都要去面对。

火车在下一站稳稳地停了下来，李浩勤拿起背包再次折返了回去。等重新站到局门口时，已经马上到下班的时间了。

一整天的折腾让他精疲力竭，脑袋昏昏沉沉的。

李浩勤按照刘经理的指示直接去了人事部，此时人事部里坐着几个上

级领导，李浩勤虽然认识，但并不熟悉。

"进来吧。"招呼李浩勤进门的不是刘经理，而是郑局长的秘书。

整间屋子里，刘经理的官职是最低的，大家都以郑局长的秘书马首是瞻。当然，他这个角色在局里那是一人之下万人之上的。

可看到满屋子人严肃的表情后李浩勤心里就是一沉，不好的感觉瞬间涌上心头。

"领导好。"李浩勤瞬间变得乖顺，拘谨地走了进来。

"就他啊。"一个坐在中间戴个眼镜的领导指着李浩勤一脸的不满。

"对，他就是李浩勤。"在这间办公室里，刘经理只能充当一个介绍、解说人的角色，李浩勤可以看出来，他也很拘谨。

"刘经理，你的这个手下不行啊，你看看这才多长时间，都几个事了，就这样一个人，你还带在身边呢？"眼镜男似乎对李浩勤很反感，一上来就开始贬低他。

"他个人能力还是不错的，这些事有些确实都是误会，最后也都查清楚了。"

"你还为他狡辩，刘啊，你现在可是上升期，别因为一些人耽误了。"

刘经理不再说话了，只是将目光看向了局长秘书，很明显，不管是谁，想要往上走都要在局长秘书这留下好印象的。

"行了行了，说正事。"秘书终于开口了，"李浩勤，你坐下。"他指着一个临时搬来的凳子让李浩勤坐。

李浩勤偷眼瞟了一下刘经理，发现他正微微地点头。

李浩勤就算坐下也是如芒在背，坐立不安。他紧闭着嘴，不敢乱说话。

"嘉诚的项目是你负责的？"

李浩勤一愣，嘉诚，他飞快地在脑子里搜索，这是一家外包施工的公司，与局里有合作。

上次他就是回来交接这个工作的，要说这个嘉诚公司，中间还有一段故事。

之前这个项目局里本来是打算和嘉诚合作的，计划也是李浩勤当时在跑的，但由于确定要合作的公司迟迟没有交上标书，所以李浩勤只能从已经交上来的标书中做选择了。

而已经选定了中标的单位后，却出了岔子，所以后来因为李浩勤要回工地，加上项目暂停就放下了。

上次他回来办理交接的时候，中标的那家公司也因为这个项目的终止并且没有签合同而放弃了。

其实这件事已经不归李浩勤负责了，但当时确实是他经手的，所以当嘉诚公司的人找到他时，他只能接待了。

原来嘉诚公司之前遇到了些问题，领导换了一批，这次还想继续竞标，而他家也确实是实力最为雄厚，施工最有保障的，于是出于对工程的负责，李浩勤还是给了他们一个机会，将他们的标书加了进来。

当然，凭借嘉诚公司的实力，自然中了标。

可李浩勤不知道这事出了什么问题，不过既然领导提到了他们公司，那一定是跟招标有关的。

"对，是我负责的。不过后来我就不清楚了，我已经移交了。"

"这个我们知道，他之前不是没有参与竞标吗，标书怎么会在里面而且还中标了？"秘书的语气倒是挺温和的，但话里质疑的意味实在太明显了。

李浩勤不傻，一瞬间就明白了他们今天找自己来的意图了，看来自己这次又摊上事了。

"我是看到他们的标书做得不错，而且他们的人确实私下找过我，希望再次竞标，既然对局里有好处，我当然同意。不过我只是把标书放在里面了，至于中不中我就不知道了。"

"你不知道？小伙子，他们之前有意参与竞标，但中途退出，你怎么能再让他们加入呢，你以为这是在过家家吗，想来就来想走就走的？"那个眼镜男再次开口，话里满是不信和讥讽。

"领导，我不同意你的看法，我觉得竞标既然已经重新开始了，那只要有资质的公司够条件的都可以参与竞标的，毕竟咱们这也不是内投。公平公正很重要，他们既然能拿下这个标段肯定是有实力的，而且之前他们只是要参与竞标，也没和我们签署什么合同，更何况当时就算他们参与竞标了，难道就一定会胜出吗，之前那个中标的公司就能乖乖退出吗？"

李浩勤牛脾气一上来，根本不顾面前坐着的是谁，他认为什么有理就说什么，在他的世界里，只要是对的就不怕别人说。

可他没发现自己的有口无心竟然让屋子里顿时安静了下来，他是没注意，又或者他根本就没有那么敏感，刚刚他提到了之前中标的公司，这个公司似乎是这间屋子里的某些人的禁忌。

9

"你不要说别的公司竞标的事,我们现在看的是结果。结果就是这家公司中标了,但是现在我们需要调查这家公司是如何进入竞标中的?"

"调查?他们公司出了啥问题了?"

"没错,因为这家公司虽然曾经与我们局合作过,但他们后来却变更了股权,不仅如此,还调换了资质,也就是说他们拿来招标的资质已经不属于他们公司了,现在有人向我们反映了这个情况。"

李浩勤明白了,绕了这么大一个圈子,领导们就是在告诉他,嘉诚公司没有竞标的资格,但却进入了竞标的环节,到底是哪里出了问题呢?当然要从他这个源头查起了。

此时的刘经理也不说话了,在这些大领导面前,他没有说话的资格,但更重要的是他也不知道这中间到底发生了什么。

虽然他自诩是比较了解李浩勤的,但人心隔肚皮,有时候亲兄弟都无法完全相信,何况他们只是同事。

"领导今天找我来的意思是……"

"我们已经跟那边的公司解除了合同,在重新招标了,但这件事我们还是要追究的,到底他们是怎么利用原来的资质蒙混过关的,凡是过手的人都要详细地问一遍。而且我们已经查到有人在这中间收了嘉诚公司的好处了,至于到底有多少人参与了这件事,还在调查中。"

戴眼镜的领导像个发言人一样,代表着各位发言,时不时地,他还会看看秘书,似乎是在确定自己说得是否有误。

"我们当然是希望咱们自己的职工能够主动承认,这可不是什么光彩的事,局里不希望将此事再扩大,也不希望那些名单是从对方公司的嘴里说出来的。"秘书开口了,他这话意思再明白不过了。

李浩勤有口难辩,虽然自己没有证据证明自己是清白的,但好在他们也没有证据证明自己做了。

"各位领导,我听出来了,你们是怀疑我收了钱,故意安排嘉诚公司进入竞标环节的吧,我不可能做这件事,但我说了你们也不信,我也不知道要怎么解释了。"

"听说你最近给局里交了一笔罚款，数目还不小。"戴眼镜的领导又开口了，也不知道为啥，李浩勤现在一听到他的声音就觉得很刺耳。

"是，5万。"李浩勤毫不避讳。

"这钱……"眼镜男轻咳了一声，似乎有些话马上就要脱口而出，又被他生生地憋了回去，"你的生活还是比较拮据的是吧？"

"你的意思是我收钱了所以把他们安排进了竞标的队伍中了？对，我承认，是我将他们的标书夹在杂里面的，可我就是觉得他们的资质、资历都是最合适的，我怎么知道他们公司的事，而且这也不能说明我就是收钱的那个人吧，你凭啥污蔑我！"

李浩勤急了，虽然他脾气不大好，但自从上班以来，他好像很少会这样急躁了。

刚刚听到人家明显是要将这个锅扣在自己的头上，他怎么能吃这个亏。主要是他最近吃的亏也太多了，他甚至在想自己是不是吃亏体质，又或者是不是自己太好说话，每个人都想上来踩他一脚呢！

"你这个同志怎么说话呢，怎么能说我污蔑你呢，我是领导，我污蔑你干什么？请注意你的言辞！"眼镜领导自然不甘示弱，他怎么能容忍一个小小的信号工在这么多领导面前跟自己叫板，他"腾"地从沙发上站了起来，愤怒地盯着李浩勤。

"你们这是在干什么？现在是调查询问情况。你，坐下。"秘书抬头瞪了眼镜男一眼，眼神的威慑力让眼镜男不敢再多说一句。

"还有你，小李，怎么能这么跟领导说话，都说了是在调查，你就好好配合，难道单位的领导还会去冤枉自己的职工不成？"

以前这个秘书说话总是和风细雨，温和有加的，可刚刚，他虽然脸上依旧保持着微笑，但语气却明显严肃了不少，甚至还带有一丝责难的意味。

"领导，虽然我是没啥文化的大老粗，可我也不傻啊，你们这话这么明显，我咋能听不出来，我说了我没收钱，你们爱信不信，你们要是有证据就报警，我任凭警察发落，要是没证据就不能随便冤枉我怀疑我。"李浩勤豁出去了，此刻他不摆明立场，唯唯诺诺，那自己这个收受钱财的罪名即使不被坐实也会在局里甚至各个施工队都传扬开来。自己的名誉不仅会受到严重的损害，甚至连以后的工作都会受到影响。

"小李啊，这件事呢，单位是没有直接的证据证明你收受贿赂了，他们公司办事的人也已经离职了，不过这件事毕竟是你经手的，这要说没

167

有嫌疑呢，恐怕也是很难服众的。这样吧，单位给你半个月的时间，你回家好好考虑一下，接下来该怎么办。"秘书将话接过来，说了一堆，最后直接将他们的目的摆了出来。

如果没有确实的证据，局里是不会轻易对他做什么颠覆性的处置的，可他自己难道就不应该思考一下接下来的路要怎么走吗？还有他心爱的信号工程专业，为什么一个小小的信号工，会遇到这么多困难？

李浩勤有想过辞职，但即便是辞职，他也要继续从事这个行业，他也要在自己经手的这几个工程全部开通后才走。

秘书是个大忙人，总不会一直过问他的事。说着，秘书已经从沙发上站了起来，走到李浩勤身边拍了拍他的肩膀，随后走出了办公室。

这是秘书第二次做这个动作，第一次是在表彰大会上，那时李浩勤还是十分被看好的职工，而如今却形势大变，他似乎成了那个烫手的山芋，没有人愿意接近了。

"跟我来会议室。"刘经理最后一个走出办公室，在李浩勤耳边低声说了一句。

当所有人都回到工作岗位，刘经理关上门后，他面色铁青地瞪着李浩勤："到底怎么回事？"

"经理，我也不知道，我可没收钱啊，当时我真不知道他们公司出事了，之前他们那资质啥的都是最好的。"

"行了，你别说了，之前你的那些事我可以给你压下来，局里不知道，我们项目部自己就解决了，可这次不行了，这次不是你想得那么简单，你也看到了，大家生怕自己有责任，都忙着推脱，你说你咋办吧？"

看样子刘经理也是束手无策了，他嘴唇紧闭，盯着李浩勤，李浩勤根本看不出来他是否相信自己。

"经理，那你说我该咋办？"

刘经理思忖了片刻，似乎想出了答案，但却有些为难得不知道要怎么开口。

"经理，你是想要说啥，你就直说吧。"

"其实现在你这状况频出，确实在单位不好干了，而且我也真的很想知道为啥你总是出现这些问题，就光这种受贿的问题你之前就出过一次了吧？"

李浩勤没说话，但他将刘经理的话听进去了。

"我看你就按照秘书说的先休息吧，或者我可以给你开病假，多休息一段时间。"

"经理，来年哈大马上要开通了，哈齐线咱们这段也要完工了，我应该有始有终，而且我自从上班就一直想参与哈大的建设，这可是咱们东北第一条高铁，提速，技术都是最先进的，我不能不参与啊。"李浩勤说的是心里话，他心心念念地参与了哈大的建设，可临门一脚却被踢出局，他十分不甘。

"那个不着急，明年才开通，我是想你应该好好反省一下，你就没想过怎么你的事情别人都知道，隐秘的事情就不要往外说了，我之前就提醒过你，你瞧瞧最近几次，是不是都是因为你自己的原因才让事情变成这样的。行了，我看就这么决定吧，这几天你就开始休假吧，上面我会处理的。"

李浩勤哑口无言，确实，这一切虽然都不是他的错，但似乎又都是他造成的。心有不甘又能怎样，如果不按照刘经理说的做，那接下来又要有什么事情等着他呢。

李浩勤没再坚持，只是默默地点头，出了会议室。

窝在家里待了两天后，李浩勤拉开窗帘，又是一个深夜。

窗外月光银华，地面上已经铺满了落叶。两天里，李浩勤将自己困在房间里，思考着这几年来自己所经历的一切。

想着想着，他的思绪就会被刘经理的话拉回到现实。其实他也知道自己所经历的这一切必定是有人在背后捣鬼，可他却始终不相信。

现在想来，他早就应该看清楚了，每次出事，似乎都有一个人在他身边，打着朋友的幌子窥探他的一切。

没错，那个人就是刘家强！

李浩勤重重地叹气，将身体隐藏在黑夜中。

是的，他知道这一切也许都跟自己最相信的人有关，种种线索都证明了这一切。可他始终不愿相信，然而事情走到这个地步，他不得不正视这个问题了。

可是他不打算再去质问什么，之前已经做过了，没有丝毫的用处，只会让刘家强的报复更加地猛烈。

他知道这一切都源自什么，这是多年积累下的怨气，曾经他不以为意，以为所有人都可以释怀。可他错了，所以现在他能怪谁，怪只怪自己太过天真。

有些感情，即便曾经那么珍贵、那么贴心，一旦有了裂痕就再也回不

去了。

　　黑夜中，一点火光在窗前若隐若现。

　　李浩勤深深吸了一口手里的烟，烟圈像是一朵白云，在半空漂浮，随即消散。

　　正如同他此刻的心情和他那值得纪念的青春与友情，正在慢慢地消散。

　　第二天一早，李浩勤像是充满了电一样，直奔刘经理的住处。

　　此时的刘经理正准备回项目部，正好被李浩勤堵了个正着。

　　"经理，我想好了，我要办理停薪。"刚一见面，李浩勤连招呼都不打直奔主题。

　　"啥？你说你要办理停薪留职？你确定？"

　　"嗯，我确定，经理，我都想好了，停薪而已，又不是辞职，我觉得可能我也需要一段时间好好调整一下，去外面多学学新的技术，以后回来肯定能用得上。"李浩勤决心已定，似乎没什么可以阻止他的了。

　　"好，既然你自己已经做了决定了，我就不劝你了。说实在的，我现在也确实顾不上你，而你那也确实状况频出，离开一段时间也好。毕竟你是信号工，有手艺，出去学习学习锻炼锻炼也可以。"刘经理并没有像李浩勤想的那样去挽留他，反而还抱有支持的态度。

　　"那手续我这两天就交到局里。"

　　"不，手续给我，我给你拿到上面批，这样把握大一些。对了，你这段时间打算干啥？"

　　"还没想好，现在也算是有了干高铁的经验了，我想着要不就去其他局那边下属的工程队看看，或者去外包的施工队，技术这方面我对自己有信心，就是工艺可能还需要多注意。"李浩勤没想好退路，不过他想着现在离开，对领导而言是主动给他们减轻了负担。最重要的是他还把刘家强当朋友，他不希望自己的朋友因为自己犯错。

　　虽然不知道自己这么做是对是错，有用没用，但他不想让自己真正的朋友因为自己越走越远。

　　"我这有个项目，在山西，你看看有没有兴趣？你的情况我和那边提过，你技术好，那边现在正好缺一个技术，不过这条线是货运线，也不是高铁，你看看怎么样？"

　　"行啊，经理，反正我现在也没有啥事，山西那边的活据说不太好干，山比较多，我也正好去学习学习山路修铁路。"李浩勤喜出望外，可转头一想就觉出这中间有问题了。

刘经理刚才说他已经跟那边打过招呼了，难道说他是知道自己要有这个决定？

李浩勤有点不懂了，这次的山西之行，难道是刘经理给自己安排的一步棋？他说跟那边打了招呼，可他怎么就能确定自己一定会去呢？

索性也不想了，李浩勤直来直去的脾气让他不喜欢猜疑，有问题直接问。

"经理，你咋知道……"

"我咋知道你要停薪？还是我咋知道你一定会去山西？"没等李浩勤问，刘经理就主动接了他的话。

"都想知道。"李浩勤笑了，是那种感激的又有些诧异的笑。

"其实咱们项目部现在的处境可能你还不太清楚，现在可以自主招标，最近有两个项目部已经黄了，招不到标，之前干的工程款又批不下来，现在都是合作，有些不是和本单位合作，各个方面的关系都很难调剂，所以不好干。"

李浩勤认真地听着，不打断，只是点头。

"咱们项目部的和局里的其他几个项目部在招标项目上确实有些冲突，所以被针对很正常，我这边就尽量地周旋，前几天领导找你，我咋会听不出来他们啥意思。咱们单位现在某些人拉帮结伙，搞分化很严重，所以我在找你谈话前就跟秘书商量过，像你这样的技术职称不用经过书记、局长那边，咱也不够格。"说着，刘经理笑了。

"是，是。"

"但是以前郑局确实挺看好你的，秘书对你的印象也不错，所以我们就想着让你先暂停一下工作，不要因为大环境和上面的事影响了你的前途，现在你只是被罚点钱，一旦涉及党员违纪一类的事情就不好办了，所以还是想先把你保护起来。以后再重点培养。"

李浩勤听完确实挺感动，可他怎么想也不明白这种保护就是让自己离开？这也不算是真正地想要栽培自己。

也许是看出了李浩勤的疑虑，刘经理告诉他，因为他现在很危险，确实有人在盯着他，他这样会直接影响到项目部，如果他出了问题，项目部的招标也会受到影响，毕竟谁也不希望和一个有不良记录职工的项目部打交道的。

李浩勤也终于明白了，刘经理这么做事实上是为了项目部并不是为了他。

所以在刘经理的引荐下，李浩勤准备前往山西，这次的工程，他毫无压力，货运线路，技术简单，他只要注意山洞和地下作业就可以了。

没有了单位，没有了同事，独自一个人，前往一个未知的地方，那里同样可以承载他的梦想，让祖国的资源可以源源不断地输送到任何一个地方。

李浩勤这次的目的地是忻州边境，那里的货运主要是煤，所以他们施工的地方要绕过重重山峦，越过陡峭的悬崖边，进入早已废弃的煤矿底部。

忻州的煤矿周围被群山环绕，进入山中工地的唯一通道便是一条只能容得下一辆车单向行驶的盘山道。

汽车在盘山道上缓慢地行驶，道路一边是高耸的群山，而另一边则是陡峭的悬崖。

这是李浩勤见过的最险峻的公路，或者这根本就不能叫作公路。山脚下是破旧低矮的窑洞似的房屋，离远看去倒还有几分古朴。

其实忻州这个地方并不是十分贫困的，只是在某些较为偏僻的山中，总会有些因交通不便而导致经济衰败的地方，特别是铁路沿线。

坐在车里，李浩勤紧张地双拳紧握，他时不时地朝车外看看，不远处就是悬崖，让人心惊胆战。

一路上，司机都没怎么吭声，似乎所有的精力都放在了这蜿蜒、崎岖的路上了。

事实上，如果司机真的给他介绍这里，恐怕李浩勤也没有心思听，他生怕司机一个不留心，他们就会走不出这山道了。

提心吊胆一路，经过三个多小时的车程，他们终于到了一座被高山包围的小村子。

村子里的房屋多是用土砖砌成的，像是改革开放初期的样子。

就因为这里的落后，所以国家才要充分利用这里的资源开发铁路，运输物资，让这里也尽快富裕起来。

到达现场的宾馆后，李浩勤才知道这名司机其实也是信号工，因为这里的人手严重不足，所以他们都是身兼数职的。

"哥们儿，以后你也得像我一样，能干啥咱就干啥，咱们这条件你也看到了，不过技术这块倒是不难。"

"没问题，我倒觉得挺好，人际关系不复杂，大家开开心心地干活挺好，挺好。"这是李浩勤的真心话，他可不想出来干活再惹上什么事。不过既然自己不是项目部的人，应该也不会有什么人际关系上的问题了。

这里的项目经理是个挺好说话的，五十岁上下的精瘦男人。他是南方人，与李浩勤东北汉子的形象完全相反，不过人倒是很温和，也很喜欢和东北人打交道。

用项目经理的话说，东北人脾气直，不会拐弯抹角，有啥说啥，而且东北方言也是他喜欢的点之一。

"欢迎你啊小李，我和你们刘经理是朋友，经常听他提起你，这次让你过来也是因为我们这缺技术人员，所以以后你就在这好好干。"项目经理客气地给李浩勤倒了杯水，并且十分重视地让他担任总技术的职位。

总技术主要是管理信号工技术和分配信号任务的人，而且所有信号工无法解决的技术难点都要指望技术来完成，所以技术的工资也相对较高一些。

对于这样的任命，李浩勤自然不会推脱，他相信这条货运线的技术指导，对他来说完全可以胜任。

最开始，李浩勤不明白，为什么那么多好的技术不用，他们偏偏要用自己。后来看到此地的环境和工资，也就明白了。

这里的条件比外面要艰苦，工资却没有外面的多，而且这条线是隧道里的线，隧道里原先是煤矿，所以他们相当于要在煤矿里作业，污染指数那是相当的高。很多技术是不愿意来这，还有一点是每天上班下班都要从狭窄的盘山道经过，危险指数也是不言而喻的。

工地上所有的人都住在项目部施工方所安排的一座二层楼的宾馆里，这也是当地唯一一座宾馆。

这里的住宿条件虽然不怎么好，可胜在房间多，基本每个信号工都是一人一间房。而民工则是雇用的当地农民，这样不仅可以减少吃住的费用，找工头代班还能省去管理工人的麻烦。

"小李，你住这间，我就住你隔壁，有事你就说话。我得回工地了，你休息一下，明天开始正式上班。"刚刚开车的司机将李浩勤带到宾馆，并将他安排在了自己房间的隔壁，这让李浩勤十分感激，毕竟这里他不熟悉，有些时候还确实是需要一个人帮忙的。

刷门卡进入房间后，李浩勤发现，这宾馆的房间很大，可装修和陈设却十分老旧。房间里似乎是很久没人住了，一股发霉的味道隐隐传来。

打开窗，新鲜的空气迎面扑来，李浩勤深深吸了几口，这才睁开眼睛去欣赏附近的风景。

这里虽然穷，但环山的风景还是非常好的。

这里就是他接下来要工作的地方了，虽然这条线路不是客运线，但货运一样重要，而且这是条既有线，也就是说目前施工的这条线路还正在运行，所以他们只能在线路不经过车的时间段进行施工。

也就是说他们的施工时间不是他们可以控制的，要根据现行的火车运行时间去安排。

坐了两天的车，疲乏的李浩勤倒头睡去，在他睡熟后，一阵嘈杂声便透过门传进了屋里。

李浩勤迷迷糊糊地睁开眼睛，天色微微暗了，走廊里好多人说话的声音，可他却听不懂他们在说什么。

这里的工人大部分都是四川、安徽的，他们的方言让李浩勤有些头疼，因为没法沟通呀！

或者说他们平时交流都是说方言的，他根本就插不上嘴。刚刚在琢磨着以后要怎么和他们更好地沟通时，房门被敲响了。

李浩勤迅速穿衣、开门，门口站着接他的那个司机："睡觉呢？下来吃饭吧，晚上咱们等点干活，大概十点半吧，吃完饭好好休息，九点半在门口集合，统一坐车进山干活。"

又是贪黑干活的一天，对于这样的时间段，李浩勤倒是习以为常了。

让李浩勤感到欣慰的是，这些外地的同事都很好相处，虽然来自不同的地方，但他们都很热情，争着跟李浩勤打招呼。

看来领导这些信号工干活也不是难事，可随和的一群人中，往往总会有那么一两个调皮捣蛋，不好约束的。

因为是技术，所以一上岗，李浩勤就要负责所有信号工的技术问题，当然也包括分工。

但他刚刚过来，对这里的情况并不了解，只能先由队长代劳了。

吃过晚饭，大家集体回房休息，等待九点半开工，可其中一个二十三四岁的年轻小伙子却在宾馆的大厅里打游戏，根本没有要去休息的意思。

"潘伟，你不休息，半夜干活你不犯困啊？"

"没事，你赶紧去睡吧，不用管我。"

潘伟就是那个喜欢打游戏的小伙子，而劝他休息的则是队长。

队长摇了摇头，跟李浩勤并肩往楼上走。

他打算趁着这个空当给李浩勤介绍一下这里信号工的基本情况和工程的进度。

"这经常夜间作业吗?"李浩勤不熟悉这里的事,但他也知道既有线嘛,就算每天都是晚上施工也是正常的。

"对,一般是早上四点多干到上午十点半,下午休息,晚上十点半再到凌晨两点。"

"那晚上基本上就不能休息啊?"听到这个时间表,李浩勤突然觉得这活确实够熬人的,"而且凌晨两点到四点中间就两个小时,也不能休息啊。"

队长呵呵地笑了:"哎呀,你想多了,休息?你要知道我们从这里到工地开车就要一个多小时,往返至少两个半小时,休息啥啊,大家伙就是原地靠着墙眯一会儿而已。"

"那像他这样,根本休息不好,干活时候能行啊?万一设备弄错了岂不是要出大事的。"李浩勤回头看了一眼已经消失在视线里的潘伟,有些担心。

"谁说不是呢,可我们说的他也不听啊。唉,现在这缺人手,没人愿意来,所以也就这么糊弄着,平时干活的时候多盯着他点呗。"

见李浩勤有些不解,他继续解释:"他是其他信号工介绍来的,大家都是熟人,也不好太说他,而且主要还是人手问题。"

工作还没开始,李浩勤就开始头疼了。

"现在工程刚刚开始,这条线我们主要就是设备更换,隧道里主要靠的是信号机,所以上信号机的时候可能要麻烦些。"队长给李浩勤介绍着施工的进展。

"更换设备那不是每个工程都要做的嘛,咋会麻烦?"李浩勤不太理解,这是信号工程最基本的操作,何来麻烦一说?

"你不知道,更换设备没啥,可那环境,唉,晚上你去看了就知道了。"

李浩勤是真的想象不到隧道里到底是个什么环境,竟还开始有些期待了。

直到晚上九点半,所有人都集中在了宾馆门前,第一次麻烦出现了。

"人都到齐了吗?到齐了就上车,李技术,你跟我上这辆车,咱们两辆车过去。"队长张罗着,并指着停在门口的第一辆车对李浩勤说。

还没等李浩勤答应,人群里一个外地口音的人就说了句什么。

李浩勤没太听清楚,但却听到了潘伟两个字。

"怎么又是他,你去叫他。"队长脸一沉,指着刚刚说话的人一挑指。

"怎么了?"

"潘伟，没出来。"

"就刚刚坐这打游戏那个？"

"嗯。"

其余的人开始装工具，上车。

大概过了五分钟，去叫的人噘着嘴，嘟囔着回来了："队长，他睡觉呢，叫不醒。"

"这小子，真是越来越不像话了，再去给我叫。"

看着大家习以为常的样子，李浩勤暗自皱眉，凑到队长身边："他经常这样？"

"是啊，最近几天好像在游戏里还输了不少钱，我看他都钻进手机里出不来了。"

"行了，别叫了，咱们走吧。"李浩勤看了看手表，直接发话。

"不等他了？"队长诧异，他是真没想到李浩勤会这么快就进入角色了。

"不等了，等不起，他不来今天不算工，反正今天的活要到现场分配，没他还不干活了？对了队长，等回来你来我屋，商量一下他的去留问题。"

"这……"队长有些为难地看了看已经上车的几名信号工，"那等下了班再说吧。"

于是，在李浩勤第一次以技术的身份发话后，两辆车，一支队伍浩浩荡荡地穿越丛山，向大山深处的隧道行去。

"李技术，待会儿你可一定要把口罩、安全帽戴好，还有，头灯拿好，里面太黑了。你刚来，不熟悉这里的环境，就跟在我们中间就行。不过我们往里走的路可不好走，考验体力，你得做好心理准备。"队长似乎有些不放心，一路上不停地嘱咐。

"知道了，队长，放心吧，现在不是没有车经过嘛，没事，不能出啥事。"李浩勤可是专业出身，以前又当过兵，别的不敢说，身体素质那可是一流的。

可等到了隧道门口，从车上一下来，李浩勤就皱了眉。

只见车子停在了一个类似峡谷的中间，周围全是峭壁，抬头仰望，自己似乎是在一个深不可测的井底，只能看见巴掌大的一方天地。

隧道是从这些山其中一座开辟出来的一个大黑洞，大黑洞地面的中间有两条铁路延伸进洞里。

隧道口黑洞洞的，什么也看不见。

"就是这里了，李技术，带好东西，我们就进去了。对了，口罩要戴两个。"

李浩勤微微一笑，觉得队长有些小题大做了，他将一个口罩戴好后，试了试口罩的贴合度，然后示意队长不用担心，一个足够了。

跟着信号工排成一排，打开头灯，李浩勤小心翼翼地进入了隧道。

刚一进入隧道，李浩勤就后悔了，不听老人言吃亏在眼前说的就是他吧。

因为才走进隧道几百米，黑暗带给他的压迫感就让他极度不适应，最要命的是隧道里除了黑，还时不时地有风迎面吹来，这风里似乎是夹杂了煤粒，直逼面颊。

"队长，这里面是……"李浩勤双手挡着眼睛，来之前，他只知道这里是隧道，而且是已经通车的既有线，可刚刚进入隧道怎么就会出现煤渣。

"忘记跟你说了，这里原来是煤矿，运送的货物也都是煤，所以让你戴两层口罩啊。"队长说话时似乎笑了一下，大概是觉得李浩勤现在的样子很搞笑吧。

"煤矿，你说这里原来是煤矿？"李浩勤几乎不敢相信，如果说这里是煤矿，那会不会存在坍塌的风险呢？

"行了，往里走你就知道了。"

虽然看不到队长的表情，但从他眯缝起来的眼睛就可以看出来他在笑。

没错，当李浩勤再往里走时，他确实深切地知道了为什么队长会有那样的表情。他甚至觉得自己是上当受骗了，来这里还真是挑战了他的体力。

从进入隧道开始，就只有一条一米宽左右的路，路的旁边就是一条铁路，如果有火车经过，那在隧道里的人几乎是可以与火车亲密接触的。

不过因为他们是错峰施工，所以遇到火车的概率几乎为零。

但让李浩勤崩溃的是，眼前的路……

深不见底的隧道被修成了一条长长的阶梯，漆黑的隧道里，除了一排头灯在晃晃悠悠外几乎什么都看不见，让李浩勤有种去挖古墓的感觉。

这长长的阶梯上都是煤渣，人一多，就会掀起一股煤炭雨。而这朝着地下延伸的阶梯，李浩勤目测不到头。

"队长，这里有多长啊？"他跟着队伍往前走了很久，可却始终不见尽头，隧道里只这一条路，应该说没有回头路，即使现在后悔恐怕也来

不及了。

"多长？哎哟，那可长了，一共1400多级台阶。"

"多少？"李浩勤以为自己耳朵里进了煤渣，用手掏了掏耳朵，不敢置信地盯着队长。

"1400。"

李浩勤顿时就觉得腿软了，1400级台阶那是个什么概念，相当于60层楼的高度。

他们施工的地方在台阶尽头，也就是说他们每天要来回走两遍四次1400级的台阶。

这得要体力多好的人才能承受得住！每次下到底下，就算没有透支体力，那估计也没有多少力气干活了。

现在李浩勤终于知道这地方为啥招不来人，那个潘伟为啥会如此猖狂了。

"队长，你们每天就这么来回爬楼梯？"

"对啊，也没有别的办法啊，所以你看我们这的工人每次回去基本吃过饭就都回房休息了，根本没有娱乐的时间。"

李浩勤望着深不见底的黑洞，无语了。

经过一番跋涉，大家终于看到了施工地点，不过此时所有工人的脚步也都慢了许多，有些人已经开始喘粗气了。

"就是在这了。"队长拍了一下李浩勤的肩膀，便开始带着他看现场。

活不难干，李浩勤只一打眼就知道这些设备应该如何安装调试了。不过这里环境不好是其一，最重要的是他很担心这里经常有人施工，万一外面信号楼给错信号，那就要出大事了。

头一天的工作李浩勤先是熟悉了工程的进度，再解决一些工人的难题。等到他们回到地面时已经是第二天的中午了。

走出隧道后，李浩勤觉得浑身都没了力气，直到上了车，他看见倒车镜里自己脸上的口罩时，彻底蒙了。

原本雪白的口罩此时已经变成了黑灰色，他的头发、额头，但凡是裸露在外面的皮肤几乎都是一层黑灰色。

看到自己如此狼狈的样子，李浩勤忍不住笑了，可当他再看到同行的工人时，心里又有些酸涩。

这些信号工大多和自己年纪差不多，他们的经济状况都不大好，家里很需要他们的支持，所以不管现场的环境什么样，他们都要坚持干下去。

也许也会有像自己一样为了梦想坚持着的人吧，但他知道或许更多的是生活所迫。

回到宾馆，食堂已经准备好了午饭，其实这是他们今天的第一顿饭。

"跟了一宿，感觉怎么样？"队长和李浩勤并肩往食堂走，原本他们是应该先洗澡的，可他们现在实在是饿得前胸贴后背了，特别是李浩勤，他觉得自己此刻能吃下一头牛。

可当他们走进食堂时，发现潘伟已经在食堂里闷头吃了起来。

食堂现在很空，这个宾馆除了他们这伙儿施工的人，基本没有客人。像这样的大山里，又有谁会来旅游呢？

"真是太不像话了，看来我真得找他谈谈了。"队长也看到了潘伟，他瞟了一眼李浩勤，急忙说，生怕李浩勤刚来就得罪人。

"队长，我怎么觉得你对他好像特别宽容呢，咱们都是干工程的，而且常年在外，应该知道像他这样的人不招啊。"

"和你说实话吧，这里其实有四五个信号工都是他介绍来的，他人脉比较广，那些人都冲着他来，如果他走了，估计那些人碍着他的面子也就跟着走了。到时候咱这活儿还咋干？"

怪不得他这么嚣张，李浩勤微微一笑，没说话，却径直走到了潘伟的对面坐了下来。

"今天的菜不错。"李浩勤看着潘伟餐盘里的菜笑着说。

"每天都这样，你就是新来的技术？正好我这有问题没解决呢，等明天下去你给我看看。"

虽然他的年纪比李浩勤要小，可口气却很大，跟技术说话完全感觉不到任何的敬意。

"可以啊，不过你今天的工作量没完成，明天一起补回来？"李浩勤笑着，看上去像是开玩笑一样。

"今天我不要钱就是了，你也看到了，那地方，我这体力不行啊，今天不舒服，咱信号工都是按天算钱，你少算我一天工资就行了。"潘伟不屑地抬头看了李浩勤一眼，随即又低下头吃了起来，似乎根本就没把李浩勤放在眼里。

"扣不扣钱不归我管，我只负责技术这块，不过我看你介绍的那几个信号工技术都一般，这条线路是货运，工艺没啥要求，可今天接线也出了问题。虽然这地方条件艰苦了一点，但还是有人愿意来的。我之前的队里挺多信号工马上就放假了，他们正嚷着没地方去呢。"

潘伟咀嚼的动作停了下来，抬头，目光一瞬不瞬地盯着李浩勤，似乎在向他示威。

"今晚把你遇到的问题告诉我，尽快解决。"丝毫不畏惧潘伟眼神的李浩勤笑了笑，脸上竟透着一种老狐狸的精明。

"……嗯，知道了。"似乎是被李浩勤的眼神给威慑到了，潘伟就那么盯着李浩勤十几秒钟，才讪讪地点了点头，大概他从来没有想过会有一个技术这么霸气又八卦的管他开不开工的人。

去不去干活是工长负责的，而这里又有那么多他介绍来的信号工，他自然是有恃无恐，可却独独败在了这个看上去大大咧咧、普普通通的技术手上。

"我吃完了。"潘伟将盘子里的饭迅速往嘴里扒着，几口就全部塞进了嘴里，接着就丢下这一句拿起盘子快速逃离了食堂。

看着他吃瘪的样子，队长忍不住大笑起来。

"哎呀，李技术，看不出来，你这招还真管用，不过我是真不敢跟他这么说，万一他一气之下把那几个人都带走我可就完蛋啦，这地方真的不好招人的。"

队长这话听上去像是在夸李浩勤，可仔细这么一琢磨，李浩勤就明白了，他是真的担心潘伟会撂挑子，那个时候，这责任到底该谁来承担呢！

"你放心，我既然这么说了，肯定是有把握的，这个活要求信号工技能不是很高，主要是工艺不高这活就好干。"

队长不相信地看着李浩勤："咱们也都是干过高铁的人，现在国家铁路工程大量扩建，咱这信号工人那可是稀缺人才。我知道你是在单位出来的，可能对外面的行情不太知道。这给私人或者外包的项目部干活，信号工可是说了算的，因为缺人手啊，所以我们都是尽可能地满足他们的要求。"

虽然李浩勤不大清楚外面的行情，但现在高铁刚刚开始修建，技术工人确实非常紧缺。

不过他之所以能这么笃定地跟潘伟开杠，那主要是他也确实是有这一个后勤保障队伍。

单位里的信号工在放假的时候也会经常出去接活，不过他们的活都不固定，如果自己介绍他们过来，那至少会有一部分人是同意的。

他了解单位信号工的技术，都是相当有能力的，而且大家都是熟人，干起活来，沟通也比较方便。

李浩勤这招果然好用，晚上九点半，潘伟第一个来到宾馆门口，他背着自己的工具，在车前站着，等着大家一起去工地。

其实潘伟似乎也没大家所看到的那么叛逆，不服从管理，一路上，他都安安静静的，没怎么说话，也不像平时那样跋扈。

车子再次停在那个黑洞洞的隧道口，又要面临那条又长又脏的台阶，李浩勤戴好装备，却发现潘伟已经一个人率先朝里面走去了。

"他呀，平时虽然不怎么好管，但如果来了工地，还是很勤快的。"队长的目光跟着潘伟向隧道里移动，似乎还故意在李浩勤面前说了这么一句，生怕两人的关系因此而不可收拾。

李浩勤只是笑，不说话，随即也跟着往里走。

还是一望无边的台阶，除了摇摇晃晃的头灯如星星之火般摇曳，隧道里再无任何光亮。

所有人都已经下到了隧道里，在爬到一半时，突然队长的手机响了。

队长跟在李浩勤的身后，两人距离不远，事实上就连前后几人的喘气声，他们都是能听见的。

队长喘着粗气接起电话，可随后，他便对着电话大叫了起来。

"什么？喂，你们什么时候发的通知？我们根本就没收到。我们现在已经在里面了，喂，这边信号不好，喂！"电话打到一半就因隧道里没有信号而中断了。

"前面的到哪了？停停停，都停下，听我说。"放下电话，队长拿着对讲机直接叫停了走在最前面的人。

后面的人也跟着停了下来，隧道里很黑，大家都有点筋疲力竭了，此时听到队长的号令，大家开始窃窃私语起来。

"咋了？"李浩勤隐隐听见了手机里的话，但却不那么明确，"是出了啥事？"

"他们说两个小时前通知我们要晚半个小时过来，说今天有其他货运火车借道。"

"那现在退出去？"李浩勤看着已经耗费了大半体力的工人，脸上已经被煤渣染黑了。

"这么多台阶，好不容易走了这么长，现在出去，工人再下去哪还能有体力了，今天的活我看也不用干了。"队长有些拿不定主意，再看看工人们一脸的不情愿，一时间竟不知道要怎么办了。

"没事，我们快点走吧，到了施工地等着，大家都注意安全就行了。"李浩勤身后的一个信号工听着两人的对话，不耐烦地催促。

"是啊，现在再折回去，半个小时再下来，这不是累傻小子呢吗！"越来越多的工人赞同那人的话。

不过李浩勤心里却很担心，毕竟这条台阶太窄了，两个人都没法通过，火车全速从里面经过，虽然不会剐蹭到工人，但带起的煤渣石子说不定也会误伤工人，如果真出现那样的情况就会造成严重的后果。

"这样，咱们继续往前走，都快点，过了台阶就可以了。"没错，过了台阶，施工的地方稍微宽敞一点，至少不会造成人员伤害，队长决定时没再看李浩勤。

大家果然都加快了脚步，但要命的是隧道的斜度很高，大家都到底下时几乎是与地面垂直了，而且下面没有信号，如果出了什么问题，他们只能靠自己施救。

"到了到了，大家先把工具放好，往边上撤，等火车给完信号咱们再干活。"终于到了设备处，队长招呼着大家靠边，可没有人注意，潘伟却像是没听见号令一样，自顾自地开始准备装备，要继续他之前没完成的活。

隧道里实在是太黑了，大家虽然已经把电都接了起来，但由于马上要过火车，为了不影响司机的判断，所以没人敢开启灯光。大家只能凭着头灯的亮和耳朵来判断火车接近的位置。

"大家都尽量排成一排，往墙边靠。"火车即将进入隧道，队长用多年的经验判断并紧张地拦在众人面前，大声提醒着。

这些信号工也都有在隧道作业的经验，何况谁也不会用生命去开玩笑。

大家几乎是憋着气的，生怕火车飞驰而过时，带起的煤渣会被直接吸进鼻子和嘴巴里。

李浩勤眯着眼睛，四下看着，突然他的余光瞥见队伍的前面有一个亮着的头灯似乎是离地面不远的位置，大致判断头灯的主人是蹲在地上的。

"喂，你们谁蹲在地上了？快点起来。"狭窄悠长的隧道里，李浩勤的声音带着巨大的回音在黑洞里穿梭。

"好像是潘伟，他这是在干什么？"

队长对走在前面的人心中有数，他迅速扫视了一圈，突然就明白了潘伟的意图："糟了，这个臭小子想抢时间，趁着火车没来之前把他昨天没做的给做了。"

李浩勤听得一头雾水，现在没通电，周围除了头灯能照到的地方其他地方一片黑暗，他能干什么！可随后他就想到了，昨天潘伟确实跟自己提过技术上遇到了问题。线盒被他放到了轨道的另一边。

因为这几天用到的所有设备都已经运了进来了，所以现在他们脚下的设备很多。

为了和现有的设备区分开，潘伟竟将自己出现问题的设备单独拿出来放在了铁轨的另一面。

另一面没有阶梯，距离铁轨也只有不到一米的距离。那个距离，如果来车很容易会被伤到。

果然，李浩勤没猜错，就在火车的轰隆声在不远处传来时，他们担心的事情发生了。

潘伟就像是没听见已经有火车进入隧道了一样，他站起身，竟突然朝着铁轨的对面跑去。

李浩勤已经猜到了他的这波操作，几乎是下意识的，他也跟着跑了过去。

就在他们刚刚越过铁轨的一瞬间，轰鸣着的、疾驰的火车如雷电般咆哮而来。

由于空间的狭小，火车巨大的冲力使得周围地上的煤渣石子都飞了起来。

大家齐齐闭上了眼睛，而刚刚越过铁轨，与火车擦身的李浩勤和潘伟也是惊魂未定。

潘伟似乎是被吓到了，他刚刚站稳，被火车向前的冲力一带，加上空间实在太小，他脚下不稳，整个人竟要朝着火车的车身扑去。

"小心。"李浩勤眼疾手快，一把揪住了他的衣领，随即朝后一扯，潘伟被带了回来。

也就是这么一瞬间的工夫，火车过去了。

虽然隧道很黑，但好在有头灯。大家都将这惊险的一幕看了个清清楚楚。

李浩勤也是后怕，在确定眼前的庞然大物飞驰而过后，他才重重地出了一口气。

这时再转头去看早已吓傻了的潘伟时，李浩勤勃然大怒，他一巴掌拍在了潘伟的后脑勺上，随即手一回从潘伟的耳朵上拿出一样东西，竟然

183

是耳机。

原来潘伟一直都没有听到大家在说什么，他也不知道火车会在什么时候经过。

耳机里巨大的音乐声还在哇哇地响着，潘伟傻愣愣地站着。

"你小子不要命了？"李浩勤瞪着他。

"我……我……"潘伟似乎也是被吓到了，他磕磕巴巴好半天也没说出话来，只是腿一个劲儿地打战。

"行了，行了，都别看了，干活。"队长看了一眼时间，吩咐大伙儿开始作业。李浩勤也打算过去处理技术问题，可却被潘伟给叫住了。

"李技术……刚才，谢谢你。"

"没啥，不过你戴着耳机实在太危险了，根本听不到队长说的话，要是出了事那就是大事啊。"

"是……我就是想快点干完，昨天不是还有别的活没干嘛。"

看着他一脸抱歉，羞得头都抬不起来的样子，李浩勤又有点不忍心说下去了。

"行了，记住了就行。你说哪里有问题？拿过来我看。"李浩勤越过铁轨，开始处理问题。

虽说这条线路是条既有线，也不是客运线路，但货运的重要性也是不可估量的。

"进道口的信号和隧道前的分岔都要重新调试，你这个之所以出问题是调试的信号指数不对……"李浩勤看了一眼潘伟递过来的图纸，立刻就发现了问题。

经他这么一说，潘伟也瞬间明白了。

"不愧是技术，就是厉害，一句话就解决了，以后我就跟着你了。"潘伟虽然已经二十来岁了，可大多数时候还像个小孩子一样，言行举止都透露着不成熟。

李浩勤比他大不了几岁，可也许是经历得多了，现在的他身上多多少少会透露着一些中年人特有的成熟韵味。

"跟着我可以，但你得听我的，首先就是要做到按时出工。"

"行，没问题。"没想到潘伟竟爽快地答应了。

原本以为工地上唯一一个调皮捣蛋的人也开始认真工作了，工程进度不会再有所拖拉的时候，另外的问题又在几天后出现了。

而离开家的这些天，陆子欣与刘家强的关系似乎在一点点地修复。

最近，他们偶尔会在一起吃饭，像是儿时一样，大家不再提及感情的事，而是讲述着各自现在的生活。

说起他们关系的缓和，还要从陆子欣母亲的工作说起。

陆母喜欢贪小便宜，她是个售票员，因为贪图同事给的小恩小惠，故意将去往大城市的一些列车的卧铺下铺的票留了下来给同事，同事再将这些票高价卖出去。

很多人都以为陆母和同事是一伙儿的，两人卖出高价票后一起分赃，可事实上，她只是拿了同事的一些水果、日用品，偶尔也会收到几张电影票什么的。她压根就不知道同事是将这些票高价卖出去了，直到东窗事发，她才恍然大悟，追悔莫及。

虽然没有分到钱，但倒票的行为已经坐实，所以单位给了十分严重的处罚。

为了能继续留在原岗位，陆母不得已背着女儿找了刘家强。

在刘家强的帮助下，她调到了后勤部，工作不那么累了，工资一分没少。

事情过后，很多人都说陆母这次是因祸得福，享受了提前退休的清闲还拿到了正常工作的待遇。

为了这件事，陆子欣十分感激刘家强。

即便两人已经离婚了，而且因为李浩勤的事发生了矛盾，但毕竟夫妻一场，情分还是有的。

其实刘家强在离婚后已经开始后悔了，的确，他是爱陆子欣的，只是在过去的很长一段时间里，他似乎迷失了自己，迷失了本心。

他一直想找机会和陆子欣复合，但陆子欣似乎并没有此意。

这次这件事，正好是他表现的机会，这个忙，他帮得乐在其中。

陆子欣当然因为这个忙而感激刘家强，所以对他的态度也有所缓和了。但对于他对李浩勤和沈乔所做的事情，陆子欣还是很难释怀的。

和刘家强分开后，陆子欣去了李家，最近工作很忙，她已经有半个月没来看两位老人了。

站在门口好半天陆子欣才重重出了口气，随即敲响了房门。

李母生病了，精神状态十分不好。听到门口陆子欣的声音，她慢慢地从卧室走了出来。她脸色难看，整个人看上去有气无力的。

"子欣啊，来，快进屋。"也许是因为看到屋子里有了新的生气，也许是因为熟人登门，总之李母还是很高兴，拉着陆子欣的手不放。

"大娘，你这是咋了？哪儿不舒服？"

"没事，就是有点感冒，你今天来是有事儿？还是小勤在外面出啥事了？"

"不是，他没事，就是我好久没来了，今天有空过来看看你和大爷。"陆子欣急忙解释，她发觉眼前的老人似乎已经完全不能承受多一点点的刺激了。

她没了儿媳、孙子，儿子又因为被人陷害没了工作，离开了家。现在的她是草木皆兵，只要有一点风吹草动，她都会觉得是儿子出了什么事情。

看着这样一个因为失去亲人而憔悴无助的老人，陆子欣的心像是被刀扎一样的疼。

"大娘，你到底哪里不舒服？要不我们去医院看看吧。"陆子欣放下手里的水果就要拉着李母出门。

"不用，没事，丫头，来坐下，陪大娘唠会儿嗑，我没啥大毛病，这是心病，得慢慢恢复。你最近咋样啊？我听小勤说了你和家强那孩子的事了，唉，人呐，能成为夫妻那是多不容易的缘分啊。"

陆子欣默默地听着，不说话。

"不过既然你自己觉得做了正确的选择，大娘就祝福你。子欣啊，你现在都挺好？"

"大娘，你就放心吧，我现在很好，一切都过去了，现在我和家强也是朋友，毕竟认识这么多年了，不至于成为仇人的。"

听到陆子欣这么说，李母笑了。

她握着陆子欣的手，侧头仔细打量着她："丫头，你说你和小勤怎么就有缘无分呢，当年你们两个是多少人看好的，唉。"李母现在总是叹气，以前那种由内而外的喜气早已荡然无存了。

"大娘，我和浩勤一直都是好朋友。"

"那大娘问你一句话，如果说现在，我说如果，小勤回来，你俩还能不能复合了？毕竟你俩有感情基础。小勤他心里有沈乔这我知道，可毕竟沈乔已经离开了，你说这人没了我们都难过，可活着的人总得活着不是吗？我实在是不忍心也不放心看着他以后就这么一个人，他才多大啊，还不到三十，以后总是要再成家的，别人大娘真不放心，你俩打小就在一起，脾气秉性都熟悉，你俩就不能再重新在一起了吗？"

李母说这话时很诚恳，她眼中那渴望和期许让陆子欣不忍心说出拒绝的话。

可她不能骗老人，更不能违背自己的心。

"大娘，我和小勤永远都是好朋友，这一点不会改变的。但其他的，已经不可能了，过去就是过去了，经过了那么多事，我们早就成熟了，也和以前的想法不一样了。"

是的，陆子欣拒绝了，并不是因为说这话的是李母不是李浩勤，而是她要遵从自己的内心。

第一段婚姻，她为了父母，为了恩情，为了太多的责任放弃了自己真正想要的。

后来，她爱上了刘家强。

而今，她不能再选错了，不能再违背自己的心了。她要正视自己想要的一切，即便她知道她和刘家强已经不可能，但那并不代表她的爱也会消散。

听到陆子欣直截了当地拒绝，李母难掩失望之色。

不过她似乎也料想到了这个结果，很快便重新挤出了笑容："行啊，你们年轻人的事我不管了，但以后你要常来家里，陪大娘说说话，小勤不在家，大娘实在闷得慌。"

陆子欣很清楚李母嘴上说不管他们的事，可心里还是在打这个算盘。但她实在不忍心断了老人这唯一的一点希望，只能含笑着点头。

可在陆子欣的心里，虽然已经和刘家强离了婚，但她始终是刘家的媳妇儿，这是一个传统思想女性很难改变的观念，她不知道这算不算封建思想，她更没意识到这或许只是她对感情的执着。

被佳人心心念念却无法眷属之人的刘家强每天都在推杯换盏、人情世故中穿梭，早就将当初的理想抛在了脑后。

可是人一旦得意忘形，失了本心就很容易沦落，迷失自我，甚至犯下不自知的错误。

刘家强就在这条路上越走越远，完全回不了头了。

然而他却浑然不知，直到上级领导找到了他，他这才发觉自己似乎已经很久没有用心地工作过了。

10

又是一年新春将至,各个单位都为了迎接新年和年底的工作总结忙得不可开交。

设计院更是如此,他们每位工作人员除了手里的工作外,还要进行述职报告。

而成为副总工的刘家强可算是该单位年轻有为的一员,工作自然也是比别人要多。他现在除了参与设计和独立完成图纸外,还要经常出差。

有些时候,人一旦忙起来就会忽略比较难做的事情,比如踏踏实实坐下来设计图纸的工作。

他现在已经有了下属,一个刚刚毕业的年轻人是他最为器重的,当然这个叫秦言的年轻人也是唯一一个没有背景,不能对他构成威胁的人。

所以现在很多事情他都会交给秦言去做,而且他了解过这个大学毕业生,知道他的成绩非常不错,一些简单的事情做起来也容易,他便更加放心了。

可就是这样一个让他放心的人,却还是出了错。

又是陪着甲方吃喝玩乐的一晚过后,刘家强头昏脑涨地从床上惊醒,电话铃疯了一样不停地吵着,他摇了摇发昏的脑袋,开始在枕头底下、被子里和地上翻找了起来。

"谁啊?"在床头柜和床的夹缝中找到手机的刘家强已经差不多醒了,他不耐烦地按下接听键,电话是单位的,但并不知道是谁打来的。

其实刘家强之所以会在已经上班的时间还在熟睡是因为昨晚那个甲方终于在合同上签了字。

现在设计院也可以自主规划工程,他们可以对接外面的工程,也就是说替外面承包铁路的单位画图。

当然这些单位也都是从终端招标下来的,所以正规是毋庸置疑的。

"赶紧过来。"电话那端传来总工气愤的声音,只有四个字,随即电话"啪"地被挂断了。

总工这个人刘家强还是有所了解的,他之所以能做到这个位子当然少不了总工的帮忙,所以他可以听出来现在总工很生气。

而能让他生气的大概率是工作出了问题，思及此处，刘家强一刻也不敢耽误，急忙洗漱，穿好衣服，临出门还不忘将昨晚签的大合同拿着。

总工办公室的门紧闭着，刘家强左右看了看，气氛很平静，同事们像是没事发生一样各自忙着。

这倒让刘家强悬着的心放下来不少，应该不是什么大事，否则单位一定会炸锅的。

整理了一下衣服，刘家强推门走进，可门刚刚关上，他人才一转头面向总工时，一个文件夹就朝他扔了过来。

一时躲闪不及，刘家强被文件夹击中，塑料材质的文件夹边角毫不客气地划在他的胳膊上，一阵刺痛，他白皙的皮肤立刻出现了一道红色的划痕。

"这是干啥？"虽然是下属，可刘家强好歹也是个领导，而且他还从来没有受过这样的气，心里的火"腾"地就起来了。

可他知道自己不能发火，第一，不知道总工为什么生气；第二，毕竟自己在总工面前官矮一级，所以他只是小心地问了一句。

"咋了，你自己看！"

总工瞪着他，气呼呼地坐了下去。

刘家强也不说话，只是躬身捡起文件夹，打开，里面是一份数据报表，似乎是某个工程图纸绘制前的分析结果。

他看着报告名称的公司有点熟悉，自己应该是知道，但一时又想不起来了："这……有啥问题？"

"有啥问题？"总工严肃的目光突然变得奇怪，似乎在思索什么事，"这不是你做的？"

刘家强瞬间明白了，这应该是他的工作，不过他将自己的工作分配给了秦言，所以自己没什么印象。

可眼下自己已经暴露了，再掩饰也没什么必要了，他思忖片刻，只能点头："是我们部门的。"

"哼，你们部门？这是交给你的工作，看来外面传的是真的，你把自己的工作分给新来的大学生，那大学生天天加班，这事在院里都传遍了，你不知道？"

刘家强继续沉默，他无法辩驳。

"刘家强啊刘家强，平时看你小子挺精明的，怎么能干这么愚蠢的事。你就不知道这个项目的重要性，而且现在是年底，各个地方查得都紧，

"你倒是说说你这一天天都在忙啥？你是副总工，设计图纸、分析数据是你分内的事你不做，反而成天吃吃喝喝，我看你这刚升上来的位置是坐腻了吧？"

"不是，总工，我最近确实太忙了，就想着这项目也不是什么难点要点，就交给小秦做了。"说着，刘家强再次打开文件夹，搜寻着里面出现的问题。

看了一会儿，他就发现确实有些数据直观看上去就有问题，不禁怒火中烧。

"再说，你交给他做，做完了都不检查看看就提交？现在被甲方发现了严重的问题，这对我们设计院造成了非常不好的影响！"

事情上升到了单位整体荣誉，那可就不好办了。

"我这就重新做。"

"不用了，等你做，黄花菜都凉了，我已经找人在做了。你倒是跟我说说，你都在忙些啥？"看着刘家强诚惶诚恐的样子，总工的气也消了一些，毕竟两人也是半斤八两，刘家强的升职没有他从中斡旋也不会这么顺利，拿了好处，总不好太过为难人家。

"说话啊，都在忙啥？"见刘家强始终不说话，总工不耐烦地又问了一遍。

刘家强没办法只能将昨晚签订的合同递了上去："这个，这是个大项目，昨晚搞定的。"

总工抬起眼皮看了看他，又将目光移回到合同上，可看着看着，脸色再次阴沉了下去。

"怪不得，刘家强，你这刚升上副总工才多长时间，现在就想着我这个位子了？"

刘家强心里一惊，像是被人窥探到了心里的秘密一样，眼睛立刻移到了别的地方："我才上来没几天，咋也不可能想您的位子，何况您什么资历，我什么资历，您的工作经验，接受的项目那都是我望尘莫及的。"

总工抬起眼皮看了他一眼，没说话。

"总工，我就是想着给咱部门多拉点项目，项目多了咱们受到认可的机会也就大了。"

似乎是想要证明自己的做法没有争功的意思，刘家强试图继续解释。

可总工毕竟是总工，能坐到这个位置上可不仅仅是因为专业能力强。

"行了，我看的人可比你多得多了，你心里怎么想我能不知道吗？不过我要告诉你,想要坐到总工那不是一朝一夕、耍点小聪明的事。要脚踏实地,有一定的项目数量才能往上再走,所以你啊,还是要把重心放在工作上。"

刘家强当然知道这个道理,可要想升到总工就要老老实实地论资排辈,等排到他了,估计也快退休了。

所以野心让他有了一种可怕的想法,可那种想法只在他脑子里一闪而过,现在早就没有了。

他想过让总工离职,可这个想法没办法达到。而且凭他现在的能力和资历,即便总工下来了,也轮不到他顶替,自会有其他副总工顶上。

所以刘家强果断放弃了这个想法,毕竟自己的升迁还是托了总工的关系,有这么个大靠山他自然乐得多靠几年。

"总工,我明白您说的,您放心,我一定好好干,这个项目您看看咱们怎么分配人手,省里的工程也好做,公路铁路不分家嘛。"刘家强讨好的意味如此重,总工当然能看出来,刘家强这是把自己的业绩给他了。

"行了,这个我抽空看,你赶紧把你的事情拿回来自己做,如果再发现一次类似的情况加上有人举报,我也保不住你,你要知道你的位置可是有很多人盯着呢。"

自己辛辛苦苦谈下来的项目,就这么拱手送人了,刘家强一肚子气没地方撒。

不过他实在太聪明了,即使是不高兴,在单位里也依旧是一副温和谦恭的态度,让人完全看不出他的内心想法。

虽然这次没有闹出什么不可收拾的大事,但刘家强在金钱上的野心却没有收敛,他不再执着于权势,而是开始往财政上下功夫,这也预示着他的未来正在走向一个极度危险的边缘。

反观好友李浩勤,却始终保持着初心,即便在环境恶劣、险象环生的山沟里,他也依旧做着自己最喜爱的工作。

"明天就开通了,紧张不?"队长和李浩勤站在隧道里,看着悠长昏暗的铁轨,几个月的坚守与建设让他们心里都生出了不少的自豪之感。

这时已经是凌晨的两点多了,工程在上周已经完工了,工人也陆陆续续地撤退了。只留下了队长、李浩勤和两名信号工负责收尾工作。

"那有什么紧张的,我们李技术干了那么多活,高铁都干了好几个了,这么一个普铁还是货运,算啥难事。"潘伟凑上来,不屑地看了一眼已经准备投入使用的新设备后又看了看李浩勤,似乎觉得这个马屁拍得非

常好。

"得了吧,少奉承我,明天晚上两点,你别给我出啥幺蛾子就行了。"李浩勤似是开玩笑一样,白了潘伟一眼。

现在两人的关系很好,自从李浩勤救了他之后,他简直将李浩勤当成了自己的老大,而且他确实对李浩勤的技术佩服得不得了。

这倒也不是说李浩勤的技术能超过多少老信号工,但凭他这个年纪,能有现在的成绩已经非常不错了。

可让李浩勤没想到的是,临到开通时,潘伟还是出了状况。

第二天的晚上九点多,所有工作人员,项目部的领导、工作人员,负责该项目的各个部门都到了现场。

不管什么线路,开通是一条线路上最重要的验收环节,这不仅可以反映出工程的质量问题,还可以确定该线路是否具备通车的资格。

所以一般一条线路的初始建设到最终完工都需要经过重重部门的配合,开通时候各个部门也都会到现场观看检查,有问题及时处理,才能避免耽误运行的时间。

隧道外停了大大小小十几辆车,对于这个群山环绕、公路只能单行车辆通过的地方,这种场面算得上壮观了。

单位的大领导在项目部的陪同下检查着项目的完成度,李浩勤和队长已经将所有要运行的设备都检查完毕后便站在隧道外的一处不显眼的地方,等着时间一点点地逼近。

"真没想到这么一个货运线,领导还挺重视的。我听说这个领导之前在你们局干过。"队长用肩膀拱了拱李浩勤,目光看向刚刚从他们身边经过的一个电务局的老总。

"我们局?"李浩勤有点诧异,他可从来没听说过哪位领导被调职到别的省跨局工作的。

"对啊,你们局不是已经归了北京管了嘛,这领导好像就是从那边调过来的,说不定他和你们那的领导都认识呢!"

李浩勤仔细回想着,像这样的新闻自己居然一点风声都没听到,还真是奇了怪了。

不过他不知道的是,这位领导是早在他进入单位前调走的,而且这也不算什么大新闻,自然不会有人时常提起。

也许就连李浩勤自己也不知道他的贵人就此出现了。

"李技术,你看见潘伟了吗?这小子刚才不是还在这嘛,怎么一转眼就不见了？"队长回身时发现刚刚还兴高采烈拍马屁的潘伟不见了，开始有点担心了，这个家伙最会闯祸，可不能让他在这种场合出什么事情。

李浩勤倒是没在意，毕竟开通现场人很多，大家都在忙着各自负责的部分，可能他也去了自己负责的设备处了。

可当李浩勤和队长再次确认设备和线路没有问题时，这才发现潘伟并不在现场。

"各个部门开始准备，半个小时后我们将进行正式的试验开通。"现场已经开始做最后的准备了，所有刚刚还在到处行走的工作人员都回到了各自的岗位上，可李浩勤却始终没见潘伟的出现。

"喂，你在干啥呢？"

突然，一个负责线路信号的工作人员大声地叫了起来。

随后，更多的人朝着他声音的方向跑去。

李浩勤和队长自然也听到了声音，一种不好的预感瞬间涌上李浩勤的心头。当他跑到众人围观的地方时，这才发现自己的担心果然没错。

真的是潘伟又在出幺蛾子了，只见他满头大汗，手不停地哆嗦，似乎是在找什么。

"你干啥呢？"李浩勤当时就急了，马上就要试验开通了，可他却挡住了其他工作人员的工作。

"李哥，坏了，出事了。"

只这几个字，李浩勤的心里就是一沉。潘伟虽然不是什么技术过硬的技术，但他也是干了几年的信号工了，他要说坏事了，那八成是真的有问题了。

"咋了？"

"这边信号没反应，估计是信号楼出了问题了。"

这下问题大了，隧道离信号楼还有段距离，按理说，大家应该是在信号楼试验开通的，但领导却突然说要去隧道看看工人们的工作环境，因为只要试验开通成功，领导在哪里都不是问题。

而之所以此时现场这么多人，完全是因为领导走到哪，人后总会有一群人跟着的缘故。

"信号楼那边不是有高技术在吗，昨天不是已经确认过了吗？"队长也慌了，领导就在旁边站着，如果这个时候出了问题，那开通试验必定失败或者根本无法进行。

要知道准备开通是耗时耗力的，光人员和资金就要投入很多，大家都

在紧张地看着潘伟，他则急得快哭了，将求救的目光投向了李浩勤。

"出了什么事？"局里的领导看到这边围了人，也走了过来。

"可能是中间出了点小问题，我们现在正在处理。"

这个从北京调来的领导正是曾在李浩勤单位任职的那位，他沉着脸，似乎对这个解释并不满意。

"领导，信号楼那边出了点问题，初步判断是线路的问题，所以设备灯不正常，但是问题不大。我就可以解决，大家只要按照原来的进度继续就可以，我马上解决。"

李浩勤虽然不知道这中间出了什么问题，但整个工程他基本是不错眼地跟下来的，所以他心里有数，不会是太大的错误。现在只是时间问题，能不能在半个小时内解决。

来不及多想，李浩勤开车直奔山下的信号楼。

"他是……"

看着李浩勤利落的行动，领导这才满意地点了点头，同时对项目部和队长等人的事到临头慌乱的表现表示失望。

"他是这的技术，不过不是正式员工。"项目经理急忙回答，但看到领导表情没什么变化，他就开始揣测是不是自己哪句话说得不对了。

于是又试着加了一句："他是您以前那个局的，东北那边的。"

果然，这句话引起了领导的注意，领导感兴趣地瞥了一眼李浩勤离开的方向："既然有单位怎么跑这来了，我记着这个项目不是和那边合作的。"

"是，不过他现在好像是停薪的状态，具体因为什么我们也不清楚，不过这人技术不错，他过来还是那边的项目经理推荐的。"

这话更加深了李浩勤的神秘色彩，让领导对他有了想要探究的心理。

"叫什么？"

"李浩勤。"

"李浩勤，嗯。好，你们继续。"

而驱车下山的李浩勤此时应该算是这个工程所有人员里最紧张的一位了，他将车开得飞快，几次在弯道时差点侧滑。

当赶到信号楼时，发现果然是机柜的线接错了，信号无法传输。而留守在信号楼的技术也在全力地改错，检查其他的线路。

因为潘伟事先已经判断出了问题的所在，所以李浩勤很快就找到了出错的地方，几人合力这才在开通前将接错的线全部归位。

其实这种事在施工现场时有发生，只不过一般都会在开通试验前几天就发现，不会影响到开通。

可这次不仅是时间的问题，还包括领导亲视，如果出了问题，整个项目部都会受到责难和影响。

"还行，就这几排不对，其他都没问题，也幸好咱们这儿人留得多，不然今天的开通就彻底泡汤了。"高技术如释重负地感叹，而李浩勤则没时间跟他在这儿一起感叹，他还要赶回到现场。

以前一般都是在信号楼完成开通，可毕竟领导在现场，他也必须要到场。

开通过后，李浩勤在这边的工作算是告一段落了。原本想着离家也有几个月了，回去看看父母，可这个念头刚出，就有其他的工程找到了他，高铁项目。

对方是他没合作过的项目部，对方称是杨总推荐的，这倒让李浩勤有点纳闷了。

杨总，他从来就不认识一个姓杨的老总。

后来在聊天中，李浩勤才知道，之前隧道试验那天去的老总就姓杨，也是他推荐自己去他管辖的另一个项目的。

原本李浩勤以为在之后的两年中，他都会以这样的形式来维持他的事业，实现他的理想。可这一切却在两个月后发生了变化。

时间过得飞快，转眼一年又到了尾声，每个人似乎都还像往年一样过着平静又重复的生活。

而远在冰城老家的刘家强在这一年里经历了升职、离婚这样的大事。

就在年底，工作最繁忙的当口，他却因为最近的几个项目累病了。

事实上，在上次和总工谈完话后，刘家强便自省过，也知道自己目前的任务就是成绩，如果哪个项目设计可以让他拿个奖项，那他在院里的地位将会一日千里。

所以在后来的很长一段时间里，他便埋头工作，开始继续熬夜设计起了图纸。

长时间的一个人生活，加上熬夜，让他的身体出现了危险的信号。

中午午休时，刘家强去餐厅吃饭，却在打饭时晕倒了。

虽然单位有些人知道他已经离婚了，但一旦出了事情，大家似乎第一个想到的还是陆子欣。

于是陆子欣在刚刚下了火车打算回宿舍休息时就接到了刘家强单位的

电话，匆忙赶往了医院。

隔着病房的门看到刘家强时，他人已经醒了，不过因为疲惫刘家强的脸色苍白，看上去没什么力气。

"嫂子来了，刘哥醒了，大夫说就是疲劳过度，让好好休息几天。单位那边已经给了一周的病假，回家好好休息吧，他手里的活我来做，我都已经安排好了，领导也已经交代过了。"送刘家强来的是他手下新分来的大学生秦言，他并不知道陆子欣与刘家强现在的关系，只以为他们还是两口子。

"好，谢谢你，我之前没见过你，你是？"

在自己的婚礼上，陆子欣几乎见过刘家强所有的同事，对这个秦言没有任何印象。

所以听到他叫嫂子，确实有些好奇。

"我是刘哥手下的，新分来的大学生。"

陆子欣恍然地点头，心里却还是有些纳闷："你们单位最近很忙吗？他怎么累成这样？以前他工作忙也没见他这样过。"

"我也不太清楚，不过刘哥最近好像签了好几个项目，我是真佩服他，他一个做设计的，居然能干业务的活，还能干得这么好，他的业绩现在都快赶上总工了，我看总工的位置早晚是刘哥的。而且我觉得在我们设计院就需要像刘哥这样的人，多个科室的工作都能胜任，特别是现在我们都是自负盈亏的时候。"

听到这话，陆子欣明白了他为什么会这么拼命了，看来他的野心绝不仅仅如此。

病房内，刘家强正盯着窗外的天儿发呆，听见门响才将目光移回来。

"医生说你没事了，走吧，咱们回家，这里毕竟没有家里安静，回家好好休息，我请了假，在家照顾你。"陆子欣一进门就开始给刘家强拿衣服。

刘家强微微一愣，她来看他，已经让他有些感动了，他实在没想到陆子欣会主动提出照顾他。

回到家后，刘家强感觉自己已经好了一大半了，这完全归功于陆子欣。

因为看着陆子欣在这个熟悉的家里忙前忙后，他竟有种回到了两人刚刚结婚时的感觉。

而陆子欣呢，她虽然对刘家强还有感觉，但再次回到这个家，却始终很不舒服。

"子欣，今晚留下来吃饭吧，我做给你吃。"

"你？"陆子欣诧异地看着他，以前虽然他也对自己很好，但却从没做过饭，他根本就不会做饭。

"嗯，你离开的这段时间，我都是自己做饭的，你尝尝我的手艺。"

陆子欣想了想，自己是来照顾他的，看他现在的样子应该没两天就会痊愈，既然他提出了，无论自己是出于之前他对母亲的帮助还是以前的情分，总是不能拒绝的，于是便答应留下来吃饭。

可让陆子欣没想到的是，就是这顿饭，却让她想要早点离开的念头彻底打消了。

"这鱼是我昨天买的，虽然有点不新鲜了，但还是吃了吧，不然浪费了。"刘家强从冰箱保鲜层拿出一条鱼，陆子欣真的很难相信他家的冰箱里居然会有一条鱼。

其实刘家强不会做，这鱼也是同事送的，但为了在陆子欣面前表现，他硬着头皮起锅烧油，并且假装自己很行的样子将陆子欣推出了厨房。

厨房门紧紧地关着，里面抽油烟机"嗡嗡"地响着。看着刘家强穿着围裙的样子，陆子欣着实觉得好笑，那笑中似乎还带了一点点幸福。

突然，刘家强放在茶几上的手机响了，是条没有名字的信息。

陆子欣拿起手机想要给厨房的刘家强，可低头看到屏幕上闪过的几个字时，她的脚停住了。

"李浩勤的事已经办妥了，他们单位维护，我们也没办法，你如果不能……"信息字母只滚动了一半，另一半要打开收件箱才能看到。

这条信息涉及了李浩勤，陆子欣敏锐地察觉到了不对劲。

本身刘家强和李浩勤已经没有了什么联系，工作更是毫不相关了，现在收到这样的短信，很明显是和之前的事有关。

到底是哪件事，浩勤出了哪件事能和他有牵扯？还有……已经办妥了是什么意思？单位维护，这也说明了他们在做一件对李浩勤不利的事。

一想到沈乔的事和之前刘家强陷害李浩勤的事，陆子欣就脊背发凉，不由得汗毛倒立。

她小心翼翼地退回到沙发旁，将手机轻轻放回到桌子上，接着若无其事地打开了厨房的门。

"怎么样，要帮忙吗？"

"不用，我……哎哟，快出去，油溅出来了。"刘家强回头的工夫，锅

里的油已经成功越过鱼身飞溅到了地面，四处开花了。

陆子欣吐了吐舌头，急忙缩回了头，那气氛很像是甜蜜的小两口。

大概半个小时后，刘家强才从厨房出来。

"子欣，来……"他手里端着一盘看上去色香味俱全，实际却有点难以下咽的鱼，刚要叫陆子欣吃饭，发现陆子欣已经在沙发上睡着了。

看着陆子欣睡得很熟，刘家强取过一条毯子盖在了她身上，自己则坐在对面静静地看着眼前的女人。

这个曾经让他魂牵梦萦又爱又恨的女人，如今他要怎么处理他们之间的关系，刘家强有点纠结。

叹了口气，拿起手机，刘家强这才看到手里的未读信息。

他抬眼看了一眼陆子欣，确定她睡得很熟后才打开信息。

可在看到信息后，他的脸瞬间阴沉了下来。随后，他便走进卧室，拨通了那个发送信息的手机号。

而紧闭双眼熟睡的陆子欣则悄悄地睁开了眼睛，她蹑手蹑脚地靠近卧室，将耳朵贴在门上，仔细地听着里面的对话。

"你现在这是在威胁我？我警告你，你没有任何证据，这些事可都是你做的，你说你和李浩勤没关系会有人相信吗？你们之间可是有着直接的利益关系，所以我劝你最好不要自寻死路。"

屋里的声音戛然而止，陆子欣还没来得及回到沙发，卧室的门就从里面打开了。

卧室的门突然打开，此时的陆子欣正像是要敲门的样子，手抬在半空，做出了一副惊讶的样子。

"你在这干嘛？"刘家强眉头紧锁，看见陆子欣在门口时，瞬间起了警惕之心，随即紧紧盯住陆子欣的表情，似乎在试探、确定。

"我刚才睡着了，一睁眼睛你没在，所以过来看看你，你没事吧？又不舒服了吗？"陆子欣十分真诚地看着他，那真诚让刘家强都没法怀疑她。

"没事，走，吃饭去吧。"刘家强将手机塞进裤兜里，推着陆子欣往饭厅走。

这晚，陆子欣留了下来。

其实刘家强只是疲劳过度，并没什么大问题。单位虽然给他放了假，但不知道为什么，他却似乎不想离开工作岗位。

两人吃过饭，刘家强竟要再次回单位加班，借口说东西忘在了单位，顺便把手里还剩下一小部分的图纸数据做完。

陆子欣不知道发生了什么事，总之当晚，刘家强没回家。

直到第二天中午，陆子欣找到了那个秦言，才知道刘家强出事了，他被带到了公安局。

单位的领导也在积极处理此事，陆子欣不知道究竟发生了什么，但她猜刘家强一定做了超出底线的事了。

等陆子欣再次看到刘家强时，已经是第二天了。

公安局大门口，刘家强满脸胡楂，颓然地走了出来。

"家强，你可算出来了，到底发生什么事了？"陆子欣上前，搀住刘家强，担心地不停打量着。

"别问了。"

陆子欣还想说什么，可刘家强却甩开她的手，直奔自己的车走去。

陆子欣不再多问，跟着上了车。

"跟着我干什么，你回去吧。"

"我不放心，这两天我来照顾你，你才从医院出来又进公安局，身体受不了。"

刘家强揉了揉眼睛，似乎的确很不舒服，便也不再反驳，开车回了家。

此时的陆子欣似乎很贴心，不问不说也不做什么，只是安静地陪着他。

直到他睡着了，陆子欣才去厨房熬了一锅粥。

大概半个小时后，陆子欣走进卧室，将刘家强的衣服和裤子都拿了出来。

她迅速打开刘家强的手机，翻看收件箱和邮箱。

昨天那个号码果然是在刘家强常联系人的通讯录里，可却没有名字，而短信也有很多条。

"事情已经办妥了，标书放进去了。"

"他没怀疑。"

"以前就是我们对接的。"

……

再看时间，的确就是李浩勤出事的那段。

可是陆子欣不知道刘家强是怎么接触到这个公司的，又是用什么来换取与他们的这种肮脏的交易筹码的。

陆子欣将所有能找到的信息和电话通话记录全部拍照作为证据，随后才将手机放到沙发桌上，然后将刘家强的衣服丢进了洗衣机。

"你在干嘛？"陆子欣看着洗衣机发呆，突然刘家强的声音从背后响了起来。

陆子欣一惊，身体微微抖了一下，随即调整好表情，转头："把你换下来的衣服洗一洗，洗好我就回去了，你好好休息，明天我再来。"

刘家强侧头看见沙发桌上的手机，沉默了两秒后才开口："不用过来了，这几天我想自己待着。"

离开后的陆子欣去找了秦言，在他那里，她知道了刘家强的事。

"是他利用自己手里的职权违规操作，私自跟没有资质的甲方签了合同。"

"私自？你的意思是他……收了甲方的钱？"陆子欣立刻就明白了这中间的问题。

见秦言点头，陆子欣秀眉紧蹙了起来。

"还有……透露了竞标的单位和图纸细节！"

陆子欣心里一沉，这可是职业道德的问题，而且也是违法的。

她实在想不明白刘家强为什么要这么做，如果说这一切都是利益驱使的，他又不缺钱，为什么要这么做？

愣怔了好半天，陆子欣都没回过神来。

"嫂子？"

"啊！按你说的，他出了这么大的事，怎么就放他出来了？"陆子欣知道这已经可以立案了，警方不可能将他放出来的。

"是保释的，你不知道？好像是刘老先生保释的。"秦言嘴里的刘老先生就是刘家强的父亲。

"哦，我还没来得及问。小秦，你是什么时候去的设计院？"

"我？"

陆子欣话锋突变，秦言一时没反应过来。

"我是今年来的。"

"那你知道嘉诚电务公司吗？"

"不知道，没听过。这个公司有什么问题吗？"

陆子欣笑着摇头："小秦，我想拜托你一件事。"

"嫂子太客气了，我都说了，不管以后咋样，刘哥毕竟做过我领导，也一直很器重我，有啥事你就说吧。"

"你帮我查一下,你们单位和这个嘉诚公司有没有过业务往来。"

"这个……不太好查吧。"

"只查刘家强的就行,看他去年和今年有没有和嘉诚电务公司有过业务上的往来。"

"要是只这两年的,那倒是好查,不过嫂子,这事,你可以直接问领导。"

"他现在出了这事,我也不想去烦他。我是想帮他,所以,请你……"

看着陆子欣诚恳的表情,初出社会的秦言对陆子欣产生了一种怜悯,觉得眼前这个女人实在可怜,丈夫马上就要面临牢狱之灾了,他能帮还是要帮一把的。

"没问题,嫂子,包在我身上。"秦言痛快地答应了,而陆子欣陷入了无尽的焦虑中。

在等待秦言的电话时,陆子欣还特意给李浩勤打去了电话,不过现在李浩勤的状态比她想的要好很多。

"子欣,最近咋样?"

"我……还可以,你呢?听大娘说你在那边很受器重。"

"就是一个打工的,和在单位不一样,没啥器重不器重的。你这个时间给我打电话,是有啥事?"

此时正是下午两点多,工作的时间。

如果不是有什么重要的事情,陆子欣是不会来打扰他的,李浩勤开始有点担心了。

"没事,就是我想问问你还想不想回单位了。"

李浩勤微微一愣:"啥?"他有点怀疑自己听到的话,如果平时聊天陆子欣这么问倒也没什么,可她怎么会特意打电话问这件事,"回单位,咋,我想回,你还有啥好办法?"

虽然是嬉笑的口气,可李浩勤还是有点紧张,他不知道家里或者陆子欣到底发生了什么。

"没有,就是突然想到我们以前的日子了,想起你小时候一直嚷着要成为铁路工人,要修铁路。梦想好不容易实现了,现在却……"

听到这,李浩勤才重重地松了口气。看来是自己想多了,也许陆子欣只是想到了从前才突然变成感性的动物,给自己打电话的。

"现在咋了?现在不也挺好嘛,不也是一样在修铁路,工作性质都一样,就是换了个地方而已。"

"那你就不觉得冤枉吗？毕竟你这在单位出来也不是心甘情愿的，是被逼无奈。如果有机会还是回去的好吧？"

陆子欣试探的口气李浩勤自然能听得出来，不过既然没有什么事情，只是老友间的谈心，李浩勤索性就开诚布公地说。

"没错，当然是回去的好。你知道我一直想参与咱们祖国的第一条高寒高铁，现在虽然参与建设了，可却没能看到开通，有些遗憾。我想做事有始有终，不过不能也没办法。人生嘛，总有遗憾，有遗憾的人生才是完美的，没有遗憾就没有缺憾美了不是吗？"

陆子欣淡淡地"嗯"了一声，似乎不想再聊下去了，电话这边，李浩勤的同事也在催了。

放下电话，陆子欣重重地呼出一口气，似乎是做了什么决定一样，整个人也轻松了不少。

这几天她没有见到刘家强，因为他已经被再次传唤了，而且这次没再出来。

就在陆子欣犹豫着要不要去看看刘家强时，秦言的电话终于打来了。

电话里秦言很简短肯定地告诉陆子欣，不仅刘家强，就连整个设计院都没有与一个叫嘉诚电务公司的公司合作过。

至此，陆子欣彻底明白了。

她看了看时间，直接打车去了刘家强的家。

家里的钥匙她还留着，现在那里已经没人了。

再次进入曾经那个温馨的小家时，陆子欣心情复杂。

她觉得自己像是被架在火上烤一样煎熬，一面是正义，出于对朋友的情谊和保护。另一面是她爱的人，想要救赎又不想让他受到任何的苦难。

最后，在矛盾与煎熬中，她还是选择了前者。

房间挂着窗帘，下午的阳光透过窗帘照进屋子里，似有种隐秘的昏暗。

她将包放在沙发上，径直走进书房。

这间书房原本是刘家父母的卧房，他们搬走后，就被刘家强改成了书房。

陆子欣也从来没有想过逾越那个人的隐私去窥探什么，她也不想相信什么。

可现在，她必须要走进去！

让陆子欣没想到的是，书房的门是开着的，不知道是刘家强走时匆忙没来得及锁还是刘家人或者警察来过。

走进书房，里面有点乱，完全不像有洁癖的刘家强所待过的地方。

书房里装修得倒是很简单，进门的左手边是一排从上至下的书柜，书柜里摆着各种类的书籍，其中与建筑、铁路设计、维修等相关的书籍占大多数。

而靠门的右边则是一个一米左右高的架子，架子上放着几个纸箱子，最上面的两个纸箱盖子被打开了，像是被翻动过一样。

书房的正中间是一个办公桌，桌上只有一台电脑。

陆子欣最先的目标是右手边架子上的纸箱，她想如果有些什么线索，合同、凭据一类的，一定是放在这里面的。于是便挨个箱子仔细地翻找了起来。

可结果让她失望了，箱子里确实都是些合同一类的文件，但却没有她要找的东西。

于是她又将目光对准了办公桌上的电脑，电脑没有密码，很容易就被打开了。也许刘家强不会想到有一天自己的电脑会被人偷看吧。

毕竟和刘家强生活在一起那么久了，他平时的银行卡、手机密码，常用的但凡是有密码的，他都是统一的一个，他们离婚后，他也没有换过。

登录邮箱，刘家强的电子邮箱里有很多工作往来的邮件。

不过绝大多数邮件的名称上都标注了具体的单位和部门，一目了然，没有她要找的。

陆子欣薄唇紧抿，手微微有些颤抖，因为她发现了删除的邮件里有几封没有彻底删除的邮件。

她感觉这就是她要找的东西，平稳了一下呼吸后，陆子欣点开了垃圾箱的选项。

果然，几封赫然写着丙方（李）的邮件安静地躺在垃圾箱里。

邮件终于被点开了，没错，正是陆子欣要找的东西。

是刘家强和嘉诚公司的往来邮件，更具体点说，是他和嘉诚公司某个人的邮件往来，不是公对公，而是两个人阴谋对接的邮件。

邮件里详细地说明了怎么样让李浩勤掉进他们的圈套，怎么样神不知鬼不觉地将那份不够资格的标书浑水摸鱼放进投标的档案袋里。

原来之前他们给李浩勤看的那份资质并不是他们所说的前公司的资质，因为当时前公司的资质已经转到其他公司了，所以李浩勤看到的那份是假的。

由于过了那么久，又是一件极容易被人忽略的事，所以李浩勤竟一直以为是自己失误，没有看清资质的日期。

试想，如果当时李浩勤非常仔细地核对过资质，恐怕他也发现不了什么，毕竟他不是这家公司的，也不是工商局的，真假很难分辨。

有了这些证据，李浩勤之前所受的冤枉足可以洗清了。

拿到想要的东西后，陆子欣的那种轻松、解脱的感觉竟突然消失了。取而代之的是痛苦、无助、迷茫和纠结。

一切真相大白，虽然她知道这些东西对刘家强现在的罪名可谓是小巫见大巫，不算什么。也或许并不能让他的罪名增加，但却关系到了李浩勤的一生。

道理是懂，可做却很难，特别是让她亲手将自己爱的人再次推到风口浪尖。

就在陆子欣再次犹豫不决时，已经被看押的刘家强却见到了一个他意想不到的人。

刘家强被两名警察带到询问室时，已经憔悴不堪，整个人毫无神采，眼睛也红红的，不知道是没睡好还是哭过的。

可当他看到来人时，却不禁瞪大了眼睛，有点不可思议。

"你小子啊，还是出事了吧，我就说你野心太大，要收着点！"

来人不是别人，正是刘家强的顶头上司总工。

刘家强虽然疲倦憔悴，但思维还是很敏捷，只用了一瞬间，他就想明白了，现在这个节骨眼，是不可能让家里人来看他的，除了办案民警和律师，也就只有单位的人了。

想来，单位的人也不是说来就来的，估计这个总工也是使了什么手段，才能进来的。

"你怎么来了？是有什么工作上的事要问我吗？"刘家强淡定的样子让总工微微愣怔，随即看了看押的两个人笑了。

"对，是工作上的事，坐下说吧。"

"什么事？我的工作已经移交了，有什么不明白的你就直接问接手的人吧。"刘家强似乎并不太想和眼前的人说话，不耐烦地看着自己的手。

"移交的工作没有问题，不过你上次给我的甲方的合同，也就是这次出事的这个公司啊，我看过你之前也接触过他们，不是这个项目。"

刘家强猛地抬头，眼神恶狠狠地盯着总工，像是要将对面的男人吃了一样。

而他的这种眼神却丝毫没有威慑到男人，反而让他哈哈大笑了起来。

"我知道之前他们就找过你,其实他们是先找的我,不过被我拒绝了,因为他们根本就不符合我们单位的要求,而且他们给的报价也实在太低了。"总工依旧笑呵呵的,似乎是在跟老朋友聊天。

刘家强只是死死地盯着他,不说话。

"不过他们给的回扣返点可是不少,这样的诱惑确实很难让人拒绝,但承担的风险也很大啊。当时你倒是让我刮目相看的,你也没有被利益冲昏头脑,拒绝了,这点做得没错,不然这次你的罪名就多了一项。"

刘家强的神情终于有了一丝动容,他微微眯起眼睛,但还是没说话。

"所以我已经和警方那边说过了,你这次也许是糊涂了,因为之前面对那么大的诱惑你都没有犯错误。"

刘家强嘴角微微抿起:"所以我要谢谢你?"

"那倒不用,我知道你当时为什么把持住了自己,而这次没有。"总工看上去是来关心下属并交接工作的,但实际上却一句单位的既有工作都没提。

刘家强歪着头,饶有兴致地看着总工,丝毫没有自己已经沦为阶下囚的慌张和恐惧。

总工也不慌不忙地回视着他,随即还用手指点了点他:"因为当时你刚刚上来,位子还没坐稳。所以说你小子太心急,你要知道我这个位子可不是那么好坐的,我是熬了十几年才熬到这个位子上的。你凭借你老子的关系做到副总,那已经是咱们院的第一人了。所以你太贪心了。"

"是吗?"

"不是吗?你才上来半年的工夫,就瞄上了我的位子,你不贪心?"

话说到这,像刘家强这么聪明的人早就听出了端倪。

刘家强只是笑,不再开口说一句话。

"记住了,不是你的东西,不要想着拿走,你也拿不走。"总工撂下最后一句话,志得意满地扬长而去。

看着离开的男人的背影,刘家强两边的脸颊微微动了动,可以看出来,那是他在狠命咬牙的动作。

一天后,刘家强将自己所有违规的事都交代了出来,他唯一的要求就是要见陆子欣。

这是陆子欣没想到的,刘家强主动交代了所有,而且还要见她。

她本以为刘家不会看着自己的孩子锒铛入狱,事实也是,刘父一直在积极地活动,找律师,尽量将罪名减轻,所以刘家强的举动让刘父恼羞

成怒。

为此，刘父被气得住院，他知道儿子的大好前程已经毁了。他也真的不理解儿子为什么那么着急往上爬，现在这个位置已经是这个年龄段望尘莫及的了。

陆子欣在去探视刘家强前特意去了一趟医院，探望曾经的公公。

她的到访让刘家父母有点吃惊，毕竟儿子已经进去了，两人又早就离了婚，现在这个时候，别人都唯恐避之不及，不愿意和他家有任何牵连。

反倒是陆子欣主动上门，刘母一改往日的态度，热情地拉着陆子欣不放。

"子欣啊，真没想到你会来，本来以为你和家强离婚了你就不会再见我们了。"

"妈，您说的这是什么话，我和家强离不离婚您都是我妈啊，何况我可是您看着长大的。"

"是啊，我听说了，家强要见你，你劝劝他，让他再坚持坚持。他爸正想办法呢，现在恐怕只有你能劝动他了。"

陆子欣点头，但她真的没想劝刘家强什么。她了解他，知道他是个思维十分清楚的人，自己想要做的事一定是已经想好了的。

刘家强选择交代，也一定是有自己的考虑。

其实陆子欣此行还有一个目的，就是刘家强在要求见她时，还让陆子欣去他母亲那看一下老人手机里的一段视频，说是他留给陆子欣的一段话。

因为他知道自己要出事，所以将视频放在了母亲的手机了。

母亲年纪大了，手机这种东西，她只会打电话和发信息，彩信视频功能她不懂。

陆子欣将刘家强的吩咐说完后，刘母也觉得好奇，不知道刘家强是什么时候动了自己的手机，把视频存到里头的。

可是当陆子欣看到这段刘家强想对她说的话时，当场就傻在了原地。

陆子欣拿着前婆婆的手机，整个人愣在了原地。

"子欣？怎么了？家强说了什么？"看陆子欣发愣，刘母有些担心地凑了过来。

"没，没什么，妈，这个视频我要拷贝下来，我要出去找个电脑。"陆子欣生怕刘母看到视频，急忙将手机屏幕按灭，随后拿着刘母的手机出了门。

是的，陆子欣没说谎，她的确要将这里的视频和文件拷贝下来。

因为那里面并不是刘家强要对她说的话，而是他们设计院的总工所做的违规的事情的记录和详细的数据。

陆子欣不知道刘家强是怎么拿到这些的，也不知道这些数据是不是真的，当然她也看不懂。

但他们总工她是见过的，确实是视频里的人。

视频里的总工正和一个穿着某局的工作人员说着什么，但很快两个人就走到无人的一边，只见某局的人将一个厚厚的信封塞给了总工。

也就是刚刚陆子欣眯着眼睛仔细地看视频里的信封时，她异样的举动引起了刘母的注意。

总工冲着某局的人点头，笑着拍那人的肩膀，随后才朝信封里看。

这时，镜头突然推进，很清晰地可以看见，信封里装着厚厚的一叠钱。

就是在这时，刘母凑了过来。

陆子欣关掉了视频，心有余悸地想要尽快离开病房。

她找了一个网吧，将所有的信息都转到了自己的手机里。

她明白刘家强的意思，可她不知道这些视频要怎么处理，什么时间处理，她更不知道刘家强是怎么做到偷拍没被发现的，他和总工到底有什么深仇大恨，自己已经进去了，还不忘拉他下水。

带着这些疑问，陆子欣去见了刘家强。

再次见到他已经是半个月后了，看到刘家强憔悴的样子，陆子欣的心像是在滴血。

她从未见过这样的刘家强，从他被人押着走出来的那一刻，她的眼泪就决堤了。

陆子欣坐在接待室里，看着刘家强缓慢地走近。

"家强……"

"哭啥，没事，我现在还没判呢，再说又不是什么刑事案件，没你想得那么糟。"

刚一见面，刘家强就开始安慰陆子欣。

他满眼血丝，脸微微有点浮肿，整个人十分的憔悴。

"你赶紧坐下，还来安慰我，看看你自己，人都瘦了一圈。"陆子欣蹙着眉，有些嗔怪。

"视频你看了？"刚一坐下，刘家强就迫不及待地问，而且问得很隐晦，生怕旁边的人听到一样。

"看了。"陆子欣自然明白刘家强的顾虑，用余光看了看旁边的人，便闭了嘴。

"明天直接交到刑侦大队，不要跟任何人说。"

"你们……"陆子欣自然会照做，她可不能让这种犯罪在自己眼皮子底下发生。不过她还是想知道刘家强和总工到底是怎么回事？刘家强又为什么会有这些证据？

也许是多年的默契，也许是两人夫妻一场，陆子欣没等开口，刘家强就知道他想要问什么了。

"我沦落到现在，都是他一手所为，他怕我超过他，就暗中给我下绊子、调查我，还派人监视我。他以为我不知道。不过他没想到的是我也不傻，那些就是我偷拍的。"

听完刘家强的话，陆子欣感到脊背发凉。

真是没想到干干净净的一个单位里居然有那么多不堪丑陋的事，每个人都在防着身边的人，这样又怎么能在一起共事呢！

虽然她对刘家强的做法并不赞同，但有时候面对一些不法人员，结果或许比过程重要。

"好，我知道怎么做了。你……咋办？"陆子欣担心地盯着刘家强，她想伸手去摸摸他的脸，可她不能。

"担心我干啥，我挺好的，你放心吧，我和律师谈过，涉案金额不大，就算是判了，最多三年，出去以后我又是一条好汉。"

在刘家强说这话时，他那白白嫩嫩、俊秀的脸上早已失去了光彩，现在已然是个饱经沧桑、皮肤开始有些粗糙的东北汉子了。

"嗯，咱爸……已经请了最好的律师了，你安心在里面好好改过。家强，还有一件事……"陆子欣迟疑着，她在犹豫……

"啥啊？咋还吞吞吐吐的，你再不说一会儿时间到了。"

"没，也没啥，就是想让你照顾好自己。"陆子欣的眼泪再次掉了下来。

或许是不忍心看着陆子欣流泪，又或许是觉得这样的见面实在尴尬，刘家强主动结束了这次的见面。

看着刘家强转身，就要离开自己的视线时，陆子欣突然起身，冲着他的背影喊："我等你，我等你出来……"

刘家强身子微微一滞，他并没有回头，什么都没说。

回去的路上，陆子欣心情很沉重。

就在她见到刘家强的那一刻，她就下了一个决定。

是要帮李浩勤洗清之前的误会，但却不是将那些邮件交给警方，因为她不能在这个时候落井下石，刘家强已经受到了惩罚，她要给他机会，于是她直接去了铁路局。

其实陆子欣不知道，她手上所谓的证据可以证明李浩勤是清白的，但却不能证明刘家强有罪，刘家强只是耍了些心机，真正行动的人并不是他，而他也并未从中得到什么好处。

因为不认识李浩勤的领导，所以陆子欣只找到了刘经理。

巧合的是刘经理也正好在局里，最近他的麻烦不断，上面已经开始对他不信任了。

听完陆子欣的来意，刘经理满脸惊喜："你来得真是太及时了，太好了，我看看你的证据。"

当刘经理从头到尾将所有的证据都看完后，嘴角已经不自觉地向上翘了。

他并没有让陆子欣见领导，毕竟这是他们内部的问题，陆子欣一个外人参与进来很多话就不能说了，所以陆子欣只能回去等消息。

但是在刘经理的话里，她听出来了，这就是让李浩勤重新回到单位最好的证据了，即便再有人想要阻止也不大可能了。

吃了定心丸的陆子欣再次给李浩勤打去了电话，此时李浩勤刚刚下班，正准备去食堂吃饭。

"今天你这电话是掐着点打的吧，刚好下班。"

"浩勤，我是有事告诉你……估计明后天你就能接到你们单位的电话了。"

李浩勤一头雾水："我们单位？干啥？"

"你应该可以重新回来上班了。"

李浩勤在电话那头沉默了片刻："啥？"

"我找到了你被诬陷的证据。"陆子欣的话像是一颗雷，炸得李浩勤耳鸣，他以为自己听错了。

"你找到？你开啥玩笑呢？"

"没开玩笑，你最好准备和你那边的工地说一声吧，还是回单位的好。"

"不过你是在哪找到的证据，不对啊，这事，你咋知道的？你……"

虽然陆子欣知道李浩勤是为什么离开单位的，但具体的情况她并不知道。李浩勤这才反应过来，不禁好奇。

"我……"陆子欣突然卡壳了,她不能告诉李浩勤这是她在刘家强的电脑里发现的,两个人的关系已经非常紧张了,不能再让他们的关系恶化了,"我也是无意间发现的,总之你不要问了。"

听出陆子欣不想多说,但好奇心促使,让李浩勤追根究底,一问到底,"到底是咋回事?你还不知道我吗,我想知道的,一定会知道的。"

"行行行,我告诉你,是家强……"

"是家强找到的?那就难怪了,我说你怎么可能接触到我们这块呢。这次我真的要感谢这个臭小子了,我还以为我们的关系就这么完了呢,真没想到呀!他咋回事,替我做了这么大的一件事居然不亲自邀功,还害羞?"

听着李浩勤激动高兴的声音,陆子欣没反驳,只是淡淡地"哦"了一声。

"那臭小子现在怎么样了?"

"他……浩勤,其实……"陆子欣想了想,还是决定将刘家强的情况告诉李浩勤,毕竟他很快就要回来了,纸是包不住火的,"家强他出事了。"

李浩勤听到刘家强出事的消息后,连夜从山西赶了回来,甚至因为走得急,他连这个月的工资都没要。

火车上,李浩勤回想着这么多年和好兄弟刘家强的点点滴滴,他实在是很难想象刘家强会犯罪被抓,当年他可是他们三个人中最有原则的一个。

可到底是什么样的经历让他有如此大的改变呢?李浩勤心急如焚,他想当面问问刘家强,虽然之前他们有过争吵,甚至隔阂,但他对兄弟的人品和信念可是从来都没有怀疑过的。

李浩勤没有见到刘家强,是啊,怎么可能说见就见。

失望的李浩勤直接去找了陆子欣,自从刘家强出了事,陆子欣就开始放年假,此时的她哪里还有心思上班,一心都想着刘家强的事。

见到陆子欣后,李浩勤才算是彻底完整地了解了刘家强所犯的事:"真没想到家强会这么糊涂,既然做错了事就得承担后果,子欣,你还好吧?"

看见陆子欣整个人瘦了一圈,李浩勤有点担心,他知道虽然陆子欣和刘家强分开了,但陆子欣心里还是有刘家强的,所以他想安慰却又不知道该怎么说。

"还好,我看得出来,家强已经知道错了,所以我……打算等他出来。"

陆子欣直接向李浩勤表达了自己的想法，经过了这么多事，现在的她是真的把李浩勤当成了朋友，而她也早就将自己全部的爱都给了刘家强。

对于陆子欣的决定，李浩勤表示支持，毕竟感情的事只有人家自己才说了算，何况他也是真的觉得刘家强会洗心革面、改过自新的。

就在李浩勤启程回来的那天，他就接到了刘经理的电话，电话里简单地说了单位对他的事情的重视以及处理结果，让他回来后尽快去单位。

于是李浩勤就再次跨进了单位的大门。

"欢迎你回来，李啊，这次你小子是真走运，居然有这么直接的证据，我跟领导谈过了，你自己主动提出上班，领导立刻就给批。你咋想啊？"

见到李浩勤后，刘经理乐得脸都开了花了。李浩勤的回归不仅是他再次多了一个得力干将，这也充分地给了之前想要陷害他的人一记狠狠的耳光。

而李浩勤自然欣然接受，岗位还是原来的岗位，职称也是一样，什么都没变，唯一改变的就是单位人对他的态度。

之前一系列的事情让很多人都对他避而远之，总觉得只要和他沾上关系就准没好事，会受牵连。

而现在，李浩勤算是"沉冤得雪"，大家自然都开始对他笑脸相迎。

"你回来得正是时候，下个月，哈大高铁通车，竣工仪式和通车仪式局里决定一起办了，你小子这下子算是如愿以偿了。"

听到刘经理的话，李浩勤激动得整个人都要跳起来了，似乎瞬间回到了少年时期。

那种为了某件事而整夜整夜睡不着，高兴得恨不得绕着操场跑一圈的感觉再次出现了。

他知道这是梦想的力量，是他这么久以来，追逐的成果。

转眼又是冬至，2012年12月1日，中国第一条高寒高铁——哈尔滨到大连的高铁正式竣工通车。

这意味着我们伟大祖国在高铁上的普及，社会发展的飞速以及新技术的稳定。

李浩勤参加了通车仪式，他还特意坐上了哈尔滨到大连的高铁，感受了一把自己修建的高铁在祖国大地上光速前进的喜悦与自豪。

那是最高时速为300公里，世界上速度最快的高寒列车！

那是五年零四个月的征程，是李浩勤最宝贵的青春岁月。

站在沈乔的墓前，李浩勤微微笑着。

他已经很久没有来看过妻子了，这次他带着自己的成绩，带着对她无尽的思念和爱站在了这里。

"沈乔，高兴吗？哈大通车了，虽然你没能亲眼看见，不过我相信你一定能感受到。你在那边还好吗？应该挺好的吧，像你这样的性格，估计在哪里都很受欢迎。"李浩勤向前走了几步，坐到了墓碑旁，手指轻轻地抚着碑上的照片，就像是抚摸着沈乔笑颜如花的脸颊。

"我现在挺好的，工作顺利，咱爸妈身体也都还行。家里都挺好，你不用惦记了，记得偶尔来我梦里看看我，我还是很想你。"

李浩勤自言自语，但似乎身在另一个世界的妻子真的可以听到他的话。

寒冬，不知何时，天飘起了小雪，很快就将大地染成了白色。

曾经的悲伤似乎随着这场雪逐渐消散了，现在的他很平静，很平静……